Randall Wallace

DER CHIRURG

Randall Wallace

Der Chirurg

francke

Über den Autor:

Randall Wallace ist ein überaus erfolgreicher Drehbuch- und Romanautor, Regisseur und Produzent. Der Durchbruch gelang ihm mit dem Drehbuch zu „Braveheart“, das ihm eine Oscarnominierung einbrachte. Filme wie „Der Mann mit der eisernen Maske“, „Pearl Harbor“ und „Wir waren Helden“ folgten. Randall Wallace ist überzeugter Christ und Vater zweier Söhne.

Bibliografische Information der Deutschen Bibliothek
Die Deutsche Bibliothek verzeichnet diese Publikation
in der Deutschen Nationalbibliografie;
detaillierte bibliografische Daten sind im Internet über
http://dnb.ddn.de abrufbar.

ISBN 978-3-86827-333-5

Originaltitel: The Touch

Published by Tyndale House Publishers Inc.

Deutsch von Dorothee Dziewas
Unschlaggestaltung: Verlag der Francke-Buchhandlung GmbH /
Christian Heinritz
Umschlagbilder: © dreamtime.com / Shutter1970; Jiri Flogel; Yuri Arcurs
Satz: Verlag der Francke-Buchhandlung GmbH
Druck: CPI Moravia Books, Korneuburg

www.francke-buch.de

Die Hoffnung

Kapitel 1

Als Michelangelo seine Deckenmalerei in der Sixtinischen Kapelle fertiggestellt hatte, beachteten weder der Papst, der ihn dafür engagiert hatte, noch die angesehenen Künstler von Rom die Darstellung in der Mitte der Decke. Dort streckte Gott, den Michelangelo in seiner Kühnheit als ein dem Menschen ähnliches Wesen dargestellt hatte, seine göttliche Hand dem ersten Menschen, Adam, entgegen, der in schöner, aber schlaffer Perfektion ausgestreckt dalag und auf die Berührung wartete, die ihn zum Leben erwecken würde.

Die Reichen, Intellektuellen, Hochwohlgeborenen und Gebildeten lobten die Kapelle bei zahlreichen privaten Besichtigungen und bezeichneten sie als gute, vielleicht sogar bemerkenswerte Arbeit. Sie fanden, dass Michelangelo die schwierigen Krümmungen der Decke gut gemeistert hatte – und das neben der Herausforderung, den Putz zu bemalen, während der noch trocknete. Einzelne Figuren des Freskos wurden kritisiert, aber kein Bereich wurde besonders hervorgehoben.

Erst als sie die Kapelle für die hungrigen Blicke des Volkes öffneten, die auf diesen beiden Fingerspitzen verharrten, die eine göttlich und die andere menschlich, an denen gleich der Funke des Lebens überspringen würde, erkannten die Vertreter des Vatikans und die Gelehrten Roms allmählich, dass *Die Erschaffung Adams* etwas Besonderes war.

Faith Thomas und Andrew Jones waren zwei dieser Menschen aus dem Volk, die im Laufe der Jahrhunderte als Touristen den Blick zur Decke der Sixtinischen Kapelle erhoben hatten und wie angewurzelt dastanden, mit offenem Mund, voller Freude und Staunen. Faith und Jones, wie er von allen genannt wurde, waren in vielerlei Hinsicht nicht unbedingt gewöhnlich; beide waren Mitte zwanzig und sie waren ein attraktives Paar, Faith mit blauen Augen und dunkelbraunem Haar, und Jones groß und blond, seine Augen grün und leidenschaftlich. Unter den Zehntausenden junger Amerikaner, die im Sommer mit dem Rucksack durch Europa zogen, fielen sie auf und zogen genauso viele Blicke auf sich wie die Statuen und Mosaikböden der Paläste, die sie besuchten.

Und doch waren sie ganz gewöhnliche Menschen. Beide kamen aus den Appalachen, sie aus der Bergbaugegend von Pennsylvania und er aus den Blue Ridge Mountains, einem Gebirgszug in Virginia. Sie hatten sich beim Medizinstudium kennengelernt. Jetzt lagen sie rücklings auf dem Boden dieser großartigen Kapelle und blickten zur Decke hinauf. Ihre Köpfe ruhten auf ihren Rucksäcken, die jeder ein zerlesenes Exemplar von *Europa ab 85 Dollar pro Tag* enthielten. Faith machte sich Sorgen, dass die Wachen des Vatikans ihnen sagen würden, sie sollten aufstehen, weil es an Besuchstagen nicht gestattet sei, auf dem Boden der Sixtinischen Kapelle zu liegen, und an anderen Tagen auch nicht. Aber Jones hatte einem von ihnen etwas zugeflüstert, als sie hereingekommen waren, und das Personal schien sie seither zu ignorieren. Vielleicht weil sie zu der letzten Gruppe gehörten, die man an diesem Tag hereingelassen hatte, bevor die Führungen durch den Vatikan beendet waren.

Die anderen Touristen in ihrer Gruppe hatten die Decke bereits betrachtet; in ihren Augen lag schon der Glanz, der davon kommt, wenn man die Größe eines Kunstwerks einfangen und begreifen will, dessen Thema ebenso wie die Technik der Darstellung über jedes Begreifen hinausgeht. „Die göttliche Berührung" war etwas, worüber man nachdenken musste; jeder Mensch, der die Augen zu diesem Bild aufhob, wusste, dass es ein Privileg war, es anzusehen. Aber Faith Thomas und Andrew Jones lagen auf dem Rücken darunter und erlebten die Faszination eines besonderen Augenblicks. Auf einem Boden zu liegen, über den Tausende, ja sogar Millionen von Füßen gelaufen waren, hätte ihnen unhygienisch erscheinen können, aber die Heiligkeit des Ortes machte sogar den Fußboden makellos.

„Ist es das Geschenk des Lebens?", fragte Jones nachdenklich, während sein Blick, im Einklang mit dem von Faith, von den Fingerspitzen, die sich noch nicht ganz berührten, zu Eva wanderte, die in Gottes anderer Hand als für Adam erschaffene Partnerin abgebildet war. „Oder das Geschenk der Liebe?"

„Beides", flüsterte sie zurück. „Es besagt, dass Liebe und Leben dasselbe sind." Ohne den Blick länger als einen flüchtigen Moment abzuwenden, fügte sie hinzu: „Du hast auch solche Hände."

„Wie Adam? Oder wie Michelangelo?" Er grinste; sie kannte das schiefe Grinsen, ohne hinsehen zu müssen.

„Wie der mächtige Mann mit dem weißen Haar. Deine Berührung erweckt mich zum Leben."

In Nachahmung des Gemäldes streckte er ihr die Hand entgegen und sie hob ihre Hand in der gleichen Geste. Aber dann, anstatt ihre Fingerspitze zu berühren, ergriff er ihre Hand, zog etwas aus der Tasche seiner Jeans und streifte es über ihren Ringfinger.

Es war ein Verlobungsring.

Sie drehte sich auf die Seite, sah erst ihren Finger an und dann ihn. Plötzlich küssten sie sich und der ganze Raum voller Touristen applaudierte ihnen und die Wachen zwinkerten Jones zu.

Selbst das Fresko direkt über ihnen schien heller zu leuchten.

Für Faith bestand kein Zweifel daran, dass sie den Augenblick in der Sixtinischen Kapelle ihr Leben lang nicht vergessen würde, selbst wenn dieses Leben noch hundert Jahre dauern sollte. Selbst wenn sie so lange lebte, bis sie sabbernd in der Ecke saß und sich nicht einmal mehr an ihren eigenen Namen erinnerte, würde das Geschehene doch irgendwo in ihrem Herzen ruhen. Während Jones und sie Hand in Hand durch die Tore des Vatikans gingen, sagte sie ihm das.

Er lächelte sanft und seine Augen leuchteten voller Emotionen, und obwohl sie gedacht hatte, dass sie niemals einen Menschen mehr lieben könnte als in dem Augenblick, in dem er ihr den Ring auf den Finger gesteckt hatte, liebte sie ihn jetzt sogar noch mehr als zehn Minuten zuvor. „Du hattest das alles geplant!“, sagte sie. „Wie lange wusstest du schon, dass du es tun würdest?“

„Seit ich dich gefragt habe, ob du mit mir eine Europatour machst.“

„Ich … ich hätte Nein sagen können. Ich hätte … ich hätte zu beschäftigt sein können, um mitzukommen, ich –“

„Nein, das hättest du nicht“, unterbrach er sie. „Ich hätte es nicht zugelassen.“

Sie drückte seine Hand und lehnte ihren Kopf an seine Schulter, während sie zusammen durch die warmen und überfüllten Straßen schlenderten, die noch immer vom Sonnenschein des Sommers erfüllt waren. Ihr Hotel lag gute drei Kilometer entfernt, aber sie gingen gerne spazieren und würden ein Restaurant finden, in dem sie zu

Abend essen konnten, ein kleines Lokal mit Kerzen auf den Tischen, in dem man das Singen auf der Straße hören konnte. Faith liebte die Tatsache, dass die Italiener ebenso natürlich sangen, wie sie atmeten.

Dann kam ihr ein anderer Gedanke. „War das Ganze eigentlich abgesprochen? Mit dem Wachmann?"

„Irgendwie schon. Luca kennt ihn."

Luca war ein italienischer Freund, den sie zu Hause in Virginia kennengelernt hatten, wohin er aus Rom gekommen war, um einen Vortrag über *Die Kunst und die Stimme Gottes* zu halten. Sie waren mit Luca nach dem Vortrag essen gegangen und schnell Freunde geworden. Jetzt erwartete Luca sie in einem Restaurant, um Faith noch einmal zu überraschen, diesmal mit einem Abendessen, um die Verlobung zu feiern. Luca hatte mit Jones abgesprochen, dass er ein paar Freunde mitbringen würde, denen weder Faith noch Jones jemals begegnet waren; aber Luca hatte versprochen, dass sie sich gleich wie eine Familie fühlen, eine Familie sein würden. Die Liebe bewirkte das: dass Familien entstanden, wo vorher nur Fremde gewesen waren.

Vier Monate später, mitten im Herbst, fuhren die beiden in die Berge Virginias, und eine Postkarte mit der Erschaffung Adams war am Armaturenbrett von Andrews altem Jeep festgeklebt. Faith saß am Steuer; nach tagelanger Forschungsarbeit und 24-Stunden-Schichten in der Notaufnahme freute sie sich immer darauf, die Unebenheiten der Straße unter sich zu spüren, auf den durchgesessenen Sitzen auf und ab zu wippen und das Summen des Lenkrades unter ihren Händen zu spüren, während sie ins Gebirge fuhren. Dass sie solche Dinge fühlte, sich ihrer bewusst war und dadurch eine ganz besondere Verbindung zur Welt um sich herum hatte, war für Andrew Grund genug, sie ans Steuer zu lassen, obwohl er selbst auch gerne Auto fuhr, nur eben nicht so gerne wie sie. Er sah ihr zu, während sie fuhr, und lächelte und schüttelte den Kopf und dachte darüber nach, was für ein Glück er doch hatte.

Sie hatten die Universitätsklinik am späten Nachmittag verlassen und die Autostraße 29 in südlicher Richtung genommen, wo sie in den Bezirk Nelson County führte, Virginias ärmste Region. Die Straße allerdings war eine der schönsten Strecken im Bundesstaat; sie wand sich auf und ab durch Ackerland. Häuser und Kirchen und Antiquitätengeschäfte standen dort auf dem Grund und Boden, den Thomas Jefferson zweihundert Jahre zuvor auf seinem Weg von Charlottesville nach Lynchburg überquert hatte, als er zu dem Sommerhaus gereist war, das er an einem Ort namens Poplar Forest hatte errichten lassen. Jones liebte Geschichte, und so dachte er jedes Mal, wenn er auf dieser Straße fuhr, an Jefferson, den unnachgiebigen Bauherrn, der bei der Gestaltung von Monticello und der Universität von Virginia und Uhren und Silberkelchen mitgewirkt hatte und – was kein Zufall war – bei der Gestaltung der Vereinigten Staaten von Amerika. Faith lächelte geduldig, wenn Jones laut über solche Dinge nachdachte; sie fand sie weniger spannend, sondern eher ungewöhnlich, denn Faith interessierte sich mehr für das, was jetzt war, für die Häuser, an denen sie vorbeifuhren und an denen im Mai oder Oktober noch die Weihnachtsbeleuchtung befestigt war, und für die Familien, die in diesen Häusern lebten. War irgendjemand krank? Warum nahmen sie die Lichterketten nicht ab, damit das Aufhängen zum nächsten Fest wieder etwas Besonderes war? Faith und Andrew waren zwei unterschiedliche Menschen – und diese Unterschiede machten ihrer beider Leben interessanter.

Sie bogen nach Westen ab, als die Sonne gerade hinter den Bergketten unterging und der graue Abendnebel anfing, den Wald einzuhüllen und von der Straße aufzusteigen. Andrew hatte sein Handy am Ohr. Eigentlich telefonierte er nicht gerne, wenn sie im Jeep saßen – ihre gemeinsame Zeit, abseits vom Krankenhaus, war zu kostbar, und es war nicht so einfach, im Wagen etwas zu verstehen, aber Luca hatte ihn gerade angerufen. Also war er drangegangen, obwohl er für gewöhnlich sein Telefon ganz ausschaltete, wenn er mit Faith in die Berge fuhr.

„Ja, wir sind wieder zu Hause!“, rief er, um die Geräusche der Winterreifen zu übertönen, die auf dem Asphalt sangen. „… Faith? Es geht ihr gut! Sie stolziert vor allen Frauen in Charlottesville herum und gibt damit an, dass sie mich erobert hat.“

Faith boxte ihm gegen die Schulter, dann streckte sie die Hand aus und ergriff die seine. Er drückte ihre Finger und sagte laut ins Handy: „Wir vermissen dich jetzt schon, Luca! … Natürlich bist du zur Hochzeit eingeladen, ich rufe dich an, sobald wir einen Termin haben! … Klar, ich gebe ihr einen Kuss von dir. Und sie lässt dich herzlich grüßen!“ Er beendete das Gespräch und lächelte ihr zu. „Er sagt, ich soll dich nach dem Projekt fragen, über das du mit ihm gesprochen hast, als wir in Rom waren, das mit der neurologischen Wirkung von Musik.“

„Frühe Studien legen nahe, dass der IQ von Kindern höher wird, wenn man ihnen klassische Musik vorspielt. Das hat mich auf einen Gedanken gebracht: Wenn Musik eine Wirkung auf das Gehirn hat –“

„Posttraumatisches Koma. Es könnte bei der Heilung helfen!“

„Bingo, mein Lieber! Siehst du, ich wusste, dass du nicht nur gut aussiehst.“

„Warum funktioniert es eigentlich? Beruhigt die Musik? Regt sie an? Oder werden Menschen gesünder, wenn sie von etwas Schönem umgeben sind?“ Er blickte von der Michelangelo-Postkarte am Armaturenbrett zu Faith hinüber. Sie hatte gerade die Scheinwerfer eingeschaltet und das Licht spiegelte sich sanft auf ihrer Haut.

„Es ist Liebe. Kunst ist ein Ausdruck von Hingabe, ein greifbarer Beweis dafür, dass jemand genug empfand, um etwas Schönes zu erschaffen und mit anderen zu teilen. Vielleicht erreichen wir Ärzte, indem wir die Patienten berühren, indem wir Anteilnahme zeigen, mehr als mit unserer Wissenschaft."

„Liebe heilt?"

„Liebe heilt."

„Faith ist mit seiner Bedeutung wirklich der richtige Name für dich: Glaube."

Sie lächelte ihn an; dann schnellte ihr Blick zurück auf die Straße und ihre Augen weiteten sich vor Schreck. Sie riss das Lenkrad herum und öffnete den Mund, als wollte sie schreien. Aber selbst dafür war keine Zeit mehr.

Im Bruchteil einer Sekunde war für Andrew Jones alles anders – alles, was er sich erhofft und geplant hatte, alles, woran er im Leben glaubte.

Im Bruchteil einer Sekunde war Faith nicht mehr da.

Kapitel 2

Als Luca von Rom nach Virginia gekommen war, um seinen Vortrag über Kunst und deren Beziehung zu Glaubensüberzeugungen zu halten, waren Faith und Jones noch im Grundstudium gewesen. Faith hatte Jones erzählt, dass sie Kunst studiere, um nackte Männer zu sehen; Jones hatte gesagt, er studiere Kunst, um den Einsatz von Farben zu untersuchen. Jones behauptete, in Wirklichkeit wolle er Bilder von nackten Frauen sehen und Faith wolle untersuchen, welche Beziehungen es gab zwischen dem, woran Menschen glaubten, und dem, was sie schön fanden.

Also waren sie zu der Vorlesung des jungen italienischen Genies gegangen, von dem sie gehört hatten; zu diesem Mann, der Vorträge hielt, ohne ein Skript zu haben, und jede Frage beantworten und stundenlang über Kunst und das Leben und die Schönheit sprechen konnte.

Sie waren beide nicht enttäuscht worden. Luca Manzi war klein, strahlte aber Autorität aus, sowohl durch seine körperliche Erscheinung als auch durch seine Aura der Intelligenz. Doch der Mann strahlte noch mehr aus als Geisteskraft; er hatte ein großes Herz, und das sah man in seinen Augen. Seine Haare waren italienisch schwarz, seine Augen dunkelbraun, sein Gesicht attraktiv und mit einem Hauch von Bartstoppeln versehen, egal, wann er sich rasiert hatte. Faith und Jones hatten seinen Seminarraum im Hauptgebäude ausfindig gemacht und sich auf Stühlen ganz hinten im Raum niedergelassen, von denen aus sie fasziniert gelauscht hatten, während Luca vor den fünfzig Studenten, die dort versammelt waren, auf und ab ging und über Kunstgeschichte referierte, von den ersten Höhlenmalereien bis zum modernen Film, den Bildern, die sich bewegten und zusammen mit Ton eine Geschichte erzählten. Der untersetzte Italiener hatte all das im Kopf; er sah alles und konnte es aufzeigen und lehren.

Nach der Vorlesung waren sie zu ihm gegangen und hatten ihn eingeladen, mit ihnen zu Abend zu essen. Luca hatte die Einladung angenommen. Seine Augen leuchteten auf und er lachte und sagte dann Ja, er habe noch nicht gegessen und würde gerne etwas Amerikanisches probieren. Faith ignorierte Jones' Einwände und bestand darauf, mit ihm in ein italienisches Restaurant zu gehen, aber auf dem Weg dorthin fingen Faith und Jones an zu streiten. „Er möchte bestimmt etwas probieren, das wir hier italienisch nennen!“, flüsterte sie Jones zu, während sie nebeneinander hergingen.

„Unser italienisches Essen kann doch mit seinem sowieso nicht mithalten!“, flüsterte Jones zurück. „Virginia-Italienisch ist schließlich nicht Italien-Italienisch.“

Luca lachte und sagte: „Die Liebenden streiten, wie es Liebende nun einmal tun! Ich wünschte, ich könnte euch beide malen.“

„Sie können nicht malen?“, wunderte Faith sich.

„Ich kann noch nicht einmal gut zeichnen“, sagte Luca, und sein ganzes Gesicht leuchtete auf, als er lächelte. „Ich unterrichte Kunst, ich liebe Kunst, ich vermittele Kunst, aber ich kann sie nicht erschaffen. Das macht mir aber nichts aus. Die Welt habe ich auch nicht erschaffen, und trotzdem lebe ich gerne, vor allem, wenn ich mit zwei jungen Menschen zusammen bin, die einander so sehr lieben, wie ihr es tut, und die streiten, als würden sie sich nicht lieben, und denen nichts so wichtig ist wie das, was der jeweils andere denkt."

Jetzt lächelten Faith und Jones beide ebenso strahlend wie Luca. „Also, was möchten Sie gerne essen?", fragte Jones.

„Ich mag Chinesisch", sagte Luca. „Oder ein Steak. Aus Pizza mache ich mir nichts."

Sie lachten und gingen in ein Steakhaus. Und dort führten sie eines der großartigsten Gespräche ihres Lebens. Luca erzählte ihnen von seiner Freundin, einer jungen Frau, die ausgesprochen klug und lebensfroh klang. Während er von ihr sprach, leuchteten Lucas Augen. Die Mutter seiner Freundin war Kunsthändlerin und ihr Vater war in Rom Filmproduzent gewesen. Als Faith fragte, ob sie heiraten würden, schüttelte Luca traurig den Kopf und sagte, sie sei zu jung, aber er habe noch nie eine Frau so sehr geliebt.

„Das heißt, es gibt ein Drama", sagte Jones und wieder explodierte Lucas Gesicht förmlich vor Heiterkeit und er brach in Gelächter aus.

„Ja, es gibt ein Drama!", sagte er mit erhobenen Händen. „Ich liebe Dramen – das tun alle Italiener. Wir können ohne Drama gar nicht leben!"

„Liebt ihr die Kunst deshalb so?", fragte Jones. „Weil sie dramatisch ist?"

„Das Leben ist dramatisch. Schon die Tatsache, dass wir hier sind, ist dramatisch. Wir wurden geschaffen, um zu leben, und am Leben zu sein bedeutet, sich in der Gegenwart Gottes zu befinden."

Faith hatte sich immer gefragt, was das Wesen des Glaubens war. Trotzdem hatte Jones nie das Gefühl gehabt, dass sie versuchte, alle anderen davon zu überzeugen, dass sie dasselbe glauben sollten wie sie; ihm war es vielmehr vorgekommen, als würde sie ihre eigenen Glaubensüberzeugungen zurücknehmen, um zu erfahren, was die Herzen anderer bewegte. *Glauben*, hatte sie immer zu Jones gesagt, ist ein stärkeres Wort als *wissen*. Und als Luca, der gerade so begeistert über die Wechselwirkung von Kunst und Glaube gesprochen hatte, so mutig verkündete, dass zu leben bedeutete, in Gottes Gegenwart zu sein, erhellte sich ihre Miene. „Was denkst du über Gott?“, fragte sie. „Du bist katholisch, nicht wahr? Wie siehst du also den Glaubensweg? Geht es um Moral, um Gnade, um Rituale? Was meinst du?“

Wieder lachte Luca. „Ich verstehe Glaube sehr unterschiedlich, in jedem Augenblick anders. Ich glaube, ich zweifle; ich lache, ich weine.“ Er trank einen Schluck Wein und sagte dann: „Aber es spielt keine Rolle. Ich muss es nicht verstehen. Niemand versteht es. Es gibt nur zwei Dinge, die jeder wissen muss: Es gibt einen Gott und dieser Gott liebt uns. Mehr müssen wir nicht wissen.“

In dem Augenblick, in dem er diese Worte hörte und die Überzeugung dahinter, wurde Andrew Jones von Freude erfüllt. Nicht die Art von Freude, die einen Menschen zu Tränen rührt, sondern die Art, die einen laut auflachen lässt. Er war glücklich und verliebt und fühlte sich in allem, was er sich erhoffte und erträumte, bestätigt. Er sah Faith an und sah ihr Lächeln, das ihn und die ganze Welt voller Liebe anstrahlte. Dann wanderte sein Blick wieder zu Luca zurück und er sah, dass dieser grinste.

„Ich glaube“, sagte Faith und erhob sich, „dass damit alles gesagt ist, was jemals gesagt werden muss. Und deshalb nutze ich die Gelegenheit, um die Toilette aufzusuchen.“ Sie küsste Jones auf die Lippen und gab Luca dann einen Kuss auf das volle schwarze Haar. Die beiden Männer blickten ihr nach, als sie sich entfernte.

Lucas Augen, so dunkelbraun und verspielt wie die eines Labradorwelpen, richteten sich auf Jones. „Du kannst dich glücklich schätzen“, sagte der Italiener und hob sein Weinglas zu einem Toast.

„Ja. Ja, das kann ich wirklich“, sagte Jones leise. Er lächelte wieder. „Offenbar lieben die Frauen dich, Luca. Wenn du in der Nähe bist, scheinen sie alle aufzuleben, und Faith überlegt schon jetzt, mit welcher von ihren Freundinnen sie dich verkuppeln kann. Warum bist du noch nicht verheiratet? Hast du dich nie richtig verliebt?"

Luca fuhr sich mit der Hand über das Gesicht und schüttelte mit einem tiefen Seufzer den Kopf. „Doch, sogar oft", sagte er und hob die Hände. „Ich verliebe mich sehr oft. Aber sie sind immer zu jung für mich oder zu alt oder zu reich oder zu weit weg oder zu sehr mit ihrer Arbeit beschäftigt oder ich mit meiner. Es ist eine Katastrophe!"

Für Jones klang es so, als hätte Luca gesagt: „Esse iste eine Katastrooophe!", und er bemühte sich ein Lächeln zu unterdrücken, was ihm aber nicht so recht gelang.

Luca lächelte ebenfalls. Aber dann betrachtete er Jones, wie er sich vielleicht ein neues Gemälde eines jungen Künstlers ansehen würde. „Wie habt ihr das gemacht?", fragte er. „Warum hat es bei euch beiden funktioniert?"

Jones nickte angesichts dieser ernsthaften Frage und dachte einen Augenblick darüber nach. „Ich habe nichts weiter getan", sagte er. „Ich meine, ich habe mich nicht besonders bemüht. Das brauchte ich nicht. Ich meine, am Anfang und für sie war es auch keine Anstrengung. Weißt du, man lernt einen Menschen kennen und er gefällt einem, und man denkt, so jemanden hätte man gerne, und dann versucht man nett und der Richtige für diese Person zu sein, und man hofft, dass der Zauber geschieht. Aber irgendwann bemüht man sich mehr und der Zauber nimmt ab."

Jones warf einen Blick in den hinteren Teil des Restaurants, wo Faith in diesem Moment aus der Tür trat, die zu den Toiletten führte. Sie war stehen geblieben, um mit einer Bedienung zu sprechen; offenbar hatte Faith die Ohrringe der Frau bewundert, und die beiden unterhielten sich nun über Schmuck und lachten wie Schwestern. So war Faith – sie liebte jeden und alle liebten sie. „Abends bleibe ich manchmal stehen und sehe zu den Sternen hinauf. Ich nehme an, das tun wir alle, aber während wir die Sterne betrachten, scheinen unsere Gedanken nur uns selbst zu gehören. Als ich Faith besser kennenlernte, blickte sie eines Abends zu den Sternen hinauf und sagte: ‚Es ist so, als wäre Gott von seiner Erschaffung des Universums so begeistert gewesen, dass er ein Funkeln der Freude am Himmel verteilt hat.'"

„Wow", sagte Luca.

„Ja, wow. Und ich hätte das niemals gesagt, aber es drückte genau mein eigenes Staunen und meine Freude aus. Da wusste ich, dass sie die Frau war, die ich wollte. Für immer."

Faith bahnte sich einen Weg zurück zu ihrem Tisch. „Worüber habt ihr Jungs euch denn unterhalten?", fragte sie und ihre Augen leuchteten vor Glück.

„Über nichts", sagte Jones.

„Und alles", fügte Luca hinzu.

Es gibt einen Gott und dieser Gott liebt uns. Mehr müssen wir nicht wissen. Über diese Worte hatte Jones vor Faiths Tod noch ein paarmal nachgedacht und danach beinahe jeden Tag. Diese Worte machten ihn wütend. Sie machten ihn traurig. Aber er konnte sie nicht vergessen, und zwar nicht, weil er sie glaubte, sondern weil Faith sie geglaubt hatte.

Jones musste diese Worte glauben, auch wenn ihm nicht bewusst war, wie sehr und wie bald er sie würde glauben müssen und dass sie buchstäblich alles bedeuteten.

Kapitel 3

Blair Bio-Med besaß ein eigenes Hochhaus, das in der Umgebung von einigen der vornehmsten Immobilien in Chicago stand. Es war ein relativ junges Unternehmen, verglichen mit anderen Firmen, die in der Nähe ihren Sitz hatten, aber auf seinem Gebiet war es das älteste, da sein Gründer ein Pionier in der Entwicklung von Maschinen gewesen war, die unmögliche Operationen nicht nur möglich, sondern auch zweckmäßig gemacht hatten.

Von außen sah das Gebäude eher unscheinbar aus, ein Turm aus Glas und Stahl mit genügend Stein dazwischen, um einen ebenso stattlichen Eindruck zu vermitteln wie ein Unternehmen, das auf Tradition gegründet war, zum Beispiel eine Bank oder eine Versicherungsgesellschaft. Aber im Inneren, wo die Labore und technischen Anlagen das eigentliche Herz der Firma für Biomedizintechnik bildeten, war *Blair Bio-Med* ein schillernder Tanz aus Lichtern, gekreuzt von Laserstrahlen, eingerahmt von Computerbildschirmen und sogar dem Funkenflug von Schweißgeräten, da ihre Designer die Prototypen ihrer Erfindungen nicht nur entwarfen, sondern auch selbst bauten.

Das Forschungszentrum befand sich im oberen Bereich des Gebäudes und war das Herz des Unternehmens. Und mitten in diesem Forschungszentrum wiederum befand sich Dr. Blairs Labor für Operationstechnik. Dr. Blair – nicht der alte Dr. Blair, der das Unternehmen gegründet hatte, denn der war vor einigen Jahren verstorben, sondern Dr. Blair junior, jemand, der die ganze Begabung und Zielstrebigkeit des alten Herrn geerbt hatte, ganz zu schweigen von der kompletten Firma, die er gegründet hatte – arbeitete jeden Tag und beinahe jede Nacht in diesen Räumen. Dr. Blair war brillant und Dr. Blair war ehrgeizig. Und Dr. Blair war eine Frau.

Alle, die in der Firma arbeiteten – und es gab ein paar äußerst talentierte Köpfe bei *Blair Bio-Med* – wussten, wer der Boss war, und sie wussten, dass sie nicht wegen des Testaments ihres Vaters der Boss war, sondern dank der Kraft ihres eigenen Willens und ihrer Fähigkeit, diesen Willen durchzusetzen. Sie beobachteten alles, was sie tat, so wie sie sie jetzt beobachteten, als sie ihre Hand hob und das Zeichen gab, mit dem Experiment zu beginnen.

Die Techniker im Kontrollraum, die durch eine doppelwandige Glasscheibe von dem Operationstisch getrennt waren, an dem Dr. Blair stand, fuhren mit den Fingern über Reihen von Knöpfen, die die Laser mit Strom versorgten, sodass sie mikroskopisch feine Strahlen in präzise ausgerichteten gekreuzten Linien aussendeten, ein feines Netz aus intensivem Licht, das jeden Luftpartikel um die Ärztin herum und um die Arbeit vor ihr abzutasten schienen. Monitore an der Wand unmittelbar hinter dem Operationstisch zeigten Daten, die in jeder Sekunde Tausende Mal aktualisiert wurden.

Eine menschliche Hand – Dr. Blairs zarte, weibliche Hand, die durch einen Operationshandschuh geisterhaft wirkte – schob sich geschickt in einen Präzisionsärmel, der wie eine zweite Haut saß und mit Sensoren jede Bewegung ihres Armes, ihres Handgelenks, der Knöchel und Fingerspitzen dokumentierte.

Sie bewegte die Finger. Der mikroskopische Sensor, der sowohl in den chirurgischen Handschuh als auch den dazugehörigen Ärmel eingearbeitet war, spuckte Daten aus, die über die Bildschirme huschten und auf den angeschlossenen Computerfestplatten gespeichert wurden.

Die Frau, die mitten in all dem stand, war Lara Blair. Lara, nicht Laura. Ihre Mutter, eine Dichterin, hatte kurz vor ihrer Geburt den Film *Doktor Schiwago* gesehen und beschlossen, sie nach der weiblichen Hauptfigur zu benennen, deren Liebhaber sowohl Arzt als auch Dichter war. Die neue Lara hatte ihre Mutter früh verloren und war Ärztin geworden, wie ihr Vater. Jetzt war sie komplett in Operationskleidung gehüllt: Kittel, Maske, Mütze, Schutzbrille. Ihre Augen waren bemerkenswert – völlig konzentriert und ernst.

„Ich bin so weit", sagte sie, und die Worte klangen aufgrund ihrer Maske gedämpft.

Die Antwort eines unsichtbaren Technikers ertönte aus einem Lautsprecher. „Dann geht es los."

Schweißtropfen glänzten um Laras Augen. Was sie tat, hatte den Ernst von Leben und Tod. Entschlossen hob sie eine Sonde mit einer rasierklingenscharfen Spitze. Sie drückte ihr Gesicht an eine chirurgische Lupe, die ihre Bewegungen mitvollzog und ihren Augen mikroskopisches Sehvermögen verlieh. Mit beiden Händen hielt sie die Sonde ruhig und fädelte sie durch die Matrix aus Laserstrahlen … dann bewegte sie sie nach unten … weiter … in ein Gehirn.

Nur dass dieses Gehirn nicht lebendig war. Es sah erstaunlich echt aus und war eine genaue Abbildung des menschlichen Gehirns, wie es durch die Entfernung einer Scheibe vom Schädel aussehen würde, aber kein Körper war damit verbunden und kein Blut. Die Mikrolaser zielten auf und in die Materie – überwiegend Polymere von unterschiedlicher Dichte –, aus der das nachgebaute Gehirn bestand.

Hinten im Kontrollraum, hinter den Technikern, die gebannt auf ihre Monitore starrten, standen zwei Personen, ein Mann und eine Frau, er im Anzug, sie im Kostüm. Der Mann war Malcolm; schlank, grauhaarig und mit Ende fünfzig noch extrem gut aussehend. Er war der beste Freund des alten Dr. Blair gewesen und wäre Laras Patenonkel gewesen, wenn ihr Vater an Gott geglaubt hätte. Die Frau war Brenda. Sie war mit ihren fünfunddreißig Jahren sieben Jahre älter als Lara. Brenda hatte im Laufe ihrer Karriere bereits mehrere Titel gehabt, was immer sich Malcolm für den Aufsichtsrat der Firma ausgedacht hatte, um ihr Gehalt zu rechtfertigen, aber in Wirklichkeit war es Brendas Aufgabe, auf Lara aufzupassen. Sie sollte wie eine Schwester, die Lara nie gehabt hatte, als eine weibliche Konstante in ihrem Leben fungieren und sie auf eine Weise unterstützen und beschützen, wie Malcolm es vielleicht nicht vermochte. Malcolm hatte eine große Hilflosigkeit verspürt, als Dr. Blair senior sich nach und nach zu Tode gearbeitet hatte, und er war fest entschlossen alles zu tun, damit Lara nicht das gleiche Schicksal ereilte. Malcolm und Brenda blickten durch das Beobachtungsfenster des Labors und wussten, was bei dem chirurgischen Versuch, den Lara gerade unternahm, auf dem Spiel stand. Sie konnten kaum hinschauen.

Und von all den hoch konzentrierten Menschen in der Operationstechnik war Lara Blair diejenige Person, die am angespanntesten war. Ihr Blick war ganz starr und wie gebannt, als sie ihre Werkzeuge in winzigen Bewegungen führte, immer tiefer in die Nachbildung eines Gehirns.

Jetzt erstarrte Lara. Sie hatte den Bereich des Gehirns erreicht, an dem sie und jeder andere Chirurg, der eine solche Prozedur versucht hatte, bislang gescheitert waren.

Die Techniker im Kontrollraum wechselten bedeutungsvolle Blicke.

Malcolm und Brenda hielten die Luft an; dann sahen sie einander an.

Noch immer rührte Lara sich nicht.

Die Stimme eines Technikers erklang leise aus dem Lautsprecher neben der Kamera, die über Laras Kopf angebracht war. „Dr. Blair …?“

„Ja!“, gab sie schnell und scharf zurück. Sie holte tief Luft und schloss einen Moment lang die Augen. Seit ihrem letzten fehlgeschlagenen Versuch hatte sie zahllose Stunden damit verbracht, um ihren Körper, ihre Seele und ihren Geist durch Entspannungsübungen zu einem ausgewogenen Ganzen zu formen. Sie konzentrierte sich auf ihre Lungenflügel und sang innerlich: *Atmen … atmen … atmen …*

Sie öffnete die Augen … konzentrierte sich auf die Linse des Mikroskops … und bewegte die Sonde.

Ein schriller Alarm ertönte.

Lichter blinkten.

Die Monitore flackerten und alles schrie: VERSUCH FEHLGESCHLAGEN.

Das Kreischen und Aufleuchten waren widerlich. Die Techniker sanken auf ihren Plätzen zusammen. Lara zog den Arm aus dem Sensorärmel, riss sich Kopfbedeckung und Mundschutz ab und holte noch einmal tief Luft, diesmal aber aus Frustration. Die Tür zur Beobachtungskabine ging auf und Malcolm und Brenda traten neben sie. Lara hob den Blick und schüttelte enttäuscht den Kopf.

Ein Mitarbeiter im Sakko ging schnell auf Malcolm zu und flüsterte ihm ins Ohr: „Sir? Einer unserer Scouts hat gerade etwas mitgebracht, was Sie sich ansehen sollten.“

Während Malcolm dem Mann aus dem Labor folgte, warf Brenda einen Blick auf den simulierten Körper auf dem Tisch mit dem Loch im Schädel und dem freigelegten Gehirn. „Tut mir leid, Roscoe, sie hat dich schon wieder abgemurkst.“ Brenda trug die Haare lang, lockig und wie immer ungekämmt – sie behauptete, die statische Aufladung des Bürstens sei schlecht für das Gehirn. Jetzt schüttelte sie ihre wilden Locken und schnitt mit hinter ihren runden Brillengläsern weit aufgerissenen Augen eine Grimasse.

Lara warf ihr einen strengen Blick zu. Aber wenn Brendas Humor nicht gewesen wäre, der ein weiteres Scheitern lediglich zu einem kleinen Hindernis auf dem Weg werden ließ, hätte Lara nicht gewusst, wie sie weitermachen sollte. Selbst mit Brendas Unterstützung, mit Malcolm und all den anderen – den Besten der Welt – um sie herum, spürte sie, wie die Niederlagen ihre Hoffnung aufzehrten. Soeben hatte sie zum ersten Mal in ihrem Leben einen Anflug von Verzweiflung verspürt.

Das Konferenzzimmer von *Blair Bio-Med* bot einen fantastischen Ausblick auf den Lake Michigan. Das aus Onyx gefertigte Firmenlogo an der innen liegenden Wand des Raumes vermittelte den Eindruck, als sei *Blair Bio-Med* ein Unternehmen, das nur selten versagt hatte – eines ausgesprochen lukrativen Unternehmens, das die Originalität seines Kerngeschäfts nicht verloren hatte. Zeichnungen von neuen biomedizinischen Erfindungen säumten die Wände und auf dem Schrank hinter Laras Stuhl standen Modelle von laufenden Projekten bereit, als sie ihren Platz vor Kopf des Tisches einnahm.

Um den langen, polierten Mahagonitisch vor ihr saßen die Anwälte, Finanzexperten und Medienberater der Firma. Alle trugen Anzüge. Ihre Ingenieure, Forscher und die Ärzte in ihrem Team waren die Einzigen, die im Gebäude von *Blair Bio-Med* leger gekleidet waren.

Lara selbst trug noch immer ihre Operationskleidung, da sie gerade erst den Simulationsraum verlassen hatte. Von Mütze, Mundschutz und Brille befreit wirkte sie dennoch elegant. Ihr dunkles Haar glänzte und ihre blauen Augen leuchteten auffallend, und trotzdem machte sie sich aus ihrem Aussehen nicht viel, so als wäre Schönheit etwas, über das sie nie Zeit gehabt hatte nachzudenken. Sie war in Gedanken noch bei dem Scheitern ihres Versuchs und starrte aus dem Fenster, als einer ihrer Techniker mit der Analyse des Experiments begann. Er war einer der jüngeren Mitarbeiter und hatte erst zwei Jahre Berufserfahrung; Laras Vater hatte die Tradition begonnen, alte Probleme aus neuen Blickwinkeln zu beleuchten.

„Die Schwierigkeit liegt in der Biegung um den Kortex", sagte der junge Techniker und zögerte, weil er keine Ahnung hatte, wo die eigentliche Schwierigkeit lag; das wusste niemand.

„Und wie viele Versuche haben wir bis jetzt unternommen?", fragte Edwards von der Buchhaltung.

Während der junge Techniker seine Akte zu Rate zog, um sich zu vergewissern, bevor er eine Zahl in den Raum stellte, antwortete Lara an seiner Stelle. „Fünfzehn."

„Vom Standpunkt der Wirtschaftlichkeit aus betrachtet –"

„Ein Rückzug kommt nicht infrage", sagte Lara in einem Tonfall, der keinen Widerspruch duldete.

„Wir werden den Vorgang rekonstruieren und die Route neu berechnen", antwortete der junge Techniker.

Lara brachte ihn mit einem kleinen Nicken zum Schweigen. Einer ihrer Finanzdirektoren räusperte sich, um ein neues Thema anzusprechen. „Wir sind bei einem anderen Projekt auf ein ernstes Preisproblem gestoßen. Wir haben vier Jahre und zwölf Millionen Dollar darauf verwendet, unseren Herz-Shunt zu entwickeln. Wir wissen, zu welchem Preis wir ihn verkaufen müssen, um einen Gewinn zu machen. Aber die Marketingabteilung hat ein Problem –"

„Es ist nicht nur das Problem der Marketingabteilung", unterbrach der Vertriebsleiter ihn. „Es ist das Problem des gesamten Unternehmens. Die nationalen Fachzeitschriften verbreiten eine neue Studie, die darauf hinweist –"

„Darauf hinweist?", gab der Finanzexperte zurück.

„Wir müssen diese Studie ernst nehmen! Sie weist darauf hin, dass die Behandlung in der hispanischen Bevölkerung fünfmal häufiger nötig ist als im Landesdurchschnitt. Berechnen wir –"

„Wir sind ein Wirtschaftsunternehmen!"

„Deshalb dürfen wir aber nicht wie Gauner aussehen!“

Lara stand auf und ging zum Fenster, immer noch in Gedanken, während der Streit hinter ihr weiterging. Malcolm und Brenda waren in der ganzen Firma die Einzigen, die glaubten, dass sie bei dem Projekt, das an diesem Vormittag mal wieder fehlgeschlagen war, wirklich Erfolg haben konnten. Die anderen Mitglieder des Aufsichtsrates hatten nichts dagegen, dass Lara sich damit vergnügte, solange die früheren Erfindungen der Firma genügend Gewinne einbrachten.

„Dann erklären wir eben unsere Kosten“, sagte der Typ aus dem Rechnungswesen.

„Es ist egal, wie oft wir die Wahrheit wiederholen“, argumentierte der Vertriebsleiter. „Das spielt keine Rolle. Die Öffentlichkeit ist emotional. Wir hatten Rekordgewinne –“

„– die wir durch medizinische Durchbrüche erzielt haben! Lara, ich denke, Sie müssen hier eine Entscheidung treffen. Lara …? Lara.“

Sie blickte zu ihren Direktoren hinüber und starrte dann wieder aus dem Fenster. Den anderen kam es vor, als hätte sie nichts von der Diskussion mitbekommen. Dann sagte sie: „Wir vertrauen den Ärzten.“ Alle am Tisch versuchten, ihren Gedankengängen zu folgen. Sie saßen immer noch mit gerunzelter Stirn da, als sie hinzufügte: „Die meisten Ärzte in diesem Land erbringen Leistungen, für die sie nie eine Rechnung schreiben. Und sie wissen, welche Patienten eine Krankenversicherung haben und welche nicht. Alle, die sich den Shunt nicht leisten können, bekommen ihn von uns kostenlos – durch ihren Arzt. Außerdem spenden wir von unserem Wohltätigkeitsbudget etwas an einen Hilfsfond für Betroffene und veranstalten ein Fundraising-Event.“

„Das heißt, wir sind aus dem Schneider“, sagte der Vertriebsleiter. „Und wir sehen gut aus.“

„Und wir machen Gewinn“, fügte sein Finanzkollege hinzu und flüsterte: „Warum sind wir nicht darauf gekommen?“

Der Vertriebsmann flüsterte zurück: „Weil uns die Firma nicht gehört."

Ein atemloser, aufgeregter Malcolm erschien in der Tür zum Konferenzraum. „Lara!", rief er. „Das musst du dir ansehen!"

Lara verließ sofort die Besprechung und folgte Malcolm einen langen Flur hinunter bis zur Treppe – Malcolm hasste Aufzüge – und gemeinsam liefen sie die zwei Stockwerke zum Labor, während Laras Assistentin Juliet von oben rief: „Sie haben in fünf Minuten eine Sitzung mit dem Finanzkomitee!"

„Und ich brauche Ihre Zustimmung für die neue Gestaltung des AMA-Journals!", flehte der Redakteur, der vor dem Sitzungssaal gewartet hatte. Lara und Malcolm verschwanden im Ei – dem Laborstockwerk, wo ihre neuen Projekte ausgebrütet wurden. Malcolm konnte seine Erregung kaum im Zaum halten. „In den letzten beiden Jahren haben wir überall gesucht, um jemanden mit einem herausragenden Maß an Geschicklichkeit zu finden, der das Roscoe-Projekt voranbringen könnte. Einer unserer Scouts hat in einem Kunstmuseum etwas gefunden."

„In einem Kunstmuseum?"

„Ich weiß, was du jetzt denkst – dass unsere Scouts nicht ihre Zeit damit verschwenden sollen, sich Kunst anzusehen, und ich wünschte, ich könnte dir sagen, es wäre Teil unseres ausgeklügelten Plans, in ungewöhnliche Bereiche vorzustoßen, um ungewöhnliche Talente zu finden, aber in Wahrheit war der Mann von einer Universitätsklinik zur anderen unterwegs und bekam immer wieder zu hören, einen Chirurgen mit der Fähigkeit, die mikroskopischen Kunstgriffe zu vollführen, wie wir sie brauchen, gebe es nicht. Also hat er eine Pause gemacht und ist in ein Museum gegangen. Und da gab es eine Ausstellung mit dem Titel ‚Die Größe des Kleinen'."

„Er ist also einfach darüber gestolpert?"

„Kopfüber reingefallen."

Sie blieben vor einem Labor stehen, das mit Fenstern versehen war und in dem mehrere Forscher an der Arbeit waren. Es sah aus, als sollte hier eine moderne Fassung von Frankensteins Braut gedreht werden: Hightech-Instrumente, verbunden mit dem kreativen Chaos eines Erfinders. Malcolm konnte es nicht näher erklären, er musste es Lara zeigen. Er öffnete die Luftschleuse und führte sie in einen Raum, der vor weißer Emaille und Chrom blitzte. Sein Aktenkoffer – den hatte Lara ihm im ersten Jahr zum Geburtstag geschenkt, als sie nach dem Tod ihres Vaters die Firma übernommen hatte – lag auf einem der Labortische. Dieser Aktenkoffer war die Firmenversion eines Safes; alles, was Malcolm darin aufbewahrte, durfte nicht angerührt werden. Malcolm ließ die Messingschlösser aufschnappen und holte eine Schachtel aus poliertem Chrom heraus. Er öffnete die Schachtel. Sie schien leer zu sein.

Malcolm nahm eine Pinzette und benutzte sie, um ein beinahe unsichtbares Objekt zu entnehmen und auf den Objektträger eines Mikroskops zu legen. Mit diesem Mikroskop konnte man das Objekt von allen Seiten betrachten. Malcolm stellte den Apparat ein – er war sowohl Arzt als auch Ingenieur, genau wie ihr Vater es gewesen war – und trat dann einen Schritt zurück. Lara ging zu dem Mikroskop.

Sie blickte durch das Okular, wich zurück, hielt die Luft an und blickte noch einmal hindurch. Was sie durch das Okular des Mikroskops sah, war eine Skulptur von Abraham Lincoln, der auf dem Lincoln Memorial stand, anstatt zu sitzen. Als sie wieder zurücktrat, rotierten die Gedanken in ihrem Kopf. Und Malcolm grinste.

Sie grinste nicht. „Wie klein ist das genau?“, fragte sie kurz angebunden.

„Es würde durch ein Nadelöhr passen“, antwortete Malcolm, noch immer grinsend.

Lara blickte erneut durch das Okular. Für das bloße Auge war das Objekt, das Malcolm mit der gepolsterten Pinzette festhielt, kaum größer als ein Punkt in einer Zehn-Punkt-Schrift. Durch das

Okular betrachtet war Lincoln majestätisch und wie aus Granit gehauen. Lincolns Gesicht drückte sogar Emotionen aus. Selbst ohne die unglaubliche Verkleinerung der Skulptur wäre sie ein Kunstwerk gewesen, das den verehrten Präsidenten zeigte, wie er aufstand, als wollte er gegen die Welt, die er heute sah, protestieren. „Und es ist von Hand gefertigt?", staunte Lara, die kaum glauben konnte, was sie sah.

„Nicht nur das", hörte sie Malcolm neben sich sagen. „Es ist von Hand gefertigt … und zwar von einem Arzt."

Sie blickte ihn an.

„Mit Hilfe chirurgischer Instrumente", fügte Malcolm hinzu.

Sie legte das Auge wieder an das Okular des Mikroskops, um die Großartigkeit der winzigen Schnitzerei auf sich wirken zu lassen. „Ein Mann, der zu so etwas in der Lage ist …"

„Genau. Der wäre zu allem in der Lage."

Sie richtete sich auf und sah Malcolm an. „Wo ist der Haken? Warum ist er noch nicht hier?"

„Wir überprüfen ihn gerade. Aber es scheint, dieser Arzt, dieser …" Er warf einen Blick auf die Notizen, die sein Scout ihm gegeben hatte. „… dieser Andrew Jones – er operiert nicht mehr. Er lehrt und betreut jetzt andere, aber er hat in den letzten zwei Jahren keinen Schnitt mehr gemacht. Wir erstellen ein Profil von ihm. Der Kunstfertigkeit dieser Arbeit nach zu urteilen, ist dieser junge Arzt sehr nachdenklich … einfühlsam … ein empfindlicher Mensch …"

Kapitel 4

In dem Augenblick, in dem die Leute bei *Blair Bio-Med* in Chicago Vermutungen über seine „weichere Seite“ anstellten, stand der besagte Dr. Jones auf einem Rugbyspielfeld der Universität von Virginia. Der Himmel war schiefergrau und die dünne Schneedecke vom Vorabend vereinte sich mit der Erde zu einer festgetretenen Matschschicht. Jeder, der bei diesem Wetter draußen war, musste verrückt sein.

Und genau das schienen die Rugbyspieler zu sein, die in der bitteren Kälte herumrannten und ungepolsterte Leiber aufeinanderprallen ließen. Von einem Aussichtspunkt außerhalb des Spielfelds aus wirkte es wie das reinste Chaos; wenn man mitten im Geschehen steckte, war es – na ja, das reinste Chaos: kollidierende Schultern, zusammenprallende Köpfe, fliegende Ellenbogen. Ein Fuß trat den Ball hoch in die Luft; er fiel durch den steinigen Himmel in die dürren Arme eines Läufers, der nur ein paar Schritte vorwärts kam, bevor seine Gegner ihn zu Boden zerrten und die Spieler sich in neuerlichem Gedränge zusammenrauften, ein

Durcheinander aus grunzenden Männern mit blutigen Knien und Knöcheln.

Die Spieler hatten keine richtigen Trikots; sie trugen Hemden in zwei Farben, je nachdem, für welche Mannschaft sie an diesem Tag spielten, und Shorts, die überhaupt keine bestimmte Farbe hatten. An diesem Tag war die vorherrschende Farbe allerdings Schlamm. Keiner der Männer hatte eine besondere Vorliebe für eine der beiden Mannschaften; wenn an einem Tag nicht genügend Spieler da waren, wechselten einfach einige auf die andere Seite, um die Zahl auszugleichen. Sie machten das Ganze zum Spaß.

Sie stießen einander ein paar Sekunden lang herum, bis einer von ihnen das Bein weit genug ins Gedränge vorstoßen konnte, um den Ball wieder zu seiner Mannschaft zu kicken, und als der Ball heraussprang, zerstreuten sie sich in ihre Aufstellung und rannten das Spielfeld hinunter, wobei sie Querpässe von einem zum anderen warfen. Ein besonders stämmiger Grobian fing einen dieser Pässe ab und sprintete an der Seitenlinie entlang, als ein Schatten – der nachdenkliche, einfühlsame, empfindliche Dr. Jones – sich auf ihn stürzte und eine knochenknirschende Kollision herbeiführte. Köpfe schlugen gegeneinander; der Ball flog in die Luft. Aber keiner kümmerte sich um den Ball, weil alle gedanklich bereits bei dem bevorstehenden Kampf waren. Mehrere Spieler rutschten in die beiden anderen hinein wie Eisenbahnwaggons bei einem Zugunglück und der Mannschaftskollege des Läufers brüllte Jones an: „Mann, das ist doch kein American Football!“

Jones sprang auf die Füße und sagte zu dicht vor der Nase des anderen: „Es ist aber Amerika, oder etwa nicht? Meinst du, dieser Sport ist was für Schwächlinge?“

„Willst du damit etwa sagen, dass ich ein Schwächling bin?!“, bellte einer der anderen Spieler, der aufgesprungen war und Jones jetzt einen heftigen Stoß versetzte, ebenso wie zwei andere Männer in der Nähe, die sich genau wegen solcher Situationen freiwillig in T-Shirt und Shorts der eisigen Kälte und dem Schneematsch aussetzten.

„Das war ein sauberer Tackle!“, schrie Jones und schubste den Angreifer zurück. Während weitere Spieler sich in den Tumult stürzten, packte Jones den Arm des stämmigen Typen, den er zur Strecke gebracht hatte, und half ihm auf. Dabei sah er, dass der Mann eine Platzwunde am Kopf hatte.

„Hey, Jones“, sagte jemand, „mit dem Gesicht anzugreifen ist nicht erlaubt.“

„Er macht alles mit dem Gesicht“, sagte ein anderer. „Ihr braucht nur seine Freundin zu fragen!“ Die Männer lachten, während sie weiter miteinander rangen.

Jones begutachtete die Wunde am Kopf des Läufers, mit dem er zusammengestoßen war. „Komm, lass mich mal sehen. Kann mir mal einer meine Tasche bringen?“

Drei Minuten später hatten sich die dreckigen, blutigen Rugbyspieler am Spielfeldrand versammelt und zogen Grimassen wie sechsjährige Jungen, während sie zusahen, wie Jones die Platzwunde an der Stirn ihres Sportkameraden nähte. „Keine Sorge“, sagte Jones. „Du wirst genauso hübsch aussehen wie vorher. Schere.“

Der größte, raueste Kerl reagierte schnell, denn er war Operationshelfer. Er reichte Jones die Schere aus dessen Arzttasche – die er immer zu den Spielen mitnahm, denn Stiche waren auf dem Platz ebenso üblich wie das kalte Bier anschließend –, und Jones schnitt das Garn ab. Er war gerade dabei, seine Instrumente einzupacken, als er sah, dass sein Handy aufblinkte. Das Krankenhaus rief ihn zu einem Notfall.

Noch immer in sein schlammiges Trikot gekleidet, betrat Jones das Krankenhaus und rief Nancy, der Schwester in der Notaufnahme, zu: „Was gibt es?“

„Wir haben ein Neugeborenes, das nicht richtig atmet, und der neue Arzt in der Notaufnahme hat keine pädiatrische Erfahrung."

Mit der in einer Notfallsituation nötigen flinken Konzentration wusch Jones sich die Hände, während die Schwester ihm einen Krankenhauskittel über seine Rugbykleidung streifte. Nancy war fünfundvierzig, hatte allein zwei Töchter großgezogen und kümmerte sich jetzt um zwei Enkel, weil eine ihrer Töchter in der Entzugsklinik war. Nancy hatte eine natürliche Pflegebegabung, aber sie konnte auch ausgesprochen raubeinig sein. Als Jones vor acht Jahren angefangen hatte, Schichten als Arzt in der Notaufnahme zu übernehmen, hatte sie ihn genauso behandelt, wie ein General einen Rekruten behandeln würde, nämlich so, als hätte er absolut keine Ahnung. Manchmal behandelte sie ihn immer noch so. Aber wenn Nancy im Dienst war, starb niemand aufgrund von Nachlässigkeit oder wegen der Fehldiagnose eines jungen Arztes. Jones war sie lieber als alle anderen Schwestern. „Ist das Ihr Blut?", knurrte sie ihn an.

„Ich glaube nicht."

Zwanzig Sekunden später untersuchte er das Baby, ein zitterndes, knochiges Häufchen Elend, das eher einem ungeborenen Vogel ähnelte als einem kleinen Menschen. „Sieht nach schlechter pränataler Versorgung aus", sagte Jones zu Nancy. „Wie gesund ist ihre Mutter?"

„Wir haben keine Blutprobe von ihr", sagte Nancy. „Das Baby wurde gestern Abend auf einer Trage in der Notaufnahme geboren, während Sie den Besoffenen zusammengeflickt haben. Die Mutter tauchte mitten im Schneesturm hier auf und trug nicht mal einen Mantel. Heute Morgen ist sie gegangen."

„Ihre Tochter ist schwach, aber sie hält sich tapfer. Wenn sie schläft, schafft sie es vielleicht. Ich werde sie im Auge behalten."

Jones zog sich einen Stuhl heran und ließ sich darauf nieder. Als er bemerkte, dass Nancy auf seine dreckigen, blutverschmierten Knie hinunterblickte, zog er den OP-Kittel darüber. „Haben Sie denn geschlafen?", fragte sie, die Arme vor der Brust verschränkt, während sie ihn über den Rand ihrer Lesebrille hinweg musterte. „Sie haben die letzte Schicht gearbeitet, Sie –"

„Mir geht es gut. Danke."

Nancy schob mit einem Finger ihre Brille nach oben, als würde sie auf den Punkt zeigen, an dem sie ihm am liebsten eine Kugel zwischen die Augen jagen würde, und ging.

Lara arbeitete seit Stunden allein im Labor und sah sich zum wiederholten Mal das Video von der Operation an, das sie an jenem Tag aufgezeichnet hatten. Immer wieder spulte sie zurück zu der Bewegung, die den Alarm ausgelöst hatte. Sie war mit ihrem Latein am Ende.

Ihr Vater hatte ihr einmal erzählt, dass er seine besten Ideen allesamt einem merkwürdigen und unvorhersehbaren Zusammenspiel von disziplinierter Hartnäckigkeit und spontaner Inspiration zu verdanken hatte. Seiner Erfahrung nach funktionierte das eine nicht ohne das andere. Es habe Augenblicke gegeben, hatte er gesagt, in denen Ideen in seinem Kopf aufgetaucht seien, während er zur Arbeit fuhr oder im Radio Musik hörte und seine Gedanken einem Lied folgte. In diesen Augenblicken, so schien es ihm, war die Idee auf indirektem Weg in sein Gehirn abgeprallt. Dann war er ins Labor gerannt und hatte unzählige Stunden gearbeitet, inspiriert von der Erkenntnis, die ihn gerade überfallen hatte. Bei anderen Gelegenheiten hatte er tagelang gearbeitet und das Gefühl gehabt, als würde er permanent mit dem Kopf gegen eine Wand rennen, und wenn er dann endlich aufgegeben hatte und nach Hause gefahren war, um sich auszuruhen – wenn er das Problem wirklich losgelassen hatte –, hatte eine neue, potenzielle Lösung ihn wie die Wärme einer heißen Dusche erfüllt. Ihr Vater hatte diese Analogie benutzt, weil er die Idee zu einer seiner gewinnbringendsten Erfindungen tatsächlich unter der Dusche gehabt hatte.

Laras Vater hatte nie davon gesprochen, was er für den Ursprung solcher Gedanken hielt. Er war kein religiöser Mensch gewesen und Lara vermutete – logischerweise, wie sie fand –, dass er eine solche Frage für nicht zu beantworten hielt und deshalb irgendwann beschlossen hatte, seine Zeit nicht damit zu verschwenden. Und trotzdem hatte er sich mit anderen Fragen auseinandergesetzt, mit Rätseln, die von anderen in seinem Forschungsbereich als unlösbar bezeichnet wurden. Er hatte von Lara nie erwartet, dass sie Chirurgin wurde, und schon gar nicht, dass sie als Forscherin und Erfinderin arbeitete. Doch als ihm klar geworden war, dass sie sowohl die Begabung als auch die Entschlossenheit besaß, denselben Kampf, den er focht, auszufechten, hatte er ihr alles beigebracht, was er wusste, und dazu gehörte auch die Strategie, das eigene Wissen zu erweitern. Ein Eckstein dieser Strategie war: *Fürchte dich niemals davor, Fragen zu stellen. Was wäre, wenn? Was ist, wenn? Frage immer: was, wenn?*

Ihr Vater war ein wundervoller Mann gewesen. Er war gütig und großzügig gewesen und es hatte ihm das Herz gebrochen, als Laras Mutter gestorben war. Und das trieb Lara mehr als alles andere die Tränen in die Augen, wenn sie an einsamen Urlaubsabenden an die Familie dachte, die sie verloren und eigentlich auch nie richtig erlebt hatte. Sie kontrollierte riesige Geldbeträge, sie verfügte über eine ungeheure Menge an Intelligenz, von der ein Großteil zwischen ihren eigenen Ohren angesiedelt war, und sie hatte Freunde, denen sie vertrauen konnte – Malcolm und Brenda. Das waren zwar nur zwei; aber auf die beiden konnte sie sich hundertprozentig verlassen, und das war nicht wenig.

Aber sie hatte nur selten auf dem Schoß ihres Vaters gesessen und er hatte ihr fast nie eine Gute-Nacht-Geschichte vorgelesen oder mit ihr zu den Sternen hinaufgeschaut und sich gefragt, wie all dieses

Leuchten dorthin gelangt war, das sich über den Himmel des Firmaments und den Himmel des Herzens erstreckte. Ihre Mutter hatte das mit ihr getan, aber das war lange her. Diesen Ausdruck hatte ihre Mutter gebraucht: Himmel des Herzens. Aber sie war seit Jahren tot.

Und Lara war immer noch ratlos.

Niemand in der Firma, einmal abgesehen von Malcolm und Brenda, wusste, wie zutiefst persönlich das Streben ihres Vaters nach neuen Erkenntnissen gewesen war oder dass es, falls das überhaupt möglich war, für sie eine noch persönlichere Angelegenheit war. Sie suchten nach neuen Wegen, um Leben zu retten; konnte es eine wichtigere Arbeit geben?

Und trotzdem, dachte Lara, wenn wir unser ganzes Leben so sehr damit verbringen, am Leben festzuhalten, dass wir nie wirklich leben, uns niemals die Chance gönnen zu tanzen oder zu singen, welchen Wert – Sinn, Nutzen, Zweck, Bedeutung – hat das alles dann?

Sie war noch immer ratlos. Kopfschüttelnd wandte sie sich dem Mikroskop zu, blickte hindurch, betrachtete die winzige, handgeschnitzte Statue und staunte. Als sie hörte, dass sich ihr jemand von hinten näherte, wusste sie, dass es Malcolm war.

„Lara –“ Sie drehte sich nicht um. „Was hältst du davon, wenn du versuchst, dich ein bisschen auszuruhen“, sagte er, „und morgen weitermachst …?“

„Es gibt kein Morgen, Malcolm.“ Jetzt sah sie ihn an und bemerkte die Traurigkeit in seinem Gesicht. „Tut mir leid. Du hast recht. Ich begleite dich hinaus.“

Abgesehen von den Sicherheitsleuten waren Malcolm und Lara die Letzten, die gingen. Als sie aus dem Aufzug in die Tiefgarage traten, fuhr eine Limousine für Lara vor. Aber sie winkte sie fort und der Fahrer setzte zurück in den Parkplatz neben dem Wärterhäuschen. „Fährst du nicht nach Hause?“, fragte Malcolm sanft, beinahe flehend.

„Ich schlafe hier. Vorher will ich mir die Aufnahmen noch einmal ansehen.“

„Du musst schlafen! Das habe ich zu deinem Vater auch immer gesagt."

„Und, hat er auf dich gehört? Übrigens, noch mal zu dem Arzt, der diese Schnitzerei angefertigt hat – ich möchte um sechs Uhr früh eine Akte über ihn auf dem Tisch haben."

„Dein Wunsch ist mir Befehl, Boss. Bist du dir sicher, dass du nicht nach Hause willst?"

„Ich bin zu Hause." Sie sah zu, wie Malcolm zu seinem Auto ging, dann trat sie wieder in den Aufzug und fuhr ins oberste Stockwerk hinauf, wo außer ihr niemand mehr war.

Der Stuhl in der Kinderabteilung war aus Metall und wäre von den meisten Menschen als unbequem empfunden worden, aber das verstoßene Baby war eingeschlafen, alle Monitore zeigten stabile Werte, und Jones nickte ein. Während der Schlaf sich auf ihn senkte, fing er an zu zucken und scharfe, tiefe Laute der Angst auszustoßen. Was auch immer er träumte, es musste ein Albtraum sein. Er begann zu stöhnen …

Der Schrecken seines Traumes nahm zu. Jones fing an, sich gegen die Lähmung, die Hilflosigkeit des Traumes zu wehren. Er versuchte zu schreien und fuhr plötzlich aus dem Schlaf auf. Als er sich umsah, stellte er fest, dass er immer noch auf der Frühgeborenenstation war, wo alles still war, abgesehen von den winzigen Wesen, die sich an ihr Leben klammerten.

Er stand von dem Metallstuhl auf, streckte die Hand aus und berührte mit hauchzarten Fingern die Wange des verlassenen Babys. Die Kleine schlief weiter.

Jones ging in die Notaufnahme, wo ebenfalls alles ruhig war; der junge diensthabende Arzt schlief auf einer Liege, war aber durch die offene Tür einer Untersuchungskabine zu sehen. Nancy, die hinter dem Empfangstresen saß, bemerkte Jones und fragte: „Wie geht es ihr?“

„Sie wird lange genug leben, um einen Namen zu brauchen. Und eine Mutter. Hat sie eine Adresse angegeben?“

Nancy kramte in ihren Unterlagen. „Wir haben sie ihr zwischen den Schreien entlockt, als sie in den Wehen lag. Aber es wird nicht viel bringen, sie kommt nicht wieder.“ Sie reichte Jones einen Zettel mit einem Namen und einer Anschrift darauf. In diesem Moment ging die Tür auf und ein Mann in Motorradkleidung – beziehungsweise in der Hälfte davon, denn seine Jacke war ihm vom Körper geschliffen worden, als er über den Asphalt gerutscht war – kam herein, in Begleitung zweier Polizisten, von denen einer der Mann war, den Jones beim Rugbyspiel zusammengenäht hatte.

Jones winkte dem Beamten zu, und während die Schwestern in Aktion traten, um den neuen Patienten in eine der Untersuchungskabinen zu führen, steckte Jones die Adresse in seine Tasche und ging zur Tür. Auf seinem Weg nach draußen blieb er stehen, um den diensthabenden Arzt aufzuwecken. „Hey, Maestro – Showtime!“

Der junge Arzt erhob sich sofort; Schlaf war in der Notaufnahme immer eine halbe Sache. „Was gibt es?“, fragte er.

„Sieht aus wie ein Typ, der sich mit seiner Harley hingelegt hat und Tätowierungen im Wert von, na sagen wir ungefähr dreitausend Dollar verloren hat.“ Der Arzt lächelte, als Jones ging.

Jones fuhr sechs Häuserblocks weit zu einem Geldautomaten und hob etwas von seinem Konto ab. Er benutzte Bargeld, damit er keine Spuren hinterließ.

Dann fuhr er zu einem Outlet für Armeebedarf, in dem er früher schon gewesen war. Die Leuchtreklame draußen warb mit den Worten: „24 Stunden geöffnet.“

Sein Weg führte ihn in einen Stadtteil, in dem niemand eine Kreditkarte hatte und die Leute ihr Bargeld für Milch, Brot, Drogen oder Sex ausgaben. Der Schneeregen hatte alle anderen von der Straße vertrieben. Ein paar junge Männer beobachteten die Umgebung von Hauseingängen aus, immer bereit herauszukommen und irgendwelche Deals abzuwickeln. Jones blieb vor einem Häuserblock mit Sozialwohnungen stehen und glich die Adresse mit der auf seinem Zettel ab.

In der Wohnung im ersten Stock saß ein fünfzehnjähriges Mädchen an dem schmuddeligen Fenster, aber sie blickte nicht in den Regen hinaus. Sie saß schon lange dort. Im Arm hielt sie eine billige, aber alte Puppe – eine Puppe, die sie aus ihrer eigenen Kindheit herübergerettet hatte. Tränen liefen über ihr Gesicht wie der Regen über die Fensterscheiben. In der Wohnung gab es keine Heizung; ihr Atem bildete Wölkchen in der Luft und sie hatte die Arme um die Puppe geschlungen, als wollte sie sie warm halten – und sich dadurch selbst vor der Kälte schützen.

Sie war überrascht, als die scheppernde Türklingel ertönte. Es beunruhigte sie; wer würde um diese Uhrzeit bei ihr klingeln? Sie ging zur Tür und spähte zögernd durch den Spion. Sie sah nichts. Vorsichtig schloss sie die Tür auf und öffnete sie einen Spaltbreit, um hinauszusehen, wobei sie die Kette vorgeschoben ließ. Nachdem niemand zu entdecken war, entfernte sie die Kette und öffnete die Tür weiter, um mehr zu sehen.

Sie streckte den Kopf zur Tür hinaus und blickte in beide Richtungen. Der Gang war menschenleer. Aber vor ihrer Tür lag eine Tasche. Sie hob sie vorsichtig auf und nahm sie mit in die Wohnung, um anschließend die Tür zuzuziehen und dreifach zu verschließen.

Sie öffnete die Tasche und holte den Inhalt heraus. Ein gefütterter Regenmantel entfaltete sich auf ihrem Arm. Zuerst verstand sie nicht. Was war das? Wer hatte ihn dort zurückgelassen? War es ein Trick? Der Mantel konnte nicht für sie sein; noch nie im Leben hatte ihr jemand etwas geschenkt – selbst die Puppe, die ihr einziger Schatz war, hatte sie in einem Laden gestohlen. Aber der Mantel war in einer Tüte gewesen – vor ihrer Tür. Und jemand hatte geklingelt. Konnte er wirklich für sie sein?

Vier Minuten später hatte sie den Mantel angezogen und betrachtete sich im Spiegel über dem Waschbecken im Badezimmer. Der Spiegel war gesprungen und seine silberne Rückseite hatte sich an einigen Stellen gelöst, sodass das Bild verschwommen wirkte, aber sie konnte sich sehen – in dem Mantel. Er war nicht teuer; sah eher nach einem Armeemantel aus. Aber er war neu, lang und schwer. Sie steckte die Hände in die Taschen und starrte ihr Spiegelbild an, umhüllt von der Wärme und dem Geheimnis.

Ihre Finger berührten etwas in der Tasche und als sie die Hand herauszog, hielt sie mehrere Hundertdollarscheine darin.

Jones ging auf die Säuglingsstation zurück und warf seinen Mantel auf den Metallstuhl. Er trug immer noch seinen OP-Kittel. Sein Blick fiel auf das Baby, das nach wie vor ruhig schlief.

Er setzte sich wieder auf den Stuhl und schlummerte ein. Diesmal schlief er friedlich, ohne Träume.

Kapitel 5

Lara studierte die zwanzig mal fünfundzwanzig Zentimeter großen Ausdrucke in Schwarz-Weiß, die Malcolm in Auftrag gegeben hatte, fotografische Vergrößerungen der winzigen Skulptur, die ihre Scouts entdeckt hatten. Sie, Brenda und Malcolm standen über den Kaffeetisch in Laras Büro gebeugt, einer geräumigen, eleganten Suite mit einem imposanten Schreibtisch aus englischer Eiche. Neben dem Büro befand sich ein kleines Schlafzimmer, in dem Lara inzwischen die meisten Nächte verbrachte. Malcolm hatte die Vergrößerungen bereits gesehen und so beobachtete er Lara, während diese die Bilder betrachtete. Er wusste, dass sie die ganze Nacht im Labor gewesen war – sie trug immer noch den Laborkittel und die Kopfbedeckung, die sie benutzten, damit die Muster nicht durch Haare verunreinigt wurden. Ihre Augen waren vom Schlafmangel gerötet und in ihrer Stimme hatte bei der Begrüßung an diesem Morgen nicht die Entschlossenheit gelegen, mit der sie der Außenwelt sonst immer begegnete. Malcolm hatte gesehen, wie ihr Vater auch die Nerven verloren hatte, als ihm klar geworden war, dass er das Problem, dessen Lösung er sein ganzes Leben gewidmet hatte, nicht zu seinen Lebzeiten in den Griff bekommen würde.

In der Nacht, in der William Blair gestorben war, war Malcolm bei Lara und ihrem Vater gewesen. Er hatte Lungenkrebs gehabt, nachdem er ein Leben lang geraucht hatte. Es war schon ironisch, dass so viele Ärzte, die sich der Zerstörung, die Zigaretten in Herz und Lunge anrichten konnten, völlig bewusst waren, trotzdem dieser Sucht verfielen. Und trotz vieler Versuche, das Rauchen aufzugeben (einmal angeführt von Malcolm, der als Student auch geraucht hatte und der angeboten hatte, zusammen mit ihm aufzuhören, was Malcolm auch gelungen war, aber William hatte wieder angefangen zu rauchen, als seine Frau gestorben war) hatte er diese Angewohnheit nie ablegen können. Als William den letzten Abend seines Lebens im Krankenhaus verbracht hatte, hatte Malcolm ihm zugeflüstert: „Ich wünschte, wir hätten mehr Zeit damit verbracht, den Krebs zu bekämpfen."

Aber William hatte gelächelt – hinter der Maske des Beatmungsgerätes, das seinen Brustkorb auf und ab bewegte, hatte er tatsächlich gelächelt – und den Kopf geschüttelt. Dann war sein Blick zu Lara gewandert, die auf einem Stuhl neben dem Bett gesessen hatte, und Malcolm hatte genau gewusst, was dieser Blick bedeutete und was er für seinen sterbenden Freund und seine lebende Tochter tun würde, solange er selbst lebte.

Jetzt streifte Lara angesichts dieses Beweises überwältigender Geschicklichkeit die restliche Laborkleidung ab und ging im Büro auf und ab. Lara hatte die Angewohnheit – manche würden es Macke nennen – zu glauben, wenn etwas erreicht werden musste, müsse sie selbst die nötigen Fähigkeiten dafür erwerben. Aber vor ihr lagen Hinweise auf eine Fähigkeit, die alles überstieg, was sie selbst jemals erlernen konnte; das wusste sie bereits, da sie es ihr ganzes junges Leben lang versucht hatte. Sie hatte noch nie etwas gesehen wie die Fingerfertigkeit und subtile Kunstfertigkeit, die diese Schnitzerei aufwies. Die fotografischen Vergrößerungen machten dies noch deutlicher als der Blick durch das Mikroskop.

Malcolm hatte außerdem eine Akte mitgebracht. Er reichte sie ihr. „Es hat sich herausgestellt, dass wir schon eine Akte über den Mann hatten. Zum ersten Mal aufgefallen ist er uns als junger Arzt im Praktikum, als seine Lehrer anfingen, in Bezug auf seine chirurgischen Fertigkeiten mit Begriffen wie ‚virtuos' um sich zu werfen. Aber er wollte kein Vorstellungsgespräch, sondern hat unserer Personalabteilung erklärt, er wolle in Virginia praktizieren. Schließlich ist er dort an der staatlichen Universität gelandet, in der Nähe seiner Heimatstadt."

Brenda, die einige Jahre lang als Chefsekretärin für Laras Vater gearbeitet hatte, nachdem seine vorige Kraft in Rente gegangen war, hatte die Akte damals gelesen. Sie vergaß nie die Einzelheiten eines Dokuments, das sie einmal gelesen hatte, aber dieses Thema hatte sie ganz besonders interessiert. „Er wohnt allein in einer Wohnung, verdient zweiundneunzigtausend im Jahr und hat Stellenangebote abgelehnt, die ihm viermal so viel eingebracht hätten. Unterrichtet Chirurgen in der Ausbildung und macht Doppelschichten in der Notaufnahme – ohne zusätzliche Bezahlung."

Dann hielt Brenda ein kleines, in Leder gebundenes Buch hoch. „Das hier haben wir in seiner Akte auch noch gefunden. Er hat Gedichte für die literarische Zeitschrift der Universität verfasst, während er noch Arzt im Praktikum war. Hört euch das hier an ..." Brenda schlug das Buch an einer Seite auf, die sie markiert hatte – sie hatte das Buch am vergangenen Abend mit nach Hause genommen, um darin zu lesen –, und las vor:

„... *Wenn die Liebe eine Stadt auf einem Berg wäre,*
mit hohen Türmen und kleinen Flaggen,
wo ein König für die sanften Seufzer seiner Königin sterben würde,
könnte ich sie bauen.

Wenn die Liebe eine Reise wäre
über das Wüten des tosenden Meeres
oder durch eine Wildnis aus Bäumen
oder quer durch die Zeit …"

Brenda hielt inne, um sich zu räuspern.

„… oder quer durch die Zeit, ohne das Versprechen,
dass einer, der anfängt, auch das Ende erreicht,
dann würde ich jetzt den ersten Schritt machen,
obwohl ich weiß, dass mein Herz,
wenn es brechen sollte,
nie wieder heilen wird."

Ein beredtes Schweigen lag über dem Raum und es war Malcolm, der es schließlich brach. „Es gibt ein älteres Foto von ihm in –"

Brenda streckte die Hand nach der Akte aus, aber Lara hatte das Bild schon gefunden. Sie zog es heraus, bevor Brenda danach greifen konnte, und betrachtete es. Was sie sah, war ein junger Arzt, männlich und attraktiv. „Hmm", sagte Lara.

Brenda zog ihr das Foto aus der Hand. Lara nahm den Gedichtband von Brendas Schoß und blätterte darin. „Und wir wissen nicht, warum er aufgehört hat zu operieren?"

„Wir schicken einen unserer Headhunter –", hob Malcolm an.

„Nein", unterbach Lara ihn kurzerhand. „Finde heraus, ob Dr. Jones zu einer persönlichen Unterredung bereit ist."

„Wann?"

„Ich werde in einer Stunde dort sein. Höchstens zwei."

Brenda sagte: „Ich komme mit."

Lara nahm ihr das Foto weg. „Nein, das tust du nicht." Sie betrachtete das Bild noch einmal und sagte, ohne die Augen davon abzuwenden: „Er hat die Gabe."

Andrew Jones' früheste Erinnerung war die ans Ersticken. Er war noch ein Säugling gewesen, als seine Eltern herausfanden, dass er an Asthma litt. Wenn er im Haus seiner Eltern in der Stadt war, hatte er keine Anfälle, aber jedes Mal, wenn sie weiter ins Gebirge fuhren, zum Haus seiner Großmutter, wo seine Mutter aufgewachsen war, verengten sich seine Atemwege und er fing an zu keuchen; und nach zwei Stunden dehnte sich seine Lunge kaum noch aus.

Diese Situation war an und für sich nicht schmerzhaft; er konnte dort liegen und stundenlang keuchen, sogar mehrere Tage lang, und solange er winzige Atemzüge machte, überlebte er. Keine Medizin, die die Ärzte ihm verschrieben, half. Sie machten verschiedene Allergietests, weil sie hofften herausfinden zu können, was die Ursache für seine Reaktion war, und die Tests verrieten ihnen, dass er unter anderem gegen Staub und den Schimmel in Blättern allergisch war. Beides gab es zuhauf auf dem Bauernhof seiner Großmutter.

Vielleicht verstanden seine Eltern nicht, wie schrecklich es für einen Jungen, der für sein Leben gerne rannte und lachte und auf Bäume kletterte und mit seinen Cousins rang, sein musste, reglos dazusitzen; aber der junge Jones begriff von Anfang an, dass er sterben würde, wenn er in Panik geriet, wenn er anfing, um Luft zu ringen, wenn er tief einatmete, um seine verschlossenen Lungen zu füllen. Er wusste, dass er stillsitzen musste, absolut regungslos.

Seine Großmutter wusste nicht nur das, sondern auch, dass die Gedanken des Jungen alles andere als regungslos waren.

Wenn die Asthmaanfälle ihn heftig erwischten – und nachts schienen sie immer stärker zu sein –, konnte er sich nicht hinlegen; dann wurde das Gefühl zu ertrinken nur noch schlimmer. Also blieb er auf. Und seine Großmutter blieb mit ihm auf. Sie hielt ihn auf ihrem Schoß und er blickte in ihre Augen, die so blau waren wie der wolkenlose Himmel, während sie ihm Geschichten erzählte und

Lieder vorsang. Die ganze Nacht lang. Die ganze Nacht. Die ganze Nacht.

Als er älter wurde, nahm er sich vor, kräftiger zu werden. Daheim im Haus seiner Eltern, wenn er keine Anfälle hatte, legte er sich mit einem Stapel Lexika auf der Brust auf den Rücken und hoffte, er könnte seine Atemmuskulatur stärken, damit er stärker wurde als die Asthmaanfälle.

In den Sommerferien reisten seine Eltern viel; sein Vater suchte immer nach besserer Arbeit, weil die Wirtschaft in den Appalachen chronisch schlecht lief, und seine Mutter begleitete ihn, weil sie gegen Rückenschmerzen ankämpfte, die von einer Wirbelsäulenverkrümmung herrührten, die man hätte korrigieren können, als sie noch ein Kind gewesen war, aber damals waren Ärzte so selten gewesen wie Schnellboote in den Bergen. Also verbrachte Andrew die warmen Monate bei seiner Großmutter und sie nahm ihn mit zu Zeltevangelisationen, wo sie Choräle sangen wie „Nur durch Jesu Blut“ und „Er führet mich“ und „Das alt’ raue Kreuz“, den Lieblingschoral seiner Großmutter. Jedes Mal, wenn sie bei der Zeile „Bis mir am Ende meine Last genommen“ ankam, fing sie an zu weinen, und er dachte, das tue sie, weil sie nie an einem anderen Ort als der Kirche über irgendeine Last weinen würde, die sie zu tragen hatte, oder weil der Gedanke ans Sterben für sie bedeutete, dass sie wieder mit ihrem Mann vereint sein würde, Jones’ Großvater Rufe, der in dem Jahr gestorben war, in dem Andrew das Licht der Welt erblickt hatte.

Die Lexika halfen seiner Lunge nicht, aber vielleicht halfen sie seinem Geist. Die Anfälle kamen immer wieder. Und während dieser Zeit lernte Jones ganz, ganz stillzusitzen.

Kapitel 6

Blair Bio-Med besaß zwei Firmenjets. Sie waren noch von den vieren übrig, die in Gebrauch gewesen waren, bevor Lara offiziell die Führung des Unternehmens übernommen und zusammen mit Malcolm ein Programm zur Kostenreduzierung eingeführt hatte. Einige Rationalisierungsfachleute, die als Berater engagiert worden waren, hatten ihnen erklärt, durch die umfangreichen Informationen aus dem Internet müssten ihre Direktoren und Forscher überhaupt nicht mehr reisen, aber Laras Vater hatte ihr beigebracht, dass Daten nur eine Art der Information waren. Es gab noch andere Sorten: Informationen, die man spürte, Wissen, das der Vorstellungskraft entsprang. Und die Geschichte der Entdeckungen war voll von Anekdoten über Wissenschaftler, deren großartige Ideen nicht auf wissenschaftlichen Methoden gründeten, sondern auf etwas Menschlicherem – oder Göttlicherem. Als Newton der legendäre Apfel auf den Kopf fiel und ihm das Prinzip der Schwerkraft aufging, war er nicht in seinem Labor. Und Laras Vater war zwar ein Agnostiker, aber kein Zyniker gewesen.

Also behielt die Firma zwei ihrer Flugzeuge, doch Lara hatte seit über einem Jahr in keinem von ihnen gesessen. Sie predigte ihren Leuten die Macht eines ausgeglichenen Lebensstils, in dem sich Arbeit und Familie, Hobbys und Freizeit die Waage hielten, aber sie selbst vergrub sich monatelang in ihrer Arbeit. Jetzt, als der Jet sie in den Süden trug und sie über die Wolken hinaus und in das endlose Blau darüber schaute, spürte sie, dass sich ihr Leben auf eine Art, die ihr wissenschaftlicher Verstand niemals würde erklären können, öffnete.

Sie war der einzige Passagier. Auf ihrem Schoß lag der Gedichtsband, aus dem Brenda ihr das vorgelesen hatte, das der Dr. Jones geschrieben hatte, zu dem sie jetzt unterwegs war. Laras Blick wanderte von dem makellosen Weiß der Wolkenspitzen zu den Worten auf den Seiten des dünnen Buches, das sie auf dem Schoß hielt, und sie las den Abschnitt noch einmal:

„Wenn die Liebe eine Reise wäre
über das Wüten des tosenden Meeres
oder durch eine Wildnis aus Bäumen
oder quer durch die Zeit, ohne das Versprechen,
dass einer, der anfängt, auch das Ende erreicht,
dann würde ich jetzt den ersten Schritt machen,
obwohl ich weiß, dass mein Herz,
wenn es brechen sollte,
nie wieder heilen wird.“

Abrupt klappte Lara das Buch zu und schob es in ihre Tasche, als wollte sie sich daran erinnern, dass sie objektiv, ja sogar rücksichtslos sein musste. Sie wandte sich den Zeitschriften zu, die die Flugbegleiterin für sie auf dem Tisch neben ihrem Sitz ausgebreitet hatte – Publikationen aus dem Bereich Finanzen, Forschung, Wirtschaft. Aber eine Zeitschrift fiel ihr besonders ins Auge. Das Titelbild zeigte ein

Paar, das mit dem Rücken zur Kamera stand und ein Kind zwischen sich mit ausgestreckten Armen hochhob. Das Foto bezog sich auf einen Artikel zum Thema Genforschung. Aber Laras Augen starrten tief in das Bild und auf das Kind, das in der Luft hing und sich auf eine aufgehende Sonne zubewegte.

Lara riss sich auch aus dieser Träumerei und nahm ein Journal über „Aufregende Neuigkeiten in Legierung und Metallurgie" zur Hand.

Unten in Virginia, in einer Notaufnahme in Charlottesville, war Dr. Andrew Jones gerade damit fertig geworden, eine zehn Zentimeter lange Platzwunde am Kopf eines Lastwagenfahrers zu nähen. „Wenn Sie das nächste Mal Ihre Frau nach fünf Tagen auf der Straße umarmen", sagte Jones und schnitt den letzten Faden ab, „achten Sie darauf, nicht nach dem Parfüm einer Kellnerin zu riechen, in Ordnung?"

„Danke, Doc", sagte der Fahrer und er wirkte erstaunlich kleinlaut für einen Mann, dessen Rücken haariger war als sein Kopf. „Ich werde es mir merken."

„Darauf wette ich", sagte Jones und beide Männer lachten.

In diesem Augenblick reichte Frank Willig am Haupteingang der Universitätsklinik Lara Blair die Hand. Willig war der Verwalter der Klinik und weil er stets bemüht war, der Universitätsklinik von Virginia unter den Lehrkrankenhäusern auch weiterhin eine führende Stellung zu garantieren, hatte er viel bei *Blair Bio-Med* eingekauft. Als er gehört hatte, dass die Besitzerin des Unternehmens zu ihnen unterwegs war, hatte er augenblicklich beschlossen, der Erste zu sein, der sie begrüßte. „Es ist uns eine außerordentliche Freude, dass Sie uns höchstpersönlich besuchen", sagte er mit einer Stimme, die er für recht musikalisch hielt – Willig sang für sein Leben gern Karaoke, obwohl niemand ihm gern dabei zuhörte –, während er Lara den gebohnerten Gang hinunter begleitete. Die Sonne war nach mehreren Regentagen herausgekommen und das Licht strömte durch das Glasdach. „Wir benutzen natürlich Geräte aus Ihrem Hause", intonierte Willig, „und die Stipendien aus Ihrer Stiftung sind –"

„Und Sie sind sich sicher, dass Dr. Jones heute Vormittag im Dienst ist?", unterbrach Lara ihn ungehaltener, als sie zu klingen beabsichtigt hatte. Sie war entschlossen, sich ganz und gar auf ihre Ziele zu konzentrieren, aber anstelle von skrupellos und sachlich, fühlte sie sich merkwürdig nervös und unausgeglichen.

In diesem Augenblick ertönte eine Ansage aus der Lautsprecheranlage der Klinik: „Dr. Jones, Code 6!"

Als Lara Willig einen fragenden Blick zuwarf, erklärte er ihr: „Das ist unser Notfallcode für den OP."

„Haben Sie eine Zuschauergalerie?"

Als er durch die Tür kam, warteten die OP-Schwestern schon im sterilen Raum auf ihn und hielten einen blauen Kittel auf, der über die Krankenhauskleidung gezogen werden sollte, die Jones bereits trug. Er wusch sich schnell die Hände, schob sie durch die Ärmel und streckte die Finger aus, damit sie ihm die Handschuhe anziehen konnten. Während sie ihm Mütze und Mundschutz anlegten, fragte er kurz angebunden: „Wer schneidet?"

„Stafford", gab die Schwester ebenso barsch zurück.

Jones war gerannt, aber als er rückwärts durch die zweite Tür in den Operationssaal ging, der voller angespannter junger Chirurgen war, strahlte er eine beinahe lässige Ruhe aus. Er drehte sich um und schien die Panik in den Augen seiner Mitarbeiter, der einzigen Gesichtspartie, die zwischen Kopfbedeckung und Mundschutz zu sehen war, gar nicht zu bemerken.

Acht Meter über und hinter dem zugehängten Kopf des Patienten stand Lara Blair neben Willig, und von dem Augenblick an, in dem sie Jones in den OP treten sah, wusste sie, dass er Führungsqualitäten besaß und Selbstsicherheit ausstrahlte. Selbst aus dieser Entfernung, durch eine doppelte Schicht aus schalldichtem Glas hindurch spürte sie, dass die Studenten, die um Jones herum standen, ihren Meister erkannt hatten.

Der leitende Chirurg, der am Kopf des Patienten stand, dessen Gehirn das Objekt der dramatischen Ereignisse war, trat zur Seite, damit Jones sich neben ihm aufstellen konnte. Jones' Stimme war ruhig und gleichmäßig; Lara konnte sie durch den Lautsprecher am Fuß des Beobachtungsfensters hören: „Puls und Blutdruck?"

Der Anästhesist, der, wie Lara bemerkte, das älteste Mitglied des Operationsteams dort unten war, überwachte die Ansammlung von Sensoren, die am Körper des Patienten befestigt waren. „Steigend, 180 zu 150", berichtete er, und Lara verstand seine unausgesprochene Warnung: Noch nicht kritisch, aber bald wird es das sein.

Neben ihr senkte Willig die Stimme zu einem weichen Bariton, von dem er hoffte, dass er nicht nur professionell, sondern auch verführerisch klang, denn er fand Lara Blair ausgesprochen attraktiv. Er raunte ihr zu: „Dr. Jones wird oft gerufen, wenn der Patient sich unberechenbar verhält."

Lara hielt den Blick auf den OP-Saal unter ihr gerichtet und dachte über diese Formulierung nach: Der Patient verhält sich unberechenbar – als hätte der Mensch, der da auf dem Operationstisch festgebunden war, der Sohn oder die Tochter von jemandem, Mann oder Frau von jemandem, Vater oder Mutter von jemandem, irgendwie beschlossen, die Chirurgen mit einer jener kleinen zusätzlichen Herausforderungen zu überraschen, die Ärzte gemeinhin als „Komplikation" bezeichneten. Und für sie war es eine Komplikation, denn sie mussten sich am Kopf kratzen und nachdenken und anschließend Berichte schreiben; der Patient hingegen starb oft einfach. Lara war es gewohnt, wie Krankenhausverwalter mit ihr sprachen: als verstünde sie nicht, was sich im Alltag von Kliniken abspielte. Sie war es gewohnt, aber trotzdem ärgerte es sie.

Sie lauschte weiter den Stimmen aus dem OP unter sich. Jetzt sagte der Chirurg zu Jones: „Es wirkte alles ganz unkompliziert. Dann haben wir ein zweites Aneurysma gefunden, Blutungen hinter dem ersten …" Die Stimme des jungen Chirurgen klang angespannt und zerbrechlich.

„Eins nach dem anderen", sagte Jones, so als würde er einen Spielzug beim Rugby oder Basketball beschreiben. „Sie schaffen das, Ben. Wundspreizer!"

Die Schwester reichte Jones ein Instrument.

„Nicht für mich, sondern für Dr. Stafford", sagte er. „Nehmen Sie ihn in die linke Hand, Ben … Ihre andere linke Hand." Während der Chirurg das Instrument, das sich plötzlich so wenig vertraut anfühlte, in die andere Hand nahm, blickte Jones durch das chirurgische Vergrößerungsglas, das auf das freigelegte Gehirn darunter gerichtet war. Lara konnte Jones' Augen nicht sehen, aber sie bemerkte, wie sein Körper plötzlich erstarrte, als wäre er in eine Trance gefallen. Dann trat er von der Lupe zurück und sagte freundlich, aber bestimmt: „Jetzt sehen Sie sich das Gehirn an. Sehen Sie, wie es ist. Und sehen Sie, wie es sein muss."

Stafford, der Chirurg, drückte das Gesicht an die Sehvorrichtung. „Die erste Arterie …"

„Genau, sie muss abgeklemmt werden. Also tun Sie das. Jetzt."

Lara merkte, dass Staffords Finger zitterten, obwohl es vielleicht weniger ihre Augen waren als vielmehr ihr Instinkt, der ihr das sagte – und ebenso konnte sie erkennen, dass Jones' Hand vollkommen ruhig war, als er Staffords Handgelenk nahm und es in die richtige Position brachte. Dann zog Jones seine Hand weg. „Legen Sie die Arterie frei und klemmen Sie sie ab", befahl er.

Stafford war erstarrt. Er konnte seine Hand einfach nicht dazu bringen, sich zu bewegen.

Dann überraschte Jones alle im Operationssaal und auf der Zuschauergalerie, auch Lara. Er wandte den Blick von dem Patienten ab, sah dem erstarrten Chirurgen in die Augen und sagte: „Ach, Ben, kennen Sie den, wo zwei Betrunkene nachts nach Hause wanken und einer von ihnen sagt ..." Jones beugte sich näher zu dem Chirurgen und senkte die Stimme, sodass niemand außerhalb des Operationsteams seine Worte hören konnte, bis er beiläufig, aber mit fester Stimme sagte: „Abklemmen, Ben."

Stafford rührte sich und setzte die Klemme.

„Gut. Jetzt die zweite Arterie!", sagte Jones laut, dann senkte er die Stimme wieder und erzählte weiter. Lara, Willig und die anderen auf der Zuschauergalerie versuchten angestrengt, ihn zu verstehen, aber sie bekamen nur das eine oder andere Wort mit. Lara glaubte, ihn sagen zu hören: „... stinkende Säufer ..." und „... die Dame macht nicht auf ..." Sie fing an zu lächeln.

„Was macht er?", überlegte Willig laut neben ihr.

„Er erzählt einen Witz", flüsterte Lara. „Wahrscheinlich einen unanständigen."

Unter ihr hob Jones erneut ein wenig die Stimme, sodass Stafford die nächste Anweisung hörte, ohne sich anzuspannen. „Skalpell", sagte Jones, dann nahm er den Faden seiner Geschichte wieder auf, während Stafford anfing, ein, wie Lara wusste, noch heikleres Manöver im Gehirn des Patienten durchzuführen. Jones' Augen wanderten hin und her, um jede Bewegung, die der junge Arzt machte, zu beobachten, aber er unterbrach seine Erzählung keinen Augenblick.

Unterdessen ließ Lara Jones keinen Augenblick aus den Augen, während Willig sich neben ihr ein wenig wand, da es ihm zweifellos unangenehm war, dass ein Arzt bei einer lebensgefährlichen Operation ganz offensichtlich unangemessene Witze erzählte. Aber Laras Reaktion war genau die entgegengesetzte: Sie sah ehrfürchtig staunend zu. Sie hatte ihr ganzes Berufsleben damit zugebracht, am Rande der menschlichen Möglichkeiten zu arbeiten; sie trug den Skeptizismus der Wissenschaftlerin in sich, aber noch tiefer in ihrem Herzen hegte sie die heimliche Hoffnung, wichtig zu sein, zu leben, zu retten. Sie wusste, dass Zweifel und Hoffnung in dem jungen Arzt miteinander rangen und dass Jones alles daransetzte, den Zweifel abzulenken und die Hoffnung, den Patienten und selbst den jungen Arzt zum Leben zu erwecken.

„Und jetzt kommt das Beste!“, sagte Jones gerade. Wieder senkte er die Stimme, bis er laut und vernehmlich sagte: „Gut. Abklemmen.“

Stafford war kurz davor zu hyperventilieren, als er sich für den entscheidenden Schritt wappnete, nämlich in das Gehirn des Patienten vorzudringen. Jones beobachtete jede seiner Bewegungen und wusste genau, was als Nächstes geschehen würde, noch bevor es geschah, während er seine Geschichte weiterlaufen ließ wie ein Fußballer auf dem Spielfeld den Ball. Das Einzige, was Lara mitbekam, war die Pointe: „Er schwankt von der Veranda und sein Kumpel sagt: ‚Was hat sie gesagt, wann sie wieder geöffnet haben?‘ Und der zweite Besoffene sagt: ‚Ich glaube, sie hat »Fffffreitag« gesagt, aber bei ihrem Mundgeruch wollte ich nicht, dass sie es wiederholt.‘“

Stafford setzte den Schnitt; Jones reichte ihm die zweite Klemme und Stafford brachte sie sofort in das Gehirn ein. Beide sahen sie den Anästhesisten an, der seine Monitore überprüfte und nickte. Die Werte des Patienten waren stabil; die Operation war ein voller Erfolg.

Stafford trat vom Tisch zurück und die Erleichterung überwältigte ihn so, dass seine Knie ein wenig nachgaben. Dann sah er Jones an. „Fffffreitag?!“, prustete Stafford los. Und alle Chirurgen brachen in schallendes Gelächter aus.

Auf der Zuschauergalerie stand Willig mit rotem Gesicht, peinlich berührt.

Lara Blair stand reglos da.

Jones war ein Mann, der sich gerne zurückzog, nur an wenigen offiziellen Veranstaltungen der medizinischen Fakultät teilnahm und Telefonate, die mit Papierkram und Buchhaltung zu tun hatten, oft nicht erwiderte, also hatte die Verwaltung ihm vor einigen Jahren eine intelligente Sekretärin namens Janet an die Seite gestellt. Jones mochte sie und bezeichnete sie liebevoll als sein elektronisches Hundehalsband. Janets Büro – Jones weigerte sich, es als sein eigenes zu bezeichnen – befand sich im Keller der medizinischen Fakultät, in unmittelbarer Nähe des Chirurgiezentrums. Als Jones eintrat und an Janets Schreibtisch im Vorzimmer vorbeiging, sagte sie: „Dr. Jones, Sie haben –"

„Ich weiß, ich weiß, aber ich muss frühstücken, oder – Mensch, ist ja schon bald Zeit fürs Abendessen. Ich brauche etwas zu essen." Ohne stehen zu bleiben ging er in sein Büro und zog die OP-Kleidung aus, die sein schmutziges T-Shirt, die blutverschmierten, verdreckten Shorts und die verschrammten Knie bedeckt hatte. Er hängte den Kittel gerade an einen Haken auf der Rückseite der Tür, als ihm auffiel, dass er nicht allein im Büro war. Eine schöne, elegant gekleidete Fremde – Lara – saß auf einem Stuhl in der Ecke und wartete auf ihn.

„Dr. Jones?", fragte sie, als wüsste sie nicht ganz genau, wen sie vor sich hatte.

„Äh, nein", stotterte er. „Jones ist, äh …"

Aber bevor Jones sich der peinlichen Situation entziehen konnte, rief Janet vergnügt durch die offene Tür: „Sie haben Besuch, *Dr. Jones!*"

„Danke, Janet!", gab er scharf zurück.

Janet sang ihre Antwort beinahe, und zwar in einem Sopran, der gut zu Willigs Bariton gepasst hätte: „Gern geschehen, Dr. Jones."

Lara hatte jede Einzelheit dieses Wortwechsels verfolgt und ihre

Augen waren von einem so kalten Blau, dass ihr Blick fast starr wirkte. Aber Jones ließ sich davon nicht täuschen. Er hatte diesen Blick, dem nichts entging, bisher nur bei den intelligentesten Menschen gesehen, denen er jemals begegnet war. Laras Augen erinnerten ihn an ein anderes Augenpaar, an das er nie zu denken versuchte. Lara erhob sich lässig von ihrem Stuhl. „Ich bin Lara Blair, von *Blair BioMed*. Tut mir leid, dass ich Sie so überfalle – man hat mir gesagt, Sie hätten nach Ihrer Visite ein paar Minuten Zeit."

„Äh ... kann ich Ihnen einen Kaffee oder etwas anderes anbieten?"

„Das hat Ihre Sekretärin schon getan, danke."

„Ja, sie ist sehr tüchtig", sagte Jones in einem Tonfall, von dem er wusste, dass Janet ihn hören konnte.

„Danke, Dr. Jones!", sang Janet aus ihrem Vorzimmer.

Jones schloss die Tür und ging zu seinem Schreibtisch, während er und Lara einander musterten und abschätzten. „Laura Blair?"

„Lara. Aber ja, Blair. Mein Vater hat die Firma gegründet."

„William Blair ist Ihr Vater? Er war ein hervorragender Chirurg. Ich habe seine Techniken studiert und mit Instrumenten gelernt, die er entworfen hat."

„Er ist vor vier Jahren gestorben und hat mir die Firma *Blair BioMed* hinterlassen und auch die Blair-Stiftung, durch die wir chirurgische Forschung finanzieren."

Jones hatte schon häufiger Angebote von Entwicklungsunternehmen bekommen, und er ahnte, wohin die Unterhaltung führte. „Ich bin jetzt Lehrer."

„Sie sind der beste Mikro-Operateur, den wir jemals gesehen haben. Vielleicht sind Sie sogar der beste, den es überhaupt gibt." Sie öffnete ihren Aktenkoffer und nahm die Acrylschachtel mit der winzigen Skulptur heraus, die Malcolm ihr gebracht hatte. „Einer unserer Scouts ist vor ein paar Tagen auf das hier gestoßen. Ich habe einen Abschluss in Medizin, Technik und Mikrochirurgie, Dr. Jones. Ich bin ebenso gut wie alle anderen in der Firma – wahrscheinlich sogar besser. Aber das, was Sie können, kann ich nicht. Seit einiger Zeit arbeiten wir an einem Gerät, das Leben retten würde – und eine Menge Geld einbringen. Wir brauchen Ihre Fähigkeiten."

Jones ging hinter seinen Schreibtisch, als wollte er eine Barriere zwischen ihnen errichten. „Tja, tut mir leid, dass Sie umsonst hergekommen sind, aber –"

„Darf ich Ihnen ein paar Scans zeigen, bevor Sie mir Ihre Antwort geben?" Sie holte ein Bild aus ihrer Tasche. Jones zögerte, dann hängte er die Aufnahme in den Lichtkasten an der Wand hinter seinem Schreibtisch. Das Bild zeigte das Innere eines menschlichen Gehirns, mit hellen und dunklen Stellen, die selbst für viele Ärzte keinen Sinn ergeben würden.

Jones erkannte sofort, womit er es zu tun hatte. „Ein doppeltes Aneurysma. Wenn man eins abklemmt, platzt das andere. Irgendwann hat jemand die simultane Abklemmtechnik entwickelt. Ich glaube, das war Ihr Vater, William Blair."

Lara reichte ihm einen zweiten Scan. Jones musste nur einen kurzen Blick darauf werfen. „Das Katzengold der Gehirnchirurgie. Der Patient verwendet zweihunderttausend Dollar und sechs Monate auf eine Prozedur, durch die er vier Jahre länger lebt – aber ohne die Operation wären es fünf gewesen, weil der Eingriff die Arterienwände schwächt."

„Meine Firma hat gerade einen Titanium-Shunt entwickelt, der den Blutfluss um die Problemzone herumlenkt, sodass die Prognose im Wesentlichen ein normales Leben ist."

„Das ist eine gute Idee. Wer hatte sie?"

„Ich. Und was ist hiermit?", sagte sie schnell und reichte ihm noch einen Scan.

Jones nahm ihr das transparente Bild aus der Hand, schob es in den Lichtkasten und starrte lange darauf. Sie trat neben ihn, um den Scan zu studieren – und seine Reaktion. Er schwieg einen Augenblick, beinahe ehrfürchtig, bevor er sprach. „Davon habe ich in meiner ganzen Karriere nur zwei gesehen. Die Krankheit ist angeboren. Sie äußert sich wie ein Tumor und verwirrt die Radiologen, wenn sie keinen finden. Das Problem hat etwas mit der Arterie hier zu tun. Sie könnte mit einem Shunt versehen und normalisiert werden, nur dass man dafür zwischen gewundenen Kanälen aus Knochen und Arterien hindurchmuss und dann durch diesen Bereich, der alle Gehirnaktivitäten kontrolliert. Instrumente da durchzubewegen, zerstört das Gehirn des Patienten."

Janet streckte den Kopf zur Tür herein. „Sie werden auf der Intensivstation der Kinderabteilung gebraucht", sagte sie.

Der nächste Augenblick bestätigte Lara Blairs ersten Eindruck von Jones: Nichts, was er tat, tat er beiläufig, immer war er voll dabei. Sie sah zu, wie er sich seinen OP-Kittel überstreifte, und griff nach ihrer Handtasche.

Jones eilte mit großen Schritten den Gang hinunter und kämpfte sich währenddessen in seine OP-Kleidung. Lara hatte Mühe, mit ihm Schritt zu halten und dabei zu reden. „Könnten Sie eine Nadelsonde in diesen Bereich einführen?" Sie wusste, dass er den Bereich des Gehirns, von dem sie sprachen, genau kannte – den Bereich, in den noch nie ein Chirurg vorgedrungen war, ohne das Gehirn zu zerstören, das er retten wollte.

„Ich? Nein", sagte Jones, ohne langsamer zu werden.

„Ich meine: jemand mit Ihren Fertigkeiten, jemand, der Ihre Fähigkeiten besitzt. Ist es überhaupt möglich?"

„Vielleicht", sagte Jones, aber noch immer sah er sie nicht an. „Aber es würde nicht viel nützen."

„Aber wenn Sie – wenn jemand eine Sonde in den Bereich einführen könnte –"

„Es geht nicht nur um die Sonde; das Ding muss beschnitten werden. Einen Tumor kann man einfrieren, aber ein Aneurysma ist eine schwache Vene –"

„Ich weiß, was ein Aneurysma ist."

„Dann wissen Sie auch, dass das, wovon Sie reden, unmöglich ist." Sie bogen um eine Ecke und waren beinahe auf der Kinderintensivstation angekommen. Jones warf Lara, die ihm immer noch folgte und sich weigerte aufzugeben, einen Blick zu. „Jedenfalls so gut wie."

„Sie haben angebissen! Nicht wahr?"

Als Jones durch die Tür der Kinderstation stürmte, blieb Lara ihm dicht auf den Fersen und schoss anschließend wieder neben ihn, um seinem unausgesprochenen Protest zu widersprechen. Ihre Stimme klang zugleich aufgeregt und beharrlich. „Doch, das haben Sie. Das haben Sie!" Aber sie verstummte, als sein Blick voller Sorge zu einem leeren Inkubator wanderte.

Jones blickte besorgt, beinahe ängstlich zu der Kinderkrankenschwester hinüber, aber sie war ruhig und lächelte fast ein wenig.

Einen Augenblick lang hatte Lara, deren Sinne darauf ausgerichtet waren, Andrew Jones zu durchschauen, den Eindruck, als wäre er aus dem Gleichgewicht geraten, weil die friedvolle Miene der Schwester nicht mit dem Gefühl der Dringlichkeit zu vereinbaren war, das ihn den Gang hatte entlangrennen lassen. Doch dann lenkte der Blick der Krankenschwester seine Aufmerksamkeit auf die andere Seite des Raumes.

Dort saß eine ungefähr fünfzehnjährige Mutter, in einen neuen Mantel gehüllt, und starrte ihr Kind an.

Jones ging zu der Schwester. Lara hielt sich im Hintergrund, aber sie konnte hören, wie die Schwester ihm zuflüsterte: „Sie kann heute Morgen hier reinspaziert und sagte, dass sie ihr Baby im Arm halten wolle. Ich dachte, das ist etwas, was Sie sehen wollen."

Das Baby stieß einen schwachen, aber gesund klingenden Schrei aus. Die junge Mutter blickte zu der Schwester, die gerade eine Flasche erwärmt hatte und sie jetzt zu ihr trug, um der jungen Frau zu zeigen, wie sie ihr Baby füttern musste.

Jones stand ganz still und beobachtete, wie das Mädchen die Flasche zwischen die Lippen des Babys schob.

Er sah sie auf die gleiche Weise an, wie Menschen sich sakrale Kunst anschauten, und obwohl eine Mutter, die ihr Neugeborenes fütterte, etwas war, das in jedem Jahr Millionen Mal auf der Welt geschah, hatte diese Situation etwas Heiliges an sich. Lara beobachtete ihn, und sie wusste, dass hier etwas Ungewöhnliches geschehen war, obwohl sie nicht hatte sagen können, was. Sie konnte nicht wissen, dass etwas an diesem Anblick sogar noch beeindruckender war als das, was Jones einmal in der Sixtinischen Kapelle gesehen hatte, denn dies war lebendig, hier war für Andrew Jones die Hand Gottes am Werk. Aber man kann auch etwas Heiliges nicht unbegrenzt lange ansehen und man kann eine fünfzehnjährige Mutter nicht endlos lange anstarren, ohne dass es für sie unangenehm wird. Jones warf Lara einen Blick zu und zusammen traten sie wieder auf den Flur hinaus, in Harmonie, so als hätten sie bereits eine Verbindung zueinander gefunden.

„Hören Sie“, sagte sie, „tut mir leid, dass ich nicht locker lasse. Aber letztes Jahr sind weltweit 128 Menschen an diesem Zustand, den ich Ihnen gezeigt habe, gestorben. In drei Jahren hat das die Dimension eines Flugzeugabsturzes, und niemand sonst arbeitet an dem Problem. Wir sind dabei, eine Schnittstelle zwischen Computer und Mechanik zu perfektionieren, wir haben ein Übungsumfeld geschaffen – wir sind so dicht dran! Darf ich Sie zum Essen einladen, bevor Sie Nein sagen?“

Sie beobachtete ihn und je länger er zögerte, desto besser ging es ihr.

„Kann ich erst duschen?“, fragte er.

Lara lächelte – und es war das glücklichste Lächeln, das ihr Gesicht erhellte, seit sie ein Kind gewesen war, seit sie erfahren hatte, dass ihre Mutter sterben würde, und seit sie wusste, dass Menschen überhaupt jemals sterben mussten.

Kapitel 7

Lara hatte das Restaurant bereits ausgewählt und einen ruhigen Tisch für zwei im Jeffersonian Hotel, Charlottesvilles erster Adresse, reserviert. Die Tische waren mit gestärkten weißen Tischtüchern und sechs Weingläsern gedeckt gewesen, als sie am Nachmittag dort gewesen war und dem Oberkellner einen Bereich gezeigt hatte, der nah genug am Kamin war, um gemütlich zu sein, aber nicht so nah daran, dass er gewollt romantisch wirkte. Lara hatte jeden Tag ihres Berufslebens darauf geachtet, die Balance zu halten zwischen einem Auftreten, das die Männer genug anzog, damit sie mit ihnen verhandeln konnte, aber gleichzeitig genügend auf Distanz hielt, damit die Beziehung rein geschäftlich blieb.

Sie hatte im Jeffersonian auch ein Zimmer für sich selbst gebucht, während ihre Crew in dem deutlich moderneren Hotel draußen am Flughafen übernachtete; sie waren immer bereit, innerhalb einer Stunde zu starten, falls Laras Pläne sich ändern sollten. Jetzt war ihr Timing ungewiss, aber ihr Plan war es nicht: Sie war hier, um Dr. Andrew Jones in ihre Firma zu holen, egal, wie viel Mühe es bedeutete, egal, was es kostete, und ihre Entschlossenheit, ihren Willen durchzusetzen, war mit jeder Minute, die sie in seiner Gegenwart verbracht hatte, gewachsen. Sie bewunderte seine Konzentriertheit, die in ihrer Intensität beinahe grimmig wirkte, und diese beinahe spielerische Ausgeglichenheit, über die er verfügte. Seine Ruhe im Angesicht einer Krise war geradezu inspirierend. Ihre Scouts hatten die halbe Welt nach einer Person abgesucht, die tun konnte, was getan werden musste, und hier war dieser Mensch, nur einen kurzen Flug von Chicago entfernt – sie musste nur einen Weg finden, die Dämonen zu überwinden, die ihn davon abhielten, seine großartige Begabung in den Dienst lebender Patienten zu stellen.

Lara war nicht bereit, ein Nein zu akzeptieren. Aber es gab etwas, worauf sie nicht vorbereitet gewesen war, und das war die Wirkung, die Jones auf ihr Innerstes hatte. Lara betrachtete sich selbst als vollkommene Pragmatikerin; sie glaubte nicht an eine Seele. Sie verstand den Begriff als rein dichterisches Konzept, als Metapher für die friedvollen und angenehmen Gefühle, die sie sich in ganz seltenen Augenblicken selbst gönnte. Aber sie betrachtete diese Momente, in denen sie Frieden und Ehrfurcht empfand und das Gefühl hatte, Teil von etwas zu sein, das die Kapazitäten ihres Intellekts überstieg, als gefährlich. Wann immer sie solche Augenblicke erlebte – einen Zusammenstoß mit unerwarteter Schönheit, das Gefühl, eine Nachricht der Liebe zu erhalten, obwohl sie keine Stimme gehört hatte und nicht an einen Sprecher glaubte –, ließ sie sich in dem Moment zwar vollkommen darauf ein, aber anschließend sagte sie sich, sie hätte nichts gefühlt außer ihrer eigenen Sehnsucht. Und diese Sehnsucht hielt sie im besten Fall für erbärmlich und im schlimmsten für gefährlich. Sie versuchte, diese Sehnsuchtsgefühle – nach Gemeinschaft, nach Einheit, nach Frieden und … ja, nach Liebe – aus ihren Gedanken und ihrem Leben zu verdrängen. Deshalb waren sie in ihrem Innersten eingeschlossen.

Etwas an Jones sprach diesen Teil von ihr an. Und während Lara immer sorgfältig darauf geachtet hatte, Männer auf ausreichender Distanz zu halten, damit sie mit ihnen Geschäfte machen konnte, hatte sie jetzt das Gefühl, dass sie selbst genug Distanz zu Jones halten musste, um nicht etwas Dummes und potenziell Verhängnisvolles zu tun, wie zum Beispiel sich zu verlieben.

Also duschte sie und wusch sich die Haare und bürstete sie anschließend streng zurück. Ihr Make-up beschränkte sie auf ein Minimum. Dann zog sie eine dunkelblaue Jacke, eine dazu passende Stoffhose und flache Schuhe an, wozu sie lediglich eine Perlenkette umlegte, die ihr Vater ihr von einer Japanreise mitgebracht hatte, und sagte sich, dass sie vollkommen geschäftsmäßig gekleidet war. Trotzdem betrachtete sie sich lange im Spiegel, korrigierte mit einem Fingernagel den Lippenstift in einem Mundwinkel, fuhr sich noch einmal übers Haar und musterte sich von oben bis unten, bevor sie ins Foyer hinunterging.

Als sie die Lobby betrat, überraschte Jones sie dadurch, dass er bereits da war. Er stand am Fenster und blickte in die Nacht hinaus. Als er ihr Spiegelbild sah, drehte er sich um und lächelte. Er hatte ebenfalls geduscht – sein Haar sah noch ein wenig feucht aus – und jetzt, in Sakko und Krawatte, sah er umwerfend aus. „Hi. Ich …“, begann sie, und zum ersten Mal, seit sie ihm begegnet war, war sie sich nicht sicher, was sie sagen sollte. Aber Unentschlossenheit hielt bei Lara nie lange vor und so sagte sie zu ihm: „Wir haben noch ein paar Minuten, bis unser Tisch reserviert ist, und ich habe den Großteil des Tages gesessen. Haben Sie etwas dagegen, wenn wir vor dem Essen eine Runde um den Block drehen?“

„Überhaupt nicht“, sagte er. „Ich könnte selbst ein bisschen frische Luft gebrauchen.“

Sie wandten sich beide zum Eingang um und stießen gegeneinander, als Jones einen Schritt nach vorne machte, um Lara die Tür aufzuhalten. Sie lachten beide.

Die scharfe Kälte der wolkenlosen Dezembernacht von Virginia schlug ihnen beißend in ihre Gesichter und die Luft prickelte in ihren Lungen, als sie einatmeten. Die Versuchung, gleich wieder umzukehren und hineinzugehen, hätte stark sein können, aber sowohl Lara als auch Jones lächelten, während sie tief Luft holten und zu dem schwarzen Himmel mit den Milliarden von Sternen hinaufblickten. Lara konnte sich nicht erinnern, jemals so viele Sterne gesehen zu haben, und insgeheim sagte sie sich: *Fang nicht damit an, Lara; sieh nicht zu den Sternen hinauf mit dem Gedanken, dass sie noch nie so hell geleuchtet haben.* Sie schlenderten den Gehweg von Charlottesvilles Hauptstraße hinunter und Lara sagte: „Jeffersonian Hotel, Jefferson Restaurant, Jefferson Secondhandladen. Hat diese Stadt einen Fetisch?"

„Jefferson hat mit den Gebäuden, die er hier entworfen hat, den Ton für Virginia angegeben. Monticello, die Universität …"

„Haben Sie ihn auch geschnitzt?"

„Ihn mag ich am liebsten. ‚Ich habe an Gottes Altar ewige Feindschaft geschworen –'"

Sie beendete das Zitat: „‚– gegen jede Form der Tyrannei über den Geist des Menschen.'"

Er sah sie überrascht an. Sie lächelte.

„Mögen Sie Virginia?", fragte sie.

„Ich liebe Virginia. Vor allem diese Gegend, das Piedmont, den ‚Fuß der Berge', wo die Küstenebene auf die Blue Ridge Mountains trifft. Virginia hat eine bewegte Geschichte – die erste dauerhafte Kolonie von Europäern kam 1607 in Jamestown an; die Pilger in Massachusetts hatten eine bessere Presse, aber Virginia war eher. Viele große Männer der amerikanischen Geschichte kamen aus dieser Gegend – Jefferson, Washington, James Madison, Patrick Henry, Robert R. Lee, Stonewall Jackson – sie alle stammten aus Virginia.

Aber es sind die normalen Menschen, die ich wirklich liebe, die als Sklaven herkamen und sich in diese Berge vorwagten, als es noch keine Straßen, keine Städte und nichts anderes gab, worauf sie sich verlassen konnten, außer sich selbst und Gott, und sie haben es getan, weil sie entschlossen waren, ihren eigenen Weg zu gehen und sich von niemandem beherrschen zu lassen." Jones hielt inne, bemerkte, dass sie gespannt zuhörte, und sprach weiter. „Während des Unabhängigkeitskrieges, als Washington jede Schlacht verlor, sagte er: ‚Wenn dieser Krieg weiterhin so schlecht läuft, werde ich mich in die Blue Ridge Mountains zurückziehen und meine Flagge zwischen denen der schottisch-irischen Bevölkerung aufstellen, die sich keiner Tyrannei neigt, solange noch ein Mann lebt, der den Abzug betätigen kann!'"

Lara sah die Energie, die Jones antrieb, die Leidenschaft, die so hell brannte, dass sie einen Augenblick lang selbst die Sterne zu verdunkeln schien. Fasziniert beobachtete sie ihn; noch nie war sie einem Mann wie ihm begegnet. Aber in dem Moment, in dem ihr das bewusst wurde, warnte eine andere innere Stimme sie, vorsichtig zu sein. Männer, vor allem diejenigen, die sie neugierig machten, hatten sie am Ende immer enttäuscht.

Dann bemerkte sie, dass Jones aufgehört hatte zu sprechen, als hätte auch er innegehalten und sich seinen eigenen Gedanken gewidmet. Vielleicht hatte er das Gefühl, dass er zu viel redete. Vielleicht dachte er, dass es ihm zu viel Spaß machte. Lara war sich nicht sicher. „Bitte erzählen Sie weiter", bat sie ihn. „Das ist die erste interessante Unterhaltung, die ich seit fünf Jahren habe." Während sie das sagte, legte sie eine Hand auf seine Schulter und stellte überrascht fest, dass diese hart wie eine Bowlingkugel war. Die meisten Ärzte joggten oder schwammen, um ihr Herz gesund zu halten, wenn sie überhaupt Sport trieben. Jones fühlte sich an wie ein Boxer.

Jones lächelte – Lara hatte den Eindruck, dass er ihre Unterhaltung genoss – aber eine Zeit lang sprach er nicht weiter, sondern führte sie über die unbefahrene Straße. Anschließend schlenderten sie in der entgegengesetzten Richtung zurück, an weiteren Antiquitätenläden und Eisenwarenhandlungen und kleinen Geschäften vorbei, die Gardinen und Tapeten verkauften. Unter einer Straßenlaterne, die aus war, blieb Lara stehen und blickte wieder auf. In der tieferen Dunkelheit zeigten die Sterne sich in noch größerer Zahl. Jones wandte ebenfalls den Blick nach oben und sagte: „Ja, das ist auch so etwas in Virginia: Wir haben fantastische Sterne, vor allem zu dieser Jahreszeit."

„Ich betrachte sie nicht oft genug", sagte Lara und bereute ihre Bemerkung sofort, weil sie zu persönlich gewesen war, zu offen. Zwei Tage lange war sie darauf gespannt gewesen, ihm zu begegnen, gespannt aus Gründen, die alles andere als geschäftlich waren. Und immer wieder hatte sie sich ermahnt, dass es bei diesem Abend nur um Dr. Jones ging und darum, ihn dazu zu bringen, dass er tat, was sie von ihm wollte.

Aber sie hatte irgendwie das Gefühl, dass er in seinem Leben ebenso isoliert war wie sie in ihrem und sich ebenso danach sehnte, über die Wunder zu sprechen, die jenseits der Grenzen von Arbeit und Karriere lagen. Während sie zum Restaurant zurückgingen, sagte er: „Ich habe neulich etwas über das Hubbleteleskop gehört." Er zögerte, als wäre er sich unsicher, ob er weitersprechen sollte.

„Das Hubbleteleskop? Was ist damit?", fragte Lara. „Ich bin wie alle anderen Mädchen; ich liebe Sterne."

„Der Leiter des Hubbleprojekts bekommt als eines der Privilegien, die man als Direktor hat, jeden Monat ein bisschen Zeit, um das Teleskop auf irgendetwas zu richten, was ihn interessiert. Also beschloss er in einem Monat, ein winziges Stückchen des Kosmos zu erforschen, das vollkommen schwarz war. Ich glaube, es war irgendwo im Großen Wagen, aber da bin ich mir nicht sicher. Wo auch immer es war, jeder Astronom der Welt ging davon aus, dass dort nichts war. Und sämtliche Wissenschaftlerkollegen in dem

Projekt drängten ihn, nicht seine Zeit zu verschwenden, denn sie hatten schon viele Teleskope auf diese Stelle gerichtet und nichts außer schwarzer Leere gefunden. Aber der Leiter sagte, er wolle das Hubbleteleskop auf diese Stelle richten und eine Langzeitbelichtung machen und sehen, was dabei herauskam. Und er war der Direktor, und es war sein Vorrecht, also taten sie es. Und sie entdeckten, dass das leere Loch am Firmament – hören Sie zu? – *zweitausend Galaxien* enthielt. Nicht zweitausend Sterne – zweitausend Galaxien! Und stellen Sie sich mal vor: Die Größe des Fleckens, von dem wir sprechen, entspricht ungefähr dem, was wir sehen würden, wenn wir ein Sandkorn mit ausgestrecktem Arm in den Nachthimmel halten würden. So klein. Zweitausend Galaxien. Milliarden und Abermilliarden Sterne. So viel hatte unsere Wissenschaft übersehen."

Jones hielt erneut inne und dachte an seine Großmutter. Er konnte ihre Stimme hören, wie sie aus der Bibel vorlas, die sie immer neben der Pistole im Nachttisch neben ihrem Bett verstaut hatte: „Was ist der Mensch, dass du seiner gedenkst?" Er blickte hinauf und betrachtete die Sterne. „Meine Großmutter liebte die Sterne", sagte er leise.

„Erzählen Sie mir von Ihrer Großmutter", bat Lara ihn.

„Dafür kenne ich Sie nicht gut genug", sagte Jones. Gemeinsam schlenderten sie zum Restaurant zurück.

Lara wusste, dass sie einen schönen Tisch haben würden – sie plante gute Ergebnisse und erwartete sie auch –, aber sie war überrascht und erfreut, als der Oberkellner sie zu einer Nische am Fenster führte, von wo aus sie die Berge sehen konnten, die im Licht des aufgehenden Mondes bläulich schimmerten. Als sie sich setzten – Jones zog ihr den Stuhl heraus wie ein Gentleman und sie dankte ihm wie eine Dame –, sagte sie: „Wann haben Sie angefangen, Gedichte zu schreiben?"

„Sie wissen eine Menge über mich."

„Es steht eine Menge auf dem Spiel, wenn wir unsere Mitarbeiter auswählen. Nicht viele Ärzte haben eine literarische Ader, aber diejenigen, die eine haben, sind meist außergewöhnlich."

„Tschechow hat einmal gesagt: ‚Die Medizin ist meine Ehefrau und die Literatur meine Geliebte. Wenn ich –'"

„‚Wenn ich die eine leid bin, verbringe ich Zeit mit der anderen.'"

„Russische Schriftsteller kennen Sie auch?"

Lara wusste bereits, dass Jones klug genug war, jegliche Manipulation zu durchschauen. Sie musste ihn unbedingt in ihr Team holen, aber etwas an Jones weckte in Lara den Wunsch, ihm gegenüber vollkommen ehrlich zu sein. „Ich kenne ein paar. Und ich habe ein gutes Gedächtnis", sagte sie. Und dann bekannte sie: „Wir haben erfahren, dass Sie russische Literatur lieben, also habe ich mich ein bisschen schlaugemacht." Sie konnte ihm die Reaktion von den Augen ablesen, sah den defensiven Rückzug darin und fügte hinzu: „Tut mir leid. Sie haben offenbar das Gefühl, dass wir Ihnen nachspioniert haben. Aber eine Begabung wie die Ihre ist mehr als selten. Also lassen Sie mich zur Sache kommen. Ich bin gekommen, um Ihnen eine Million Dollar anzubieten. Und ich stelle den Scheck noch heute Abend aus."

Jones musterte sie mit durchdringendem Blick. Sein Lächeln war verschwunden.

Lara fuhr fort: „Wir werden die Entwicklung jedes neuen Instruments, das Sie vielleicht erfinden, finanzieren und Sie bekommen die Hälfte des Erlöses, wenn wir es verkaufen. Es gibt keine Bedingungen – außer der, dass Sie Ihr chirurgisches Spezialgebiet weiter verfolgen." Sie verstummte und gab ihm Zeit, ihre Worte zu verdauen.

Er starrte auf die Tischdecke zwischen ihnen, die ihr jetzt wie ein endlos weites Schneefeld erschien.

Sie beugte sich ein wenig vor und bemühte sich, ihre Stimme sachlich klingen zu lassen. „Wir sind uns im Klaren darüber, dass es ein Problem gibt, das erschwerend hinzukommt."

„Und Sie kennen das Problem."

„Wir wissen nur, dass es etwas Persönliches ist. Das muss es sein: Sie haben Ihre Arbeit als Chirurg geliebt, wie jeder wahre Meister seine Kunst liebt. Was auch immer der Grund dafür war, dass Sie aufgehört haben; es hatte nichts mit Ihren Fähigkeiten zu tun, sonst könnten Sie keine Skulpturen voller Emotionen und Schönheit und Charakter erschaffen, die allesamt klein genug sind, um durch ein Nadelöhr zu passen. Sie sind in der Lage, die Arbeit zu tun, die bei uns getan werden muss."

„Ich bin kein Chirurg mehr", sagte Jones leise. „Ich lehre jetzt andere, wie man operiert."

„Wie wäre es, wenn Sie ihnen etwas beibringen würden, was noch niemand vor Ihnen getan hat?"

Jones wandte den Blick ab und seine Gedanken schienen über die entfernten Berge zu wandern. Lara wusste, dass sie ihn schon zu sehr gedrängt hatte, dass sie in seinen persönlichen Bereich eingedrungen war, vielleicht sogar in einen heiligen Bereich; aber sie konnte nicht aufgeben. Schnell fügte sie hinzu: „Ich habe eine Kollegin – eine Freundin –, die für mein Unternehmen arbeitet. Sie ist Psychologin und sie ist ausgezeichnet. Vielleicht ... wenn Sie sich mit ihr über die Probleme unterhalten, die –"

Jones schob mit eisiger Ruhe seinen Stuhl zurück.

Lara sprach eilig weiter. „Es tut mir leid. Das hätte ich nicht sagen sollen."

„Nein, ist schon gut."

„Nein, wirklich, es ist nicht gut."

„Es tut mir leid, dass ich Ihre Zeit verschwendet habe, und ich will nicht, dass Sie auch noch Ihr Essen verschwenden. Es war ..." Ohne ein weiteres Wort stand er auf und ging.

Jones lief mit großen Schritten den Gehweg hinunter, als Lara aus dem Restaurant gestürmt kam und sich bemühte ihn einzuholen. „Dr. Jones! Bitte – es tut mir leid. Ihr Leben ist Ihr Leben und ich will Ihre Privatsphäre nicht verletzen. Ich weiß, das habe ich schon, es ist nur … dieses Projekt bedeutet mir sehr viel, ist für mich eine persönliche Angelegenheit, und … ich weiß einfach nicht, wann ich aufgeben muss."

Ohne langsamer zu werden, sagte er: „Und mich halten Sie für einen, der aufgibt?"

„Das habe ich nicht gesagt!"

„Nein, ich habe es gesagt." Jones blieb stehen und fuhr herum, aber anstatt sie anzusehen, blickte er an ihr vorbei, während irgendeine Auseinandersetzung in seinem eigenen Kopf stattfand. Sie beobachtete ihn, und diesmal drängte sie ihn nicht; das hatte sie schon zu sehr getan.

Plötzlich dämmerte in Lara eine Erkenntnis, die sie zugleich begeisterte und beunruhigte: Sie erkannte, dass Jones sie ebenso einzigartig fand wie sie ihn. Sie wusste, dass er ihr und ihrem Angebot den Rücken kehren wollte, so wie er es bei jedem anderen getan hatte, der versucht hatte, sich seine Begabung zunutze zu machen. Und doch war sie sich sicher, so wie Frauen sich immer einer Sache sicher sind, die nicht bewiesen werden kann, die ihnen selbst aber vollkommen klar ist: Jones hatte die wenigen Augenblicke, die sie zusammen verbracht hatten, ebenso genossen wie Lara.

Lange starrte er auf die blauen Berge in der Ferne. Dann sagte er: „Die Mikro-Skulpturen. Wollen Sie sehen, wie die gemacht werden?"

Ein Lächeln trat auf ihr Gesicht und wurde immer breiter. „Oh ja", sagte sie.

Was sie durch die Vergrößerungsgläser sah – für jedes Auge eins, einem abgeschnittenen Fernglas ähnlich –, erinnerte sie an eine dieser Indianerabbildungen, die sie in Geschichtsbüchern gesehen hatte, so massiv und majestätisch sah die Figur aus. Es war eine hervorragende Schnitzarbeit: ein markanter Kopf, in vornehmer Haltung, die stolze Pose eines Häuptlings mit dem zeremoniellen Federschmuck auf dem Haupt, und in den gemeißelten Zügen aus rotem Ton waren die feinen Einzelheiten bereits zu erkennen, obwohl die Skulptur noch nicht fertig war. Jones nahm ein Instrument in die Hand und schob Lara zur Seite, damit er durch eine der Lupen sehen konnte, und während sie durch die andere spähte, sah sie eine erstaunliche Erscheinung: ein Schnitzmesser kam in den Blick und es wirkte im Vergleich viel zu groß. Die Kratzer im Stahl des Skalpells sahen aus wie Schluchten auf dem Mond.

Jones zog die Klinge aus ihrem Blickfeld und trat zurück, damit Lara wieder durch beide Linsen sehen konnte. „Dies ist ein Übungsmodell", sagte er. „Ich versuche, die Ärzte im Praktikum hier mit der Technik experimentieren zu lassen, und sie fangen mit großen Stücken an."

„Groß?", fragte Lara und betrachtete den stolzen Häuptling durch das Vergrößerungsglas. „Wie groß ist er denn?"

„Der Häuptling hat ungefähr die Größe eines Ausrufezeichens in Standardschriftgröße." Er schaltete das Licht an einem Mikroskop auf dem Labortisch ein. „Diese Skulptur hier ist ein bisschen kleiner. Sie würde in einen Punkt passen."

Lara richtete sich auf, warf ihm einen ungläubigen Blick zu und beugte sich vor, um durch das Okular des Mikroskops zu schauen. Dort sah sie eine Statue von Thomas Jefferson, der mitten in der Rotunde des Jefferson Memorials stand. Die Schnitzerei sah so echt aus, dass sie ihre Stimme zu einem Flüstern senkte, so als habe sie Angst, ihn zu stören. „Jefferson …"

„Können Sie die Inschrift lesen?"

Sie hob den Kopf vom Mikroskop. „Sie machen Witze."

Er sah sie nur an. Daraufhin spähte Lara wieder durch die Linsen und verstellte die Brennweite, um einen anderen Bereich scharf zu stellen. Und jetzt war sie tatsächlich zu lesen, die Inschrift auf den Wänden, die den Jefferson aus Ton umgaben. Sie las: *„Ich habe an Gottes Altar ewige Feindschaft geschworen* …" Sie wich erstaunt zurück. „Angeber."

„Es hat alles mit Fingerspitzengefühl zu tun. Chirurgen lernen zu sehen und zu denken, aber um so etwas zu machen, muss man fühlen. Wollen Sie es versuchen?" Er nahm ein winziges Instrument und reichte es ihr. Als er sah, dass sie zögerte, lächelte er und drängte sie: „Kommen Sie. Sie können an Häuptling Red Wing üben."

Laras Herz klopfte – lag das an der Herausforderung des Schnitzens oder der Art, wie er ihre Hand führte? –, als sie sich mit der Klinge des kleinen Instruments, das in der Vergrößerung riesig aussah, der Skulptur des noblen Indianers näherte. Die Sonde zitterte merklich und Lara wich kopfschüttelnd von dem Apparat zurück. „Es ist so klein …"

„Legen Sie zuerst die Kante am Fuß der Statue an", sagte er in dem gleichen Tonfall, den er gebraucht hatte, um den jungen Arzt zu beruhigen. Er blickte durch ein zweites Paar Linsen, das ebenfalls auf die Tonfigur gerichtet war – und beobachtete, wie sie seine Anweisungen befolgte. Er konnte sofort erkennen, dass sie sehr geschickte Hände hatte. „Gut – das ist sehr gut! Ich habe noch nie gesehen, dass jemand das beim ersten Versuch schafft. Gut, und jetzt, bevor Sie die Klinge bewegen, lauschen Sie auf Ihren Herzschlag."

„Meinen was?"

„Ihr Gehör ist doch in Ordnung, oder?"

Sie sah ihn an und sagte laut: „Hä?!"

Er grinste. Sie war gut – gut genug, um während der Arbeit zu scherzen. „Wir können alle unseren Herzschlag hören; wir tun es nur nicht. Aber hierfür muss man ihm lauschen."

Sie blickte wieder durch die Linsen, legte die Sonde erneut am Fuß der winzigen Statue an und nahm alle ihre Willenskraft zusammen, um die Klinge vollkommen ruhig zu halten und auf ihren Herzschlag zu hören. „Ich höre nichts."

„Doch, das tun Sie. Sie fühlen ihn mehr, als dass Sie ihn hören, aber Sie können ihn auch vernehmen, wenn Sie sich mehr auf das Lauschen konzentrieren als auf das Ruhighalten."

Sie versuchte es so angestrengt, dass ihr der Schweiß auf die Stirn trat. Einen Augenblick lang dachte er, sie würde aufgeben, wie so viele seiner Studenten, wenn sie sich mit einer Herausforderung konfrontiert sahen, von der sie glaubten, sie nicht bewältigen zu können. Aber dann sah er es: Sie fiel in eine Art Trance, wie Jones selbst es im Operationssaal vorgemacht hatte, und während sie das tat, blickte er von seinem Vergrößerungsglas auf und beobachtete sie.

Er sprach mit besänftigender Stimme. „Jetzt heben Sie die Klinge an und halten sie dicht an den Federschmuck des Häuptlings." Er blickte wieder durch das Mikroskop. „Sehen Sie, wie die Klinge sich mit jedem Ihrer Herzschläge bewegt? Finden Sie Ihren Rhythmus; das hilft Ihnen beim Fokussieren."

Lara verdrängte alles aus ihren Gedanken außer ihrem Herzschlag, und die Klinge beruhigte sich.

„Gut", flüsterte er. „Und jetzt, in den Intervallen zwischen den Schlägen … glätten Sie den rauen Rand des Kopfschmucks."

Sie sahen beide durch die Vergrößerungslinsen, wie es ihr gelang. „Ich hab's geschafft!", rief sie.

„Das haben Sie."

„Das ist fantastisch, Andrew! Ich –" Und in diesem Augenblick, als sie vergaß, wie sehr das Mikroskop alles vergrößerte, enthauptete die Klinge die Statue. Sie zuckte zusammen und wich von den Linsen zurück. „Ich habe gezuckt“, sagte sie leise.

„Nein, das haben Sie nicht. Ihre Hand war ruhig. Es war Ihr Herz. Es hat schneller geschlagen und Ihren Rhythmus verändert. Nicht viel. Aber genug, um Red Wing den Kopf abzuhacken.“

Sie starrten einander unverwandt an.

Dann ertönte Jones' Pieper.

Lara blieb an seiner Seite, als Jones schnell in die Notaufnahme lief. Dort war es merkwürdig still, nur die diensthabende Schwester war an ihrem Schreibtisch. Auf ihrem Namensschild stand „Carolyn“ und ihre Haare waren grau, aber sie sah trotzdem so aus, als könnte sie einen hundertfünfzig Kilo schweren Betrunkenen auf den Operationstisch befördern. „Sie haben mich angepiepst?“

„Ein Notruf aus den Bergen ist eingegangen.“ Sie reichte Jones einen Zettel und er las ihn, während sie hinzufügte: „Ich habe einen der Pfleger gerufen, damit er Sie fährt.“

„Nein, ich kann selbst fahren“, sagte er in einem Tonfall, den Lara jetzt bereits kannte. Er wandte sich zu ihr um und sagte: „Tut mir leid, dass ich den Abend abbrechen muss, Dr. Blair –“

Die Krankenschwester sagte zu Jones: „Wenn ich richtig gezählt habe, waren Sie seit achtundvierzig Stunden nicht im Bett.“

„Ich schaff das schon, Carolyn.“

Aber Schwester Carolyn war hartnäckig genug, um zu widersprechen – den Patienten, der Krankenhausverwaltung und ganz sicher einem Arzt, den sie so sehr bewunderte, dass sie jeden Abend für ihn betete, gleich nach den Treffen der Anonymen Alkoholiker, die sie seit siebzehn Jahren besuchte. „Dr. Jones –“

„Mir geht es gut, Schwester, danke.“

Die Krankenschwester schob ihm über den Tresen eine fertig gepackte Arzttasche zu. Als Jones sie entgegennahm, tätschelte er Carolyns Hand, dann drehte er sich schnell zu der zweiflügeligen Tür um, die zum Parkplatz führte. Lara war noch immer an seiner Seite. Als er sie ansah, sagte sie: „Ich möchte Sie fahren."

Er überlegte einen Augenblick; trotz aller Eile hielt er inne, und Lara wusste, dass er mehr tat als nur ihr Angebot abzuwägen. „Das ist nicht nötig", sagte er mit einer Sanftheit, die auf Lara beinahe … traurig wirkte.

„Ich fahre nicht nach Hause, bevor wir unsere Unterhaltung zu Ende geführt haben."

Jones zögerte wieder und ließ ihre Entschlossenheit auf sich wirken.

Der zwanzig Jahre alte Kombi brauste von Charlottesville aus die Autostraße 29 in Richtung Süden hinunter, die sich auf die Berge zuschlängelte, und die Scheinwerfer erhellten die tiefe Dunkelheit von Bäumen gesäumter Kurven und Hügel und Senken, in denen die Straße verschwand. Der Wagen gehörte Jones, aber Lara saß am Steuer, und das Brummen der Autobahn fühlte sich ungewohnt, jedoch zugleich auch angenehm unter ihren Händen an. Als sie vom Krankenhausparkplatz gefahren waren, hatte Jones sie aufmerksam beobachtet, um zu sehen, wie sie mit dem Gewicht und Lenkverhalten der alten Radaufhängung klarkam, aber er hatte anscheinend schnell gesehen, dass Lara gut und sogar gerne fuhr, und allmählich fing er an, sich zu entspannen.

Er lotste sie zu einer Ausfahrt, von der aus sie nach rechts abbogen, in Richtung Blue Ridge Mountains, und erklärte: „Fahren Sie einfach auf dieser Straße in Richtung Süden, bis Sie auf die Greenstone Mountain Road treffen."

Die Nacht war still, die Heizung summte und erwärmte die Luft im Innenraum des Wagens. Die Anspannung wegen des Anliegens, das sie hierher geführt hatte, begann sich zu legen, und Lara merkte, wie sie sich in den Augenblick fallen ließ, merkwürdig frei von der Vergangenheit und unbekümmert, was die Zukunft betraf. Es war ein Friede, wie sie ihn nicht mehr gespürt hatte seit … sie konnte sich nicht mehr daran erinnern, und sie versuchte es auch gar nicht; sie wollte nicht, dass dieses Gefühl des Friedens nachließ.

Neben ihr schien es Jones ebenso zu gehen. In der Klinik war sein Körper angespannt gewesen; jetzt wiegte er sich mit den Kurven der Straße locker hin und her.

Und Lara stellte fest, dass sie ihn in erster Linie nicht mehr rekrutieren, sondern kennenlernen wollte. Aus dieser entspannten Haltung heraus fragte sie: „Sie unterrichten, machen Nachtschichten … und reisen dazu auch noch?"

„Ich bin ihr Arzt", sagte er, den Blick auf die Gebirgszüge im Westen gerichtet, ein sanftes Auf und Ab aus Schwarz unter dem sternenübersäten Himmel.

„Sie waren zwei Tage lang nicht mehr im Bett?"

„Ich schlafe nicht gerne."

„Hören Sie nur, wie die Reifen singen. Vielleicht können Sie ja ein Nickerchen machen." Als sie das sagte, bemerkte sie, wie besänftigend ihre Stimme geworden war. Sie hatte Jones' Stimme, die durch den weichen südlichen Akzent an den warmen, vollen Klang eines Cellos erinnerte, von Anfang an gemocht; aber jetzt fiel Lara auf, dass auch ihre eigene Stimme sanfter, ja sogar fürsorglich klang. Diese Untertöne hatte sie schon lange nicht mehr in ihrer Stimme gehört.

Jones rieb sich die Augen und unterdrückte ein Gähnen. „Bei Ihnen alles in Ordnung?"

„Ich fahre gerne Auto." Sie lächelte und blickte durch die Windschutzscheibe zu den kahlen Ästen der Bäume hinauf, die über die Straße ragten und sich mit den Sternen vermischten. „Auf dem

Heimweg vom College habe ich einmal eine Abzweigung genommen, von der ich wusste, dass sie nicht nach Hause führte, aber ich bin einfach weitergefahren. Weit und breit nur Asphalt und Bäume und ich hinterm Steuer. Ich hatte zwar kein Ziel, aber ich hatte das Gefühl, überallhin zu fahren. Drei Tage lang. Ich wollte einfach weiter. Aber mein Vater machte sich Sorgen und meine Mutter war …" Sie zögerte. Sie sprach mit anderen nicht über ihre Mutter. Aber Jones war anders. Sie warf ihm einen Blick zu – und sah, dass er eingeschlafen war. Eine Minute lang fuhr sie schweigend weiter. Dann ertappte sie sich dabei, wie sie lächelte.

Die Straße schraubte sich höher in die Berge hinauf. Lara bewegte das Lenkrad mit weicher Anmut und der alte Kombi rollte friedlich dahin. Jones' schläfriger Kopf rollte mit jeder Biegung der Straße schwer von einer Seite auf die andere.

Es wirkte auf Lara, als würde sich jede Erinnerung an diese Straße in sein Unterbewusstsein eingraben – sie betrachtete Menschen als Systeme, die man reparieren konnte, wenn sie kaputt waren, Maschinen, die man verfeinern konnte –, und sie sagte sich, dass es ein Kompliment für sie war, dass er eingeschlafen war, denn es deutete darauf hin, dass er sich auf sie verließ. Sie wusste, dass er sich nicht auf viele Menschen verließ, denn die Menschen, die ihm nahestanden – Janet im Büro, Carolyn in der Notaufnahme –, waren starke, selbstbewusste Frauen, also Leute, bei denen man darauf vertrauen konnte, dass sie die Dinge erledigten. Lara hoffte, dass er begann, auch ihr zu vertrauen, denn sonst würde sie ihn niemals davon überzeugen können, für ihre Firma zu arbeiten.

Trotzdem war Lara eine Frau und sie fand Jones attraktiv und die Tatsache, dass er einschlief, während er mit ihr allein war, kratzte an ihrem Ego. Sie gab gerne vor, dass das menschliche mechanische

System namens Lara Blair nicht von weiblichen Eitelkeiten und vor allem nicht von romantischen Gefühlen geplagt wurde, aber während sie Jones' Kombi in die tiefer werdende Dunkelheit der Berge lenkte, spürte sie Emotionen in sich aufsteigen, die sie weder erklären noch akzeptieren konnte.

Und noch ein Gefühl machte sich in Lara bemerkbar, in der Seele dieser Frau, die nicht glaubte, dass sie eine Seele hatte: Sie empfand Freude. Sie versuchte nicht, einen Namen für das Gefühl zu finden, und das war das eigentlich Erstaunliche: Es schlug Wurzeln und wuchs in ihr, weil sie keinen Versuch unternahm, es zu benennen oder zu kontrollieren. Aber es war da; sie, Lara Blair, Haupteigentümerin und Geschäftsführerin von *Blair Bio-Med*, fand sich an einem Ort wieder, den sie sich niemals hätte träumen lassen: in einem rostigen alten Wagen, auf dem Weg ins Hinterland, neben einem Chirurgen, der nicht operierte, einem Arzt mit aufgeschürften Knien und Grasflecken an den Ellbogen, und sie empfand jeden Augenblick mit ihm als ungeheuer aufregend, während er in dem Moment, in dem er den ruhigen und stetigen Rhythmus der Straße in die Berge unter sich gespürt hatte, eingeschlafen war. Lara lächelte wieder. Hier in Virginia lächelte sie ziemlich oft.

Vielleicht war es die Luft. Oder die Sterne. Oder das Summen der Straße. Sie konnte verstehen, warum Jones schlief; es war friedvoll hier.

Jones schlug die Augen auf und versuchte den Schlaf daraus fortzureiben. Er blickte zu Lara hinüber, als sie gerade einnickte.

Bevor er sie ansprechen oder das Lenkrad ergreifen konnte, hörte er die laute Hupe eines Lkws und sah die hellen Scheinwerfer auf sich zukommen. Lara wachte auf, schrie und riss das Lenkrad herum, aber es war zu spät. Ein Sattelschlepper, der auf der Gegenfahrbahn des Highways angedonnert kam, hatte eine Kurve zu weit genommen und steuerte jetzt über die Mittellinie auf ihre Fahrbahn zu. Unfassbar, wie es war, hob er sich in die Luft und schien eine Weile dort zu schweben, dann krachte er herunter und rammte ihren Wagen mit einem lauten Knall.

In dem Kombi zerriss Jones' Schrei die Nacht.

Lara, die friedlich hinter dem Steuer saß, zuckte zusammen, aufgeschreckt von Jones' Schrei – aber sie hielt das Lenkrad des Kombis ruhig, während sie die freie Straße hinunterfuhr. Er hatte geträumt.

Mit Mühe kämpfte Jones sich aus dem Albtraum. Er schnappte schweißgebadet nach Luft und seine Blicke huschten nervös hin und her, während er in den Wachzustand zurückkehrte.

Er sagte nichts; was hätte er auch sagen sollen? Er lehnte sich wieder zurück, während sie weiterfuhr und lange schwieg, bis sie schließlich sagte: „Kein Wunder, dass Sie nicht gerne schlafen."

Kapitel 8

Eine Stunde später, als der Kombi eine Brücke über einen Bergfluss überquerte und in ein abgelegenes Dorf fuhr, stieg Nebel vom Waldboden auf. Eine Post, ein Laden, eine Kirche, alle gegen die neblige Nacht verrammelt. Es gab ein paar Holzhäuser, aber die meisten Behausungen waren große Wohnwagen.

Jones, der seit seinem Albtraum hellwach war, sagte zu ihr: „Vor der Kirche."

Lara bog in eine ungepflasterte Auffahrt ein, überquerte das brachliegende Stück Land neben dem weißen, hölzernen Gotteshaus und näherte sich einem handgemalten Schild, das wie das Schild eines Immobilienmaklers in der Erde steckte und mit der Aufschrift AMBULANZ versehen war. Die Ambulanz war in etwas untergebracht, das man in Laras Kreisen in Chicago als „Mobilheim" bezeichnete. Das transportable Haus war kaum größer als ein Wohnwagen.

Lara Blair war in ihrem ganzen Leben noch nie an einem Ort wie diesem gewesen. Eine nackte Glühbirne brannte über den Betonsteinen, die als Stufen dienten. Die Metalltür der Ambulanz war vermutlich einmal weiß gewesen, sah aber jetzt im Schein der Glühlampe rostig beige aus. Hinter der Kirche befand sich ein kleiner Friedhof; Lara hatte Grabsteine gesehen, die im Scheinwerferlicht ihre strengen Schatten geworfen hatten, als sie auf den Weg neben der Ambulanz abgebogen war. Die Kirche selbst war schlicht, mit drei bogenförmigen Fenstern auf der Seite, die zur Ambulanz zeigte und – so vermutete Lara – drei weiteren auf der gegenüberliegenden Seite. Kein Bleiglas, nur einfache Fensterscheiben, die jetzt dunkel waren. Aber am Sonntagmorgen musste in der Kirche etwas los sein, denn auf dem Trampelpfad zum Eingang wuchs kein Gras, und die Farbe der Fassade schien neuer als bei allen anderen Gebäuden. Auf dem Hügel, ein Stück weiter die Straße hinauf, von der sie gerade abgebogen waren, stand ein Laden mit Zapfsäulen davor, und gegenüber davon war ein Schuppen, der von Autos in unterschiedlichen Stadien der Reparatur oder Zerlegung umgeben zu sein schien, aber genau konnte Lara das nicht erkennen. Hinter dem Laden und der Werkstatt konnte sie noch ein paar Häuser sehen, und außer der Kirche hatte nichts von dem, was sie sah, in den letzten Jahren einen neuen Anstrich erhalten.

Sie parkten und streckten sich. Lara hatte sich durch Laufbänder und Pilates und all die anderen Übungen, die eine Managerin allein vollführen konnte, fit gehalten, doch jetzt machten ihre steifen Glieder ihr deutlich, dass die Arbeit normaler Menschen, Aufgaben wie stundenlanges Fahren, anstatt gefahren zu werden, anstrengender war, als die Leute in der Chefetage sich das vorstellen konnten.

Jones führte Lara die Betonstufen hinauf und durch die verrostete Tür in die provisorische Ambulanz. Weitere nackte Glühbirnen warfen ihr grelles Licht von der Metalldecke. Am Eingang saß eine Frau, die mindestens hundert Kilo wog, neben einem Metalltisch. Sie trug die Art Hose, die eigentlich unterhalb des Knies enden sollte, doch sie hatte sie bis zu den Knöcheln heruntergerollt. „Nell", begrüßte Jones sie freundlich. „Das hier ist Dr. Blair."

„Ma'am." Nell nickte Lara zu und musterte sie schnell – die Leute in den Bergen waren eindeutig skeptisch, wen sie in ihre Nähe ließen, und Lara hatte das Gefühl, dass sie besonders skeptisch waren, was Frauen betraf, die in Dr. Jones' Nähe kamen. Zu Jones sagte Nell: „Ich hätte ja nicht angerufen, nur –"

„Ist schon gut; was gibt es denn?"

Nell deutete mit dem Kinn auf zwei alte Farmer, die auf einer Bank in der Nähe der Tür saßen. Dem einen hing der Arm herunter. Nell sagte: „Allen hat bei Sam vorbeigeschaut und ihn auf der Veranda gefunden, schlaff wie ein Waschlappen." Dann blickten ihre Augen, die von Fettwülsten umgeben waren, aber im Licht der Glühlampen dunkelgrün leuchteten, in die dunkle Ecke am anderen Ende des Raumes, wo ein Mädchen, das kaum älter als siebzehn sein konnte, ein weinendes Baby im Arm hielt; eine etwa zweijährige Tochter klammerte sich an ihr Bein. „Und Mona … das war wieder Carl."

Jones ging zu den Farmern, die an die Wand gelehnt dasaßen. Lara folgte ihm und blieb ein paar Schritte entfernt stehen – so nah, dass sie hören konnte, was sie sagten, aber nicht so nah, dass sie sich bedrängt fühlen könnten. „Mr Sam?", sagte Jones.

Der Farmer blickte nicht auf und sein Kumpel neben ihm sagte: „Er hat Angst."

„Hab ich nicht", sagte Sam. Jones tastete vorsichtig Sams leblose Hand ab und leuchtete ihm mit einer Taschenlampe in die Augen.

„Er hat Angst, dass er wie Dalton stirbt", sagte sein Freund Allen.

Das brachte Sam dazu zu erklären: „Dalton ist in seinem Salatbeet umgefallen. Und die vermaledeiten Eichhörnchen haben seine vermaledeiten *Körperteile* weggefressen!"

„Hört auf zu fluchen, ihr beiden!", brüllte Nell quer durch den Raum.

Lara biss sich auf die Wangen, um nicht laut loszulachen, und sah, wie Sam seine Worte an Jones gewandt lautlos wiederholte: „… *seine vermaledeiten Körperteile!*", und Allen, der zwar nicht fluchte, aber in Nells Augen eindeutig ein Komplize war, nickte zur Bestätigung.

Jones öffnete seine Arzttasche, um Sam näher zu untersuchen, und Laras Blick fiel auf das Kleinkind, das sich am anderen Ende des Raumes an den Rockzipfel seiner Mutter klammerte. Das kleine Mädchen hatte blonde Haare und blaue Augen, die geradeaus starrten wie die Augen einer abgelegten Puppe. Lara ging hinüber, setzte sich neben die Mutter auf einen der metallenen Klappstühle und strich dem kleinen Mädchen über den Kopf.

Als sie mit einer Hand das Kleinkind berührte und mit der anderen den eingepackten Fuß des Säuglings drückte, geschah etwas mit Laras Gesicht. Jones sah sie an; ihre Blicke begegneten sich. Verlegen wandte Lara den Blick ab und widmete sich wieder Mona, der jungen Mutter. Mona versuchte, niemanden anzusehen, nicht einmal ihre Kinder, aber als sie spürte, dass Laras Blick auf ihr ruhte, hob sie den Kopf ein wenig, sodass Lara den Bluterguss auf ihrer Wange sehen konnte. Es war die Art Verletzung, die von einer Faust verursacht wurde.

Lara zuckte unwillkürlich zusammen. Dann streckte sie die Hand aus. Mona wich zurück, aber eher aus Scham als vor Schmerzen. Doch Lara ließ nicht locker, und so erlaubte ihr Mona schließlich, die Verletzung an ihrer Wange zu untersuchen. Lara ging zu Jones' Arzttasche und fand darin alles, was sie brauchte, um die Wunde zu säubern und zu verbinden.

Jones war inzwischen bei Sam zu einem Ergebnis gekommen. Er kniete sich hin, um dem alten Bergbewohner in die Augen zu sehen. „Sie hatten einen Schlaganfall, Mr Sam", sagte er.

„Bringt der mich um?", fragte Sam geradeheraus.

Genauso direkt antwortete Jones: „Bis jetzt hat er es nicht. Aber Sie müssen mit mir nach Charlottesville kommen."

„Ich gehe nicht ins Krankenhaus."

„Ich werde bei Ihnen sein", sagte Jones. „Hören Sie, entweder ich oder die Eichhörnchen."

„Allen fährt mich", antwortete Sam, und an diesen wenigen Worten erkannte Lara, wie tief das Vertrauen dieser Leute in Jones war.

„Nell", sagte er, „rufen Sie im Krankenhaus an und sagen Sie dort, dass sie unseren Mr Sam aufnehmen und seinen Kopf scannen sollen."

Während Nell zum Telefon griff, flog die Tür auf und ein schlanker Hinterwäldler, der mit Bier- und Motorölflecken übersät war, stapfte in den Raum. Er brüllte Mona und wahrscheinlich auch den Kindern zu, obwohl Lara nicht den Eindruck hatte, dass er die Kleinen überhaupt wahrnahm: „Ihr kommt jetzt." Lara schnauzte er an: „Lassen Sie sie in Ruhe, sie hat nichts! Komm jetzt!" Er zog Mona am Arm, doch sie schreckte vor ihm zurück.

Als er die Hand erneut ausstreckte, stand Lara auf. „Rühren Sie sie nicht an", sagte sie leise, aber deutlich.

Die Konfrontation, der Ausdruck in Carls Augen oder vielleicht Laras Blick machte Mona Angst. Carl sah ihre Angst und sie bestätigte sein Gefühl der Macht. Was Carl nicht beachtete, war Jones, der ihn zu ignorieren schien, in aller Ruhe eine Ampulle aus seiner Tasche holte und eine Spritze aufzog. Carl brüllte in die Runde, als wollte er der Verachtung in den Gesichtern der anderen trotzen: „Sie hat die Kinder im Hof rumlaufen lassen! Sie haben die Plane von meinen Geräten gezogen und da hat's auf meine Motorsäge geregnet. Kaputt isse!"

„Also haben Sie Mona geschlagen", sagte Lara leise und ihr Blick war durchdringender als in jeder Sitzung.

Carl starrte Lara an, als wollte er sagen: „Komm schon, leg dich ruhig mit mir an", dann ging er auf Mona zu und sprach zähneknirschend mit ihr, ohne den Blick von Lara abzuwenden. „Du sollst mitkommen, hab ich gesagt! Komm – Autsch!", reagierte er auf die Injektion in den Muskel am Übergang vom Hals in den Rücken, dann fuhr er herum und starrte Jones an, der die tropfende Spritze wie einen Dolch hielt. Bevor er die Überraschung verarbeitet hatte, breitete sich die Reaktion auf die Injektion in seinem Körper aus. „Was … was …?“, murmelte Carl. Plötzlich stand ihm der Schweiß auf der Stirn, drang aus allen Poren. Er taumelte rückwärts zur Tür, wirbelte herum, um den Kopf nach draußen zu halten, und begann zu würgen.

Jones trat hinter ihn und sagte trocken: „Das ist ein Virus, den ich von einem Kadaver in der Leichenhalle der Universität habe.“

Carl würgte noch mehr, und es sah schmerzhaft aus.

„Von einem Kadaver – du verstehst, von einer Leiche. Sie war voller Eiter, ist an dem Virus gestorben. Und jetzt frisst sich der Virus bis in deine Knochen und kein anderer Arzt auf der Welt kennt das Mittel dagegen.“

„Sie lügen!“, prustete Carl, eher flehend als beharrlich. Unter Schmerzen richtete er sich auf und griff sich an die Brust, in der ihm das Herz gegen die Rippen hämmerte. Der Schweiß lief ihm in Strömen übers Gesicht und durchnässte sein Hemd, und Carl war heißer, als ihm mit Malaria gewesen wäre.

Jones sprach immer noch ganz beiläufig. „In sechs Monaten gebe ich dir das Gegengift, wenn sie mir sagt, dass du dich benommen hast. Tu ihr noch einmal weh, und ich sehe zu, wie dein ganzes Hirn zu Eiter wird.“ Carl stürmte zur Tür hinaus und fiel wie eine Forelle am Bachufer die Stufen hinunter. Dann schwankte er auf zitternden Beinen zu seinem Pick-up, wo er wieder stürzte.

In der Ambulanz herrschte Totenstille.

Nell brach das Schweigen und hielt Jones eine braune Papiertüte hin. „Dieser Kuchen ist für Sie“, sagte sie.

Kapitel 9

Jones bestand darauf, auf dem Heimweg selbst zu fahren. Als sie auf der gewundenen Straße den Berg hinunterfuhren, sprach Lara zum ersten Mal, seit sie die Ambulanz verlassen hatten. „Adrenalin, nicht wahr?", sagte sie.

Jones nickte.

„Ich habe noch nie gesehen, dass jemandem so übel war."

„Mit einem Magen voller Alkohol muss man von einem Adrenalinstoß fast immer kotzen. Ich habe ein bisschen Erfahrung mit Prügeleien unter Betrunkenen."

„Ich sehe zu, wie dein ganzes Hirn zu Eiter wird?" Sie lachte und schüttelte den Kopf.

Er grinste. „Das war doch eine nette Dreingabe, oder? Übrigens, haben Sie Hunger? Dann machen Sie die Tüte auf."

Sie blickte in die Tüte und zog ein Stück Schokoladenkuchen heraus. „Sie werden in Brownies bezahlt?"

„Das Land, auf dem die Kirche und die Ambulanz stehen, war früher Teil einer kleinen Farm, die meinen Urgroßeltern gehörte.

Meine Großmutter hat das Grundstück gespendet, damit die Kirche darauf gebaut werden konnte. Meine Eltern starben, als ich in der Highschool war. Als ich zum College ging, haben diese alten Farmer wie Sam das Land beackert, damit ich studieren konnte, ohne das Einzige zu verkaufen, was meine Eltern mir hinterlassen hatten."

Lara starrte zum Seitenfenster des Wagens hinaus. Der Mond war aufgegangen, eine halbe Scheibe in hellem Weiß, und er folgte ihnen durch die vorüberziehenden Baumwipfel. „Wie viele Brownies muss ich Ihnen also geben, damit Sie kommen und für uns arbeiten?", fragte sie. Danach schwieg sie lange. Schließlich drehte sie sich zu ihm um. „Wenn Sie für mein Unternehmen arbeiten, finanziere ich diese Ambulanz. Sie bekommen einen Arzt."

„Sie haben einen Arzt."

„Zwei Ärzte – ganztags. Ein festes Gebäude. Krankenschwestern. Sagen Sie mir nur, was Sie wollen, und Sie bekommen es."

Jones starrte unverwandt auf die dunkle Straße hinaus, als hätte er sie nicht gehört. Dann, als wäre es eine Antwort, sagte er: „Es ist gleich hier."

Kurz vor einer Haarnadelkurve fuhr Jones rechts ran. Er zog den Schlüssel ab und stieg aus. Lara folgte ihm neugierig die Straße hinunter, bis er stehen blieb und auf den vom Mondlicht silbrig glänzenden Asphalt starrte.

„Sie hieß Faith", sagte er. „Wir haben uns beim Studium kennengelernt. Im letzten Sommer unserer Zeit als Ärzte im Praktikum sind wir für fünfundachtzig Dollar am Tag durch Europa gereist, und dort habe ich ihr einen Heiratsantrag gemacht. Die Hochzeit sollte im Herbst stattfinden."

Jones wusste, dass er einen großen Teil der Geschichte ausließ; eine endlose Aneinanderreihung von Einzelheiten und Geschichten über Faith, die durch seine Seele strömte und jetzt aufwallte und der er gerne freien Lauf gelassen hätte: dass ihm zuerst ihre Haare aufgefallen waren, das rötliche Braun wie die Mähne eines fuchsbraunen Pferdes, das zwei Reihen vor ihm glänzte, während er im Vorlesungssaal bei ihrem ersten gemeinsamen Seminar saß; die Grübchen neben ihren Mundwinkeln, die immer den Eindruck vermittelten, als würde sie jeden Augenblick lächeln; der ruhige Blick, wenn jemand anderes sprach – ein Professor in der Vorlesung, ein Freund, eine Kellnerin, ein Lastwagenfahrer, ein kranker Patient oder die besorgten Angehörigen eines Patienten – Faith hatte ihnen allen mit der gleichen Sorgfalt und Intensität zugehört. Aber jetzt versuchte Jones sich auf das Notwendigste in der Geschichte zu beschränken, weil er nicht an diesem Ort erzählen konnte, was geschehen war, ohne in seiner Erinnerung alles noch einmal zu durchleben, so lebhaft, als wäre es gerade erst passiert: das Auto, das die Straße hinunterrollte, Faith am Steuer, Jones, der sein Telefonat mit dem Handy beendete. Deshalb sprach er nie darüber, deshalb hatte er niemanden mit an diesen Ort genommen oder ihm alles erklärt, wie er es jetzt tat. Aber Lara Blair hatte etwas an sich, eine Art Schonungslosigkeit, wenn es um Tatsachen ging. Sie hatte den Mut ihm zu sagen, was sie wollte und wie entschlossen sie war, es auch zu bekommen. Jones konnte ihr nicht geben, was sie wollte. Und er ging davon aus, dass er sie nach diesem Abend nie wiedersehen würde. Das alles verstand er. Aber trotzdem bewunderte er sie und er wollte es jemandem erzählen – wollte es ihr erzählen. Warum er das wollte, verstand er selbst nicht.

Er zwang sich, weiterzusprechen. „Die Ambulanz war Faiths Idee. Wir waren auf dieser Straße unterwegs, um das Wochenende dort zu verbringen."

Lara hörte zu und sah das Ganze mit Jones' Augen.

„Wussten Sie, dass Menschen, die in einen Unfall verwickelt waren, oft keine Erinnerung daran haben?", fragte er und wartete, bis

Lara nickte. Er musste wissen, dass sie verstand, was er sagen wollte, denn er war sich nicht sicher, ob er in der Lage sein würde fortzufahren, wenn er an Schwung verlor und in die Einzelheiten des Ereignisses eintauchen musste, anstatt nur die Oberfläche zu beschreiben. „Manchmal wünschte ich, bei mir wäre es so. Ich erinnere mich an alles, selbst an die Augenblicke vorher. Ich hatte das Gefühl, als gehörte mir die Welt – der junge Chirurg mit einer einzigartigen Begabung ..." Und dann fröstelte es Jones, weil er daran dachte, wie Faith ihm an diesem Abend zugelächelt und er ihre Hand genommen hatte. „Und ...", fuhr er fort, „mit einer einzigartigen Liebe."

In diesem Augenblick kam in Jones' Erinnerung ein Sattelschlepper aus dem Nichts auf sie zugeflogen und raste in die Fahrerseite ihres Wagens. Er sah, wie die Windschutzscheibe zerbarst und ihre Hände das Lenkrad umklammerten; in seiner Erinnerung sah er sogar, was er unmöglich mit seinen Augen hatte sehen können, so lebhaft war sie: die erstarrenden Grübchen neben ihrem Mund, der so oft gelächelt hatte und jetzt nie wieder lächeln würde. Er sah, wie in einem Durcheinander aus knirschendem, kreischendem Metall die Welt einstürzte.

Jetzt starrte er Lara an, um ihr Gesicht zu sehen anstatt seiner Erinnerungen. „Später haben sie mir erzählt, dass der Lastwagenfahrer wahrscheinlich einem Reh ausweichen wollte und dabei die Kontrolle über das Fahrzeug verloren und die Mittelleitplanke durchbrochen hat. Von dort drüben." Er zeigte auf die Stelle. Er stand da und holte langsam und tief Luft, und Lara wusste, dass er alles wie damals vor sich sah.

Und er sah es wirklich: das Chaos nach dem Unfall. Seinen Körper am Straßenrand. Den Sattelschlepper in den Bäumen hinter ihm. Ein paar Autos, die angehalten hatten und deren panische Besitzer hin und her liefen und schrien, während in der Ferne eine Sirene ertönte.

„Ich lag auf dem Asphalt und die Leute schrien: ‚Holt einen Arzt!'"

Er hielt erneut inne. „Holt einen Arzt. Ich glaube, dadurch bin ich wieder zu mir gekommen. Holt einen Arzt." Wieder machte er eine Pause. „Faith war noch im Wagen."

Jetzt hatten die Erinnerungen ihren höllischsten Punkt erreicht. Er sah das zusammengequetschte Etwas, das einmal ihr Jeep gewesen war, und die Scheinwerfer der anderen Autos, die durch die Dunkelheit um die Unfallstelle herum tanzten, während er sich aufrappelte; die Barmherzigen Samariter, die angehalten hatten, um zu helfen, und ihn dazu aufforderten, sich wieder zu setzen. Aber in seiner Erinnerung stieß er sie beiseite und bahnte sich einen Weg durch die Menschentraube, die um das Autowrack stand. Als die Helfer ihn blutend auf sich zuwanken sahen, versuchten sie ihn zurückzuhalten. Doch Jones brachte sie mit den magischen Worten zum Schweigen, die seit Jahrhunderten funktionierten: „Ich bin Arzt!" Sie ließen ihn durch und er sah voller Entsetzen auf die Unglücksstelle.

Lara hörte zu, vollkommen reglos, und beobachtete ihn, wie er dort bleicher als das Mondlicht stand und ihm die Bilder durch den Kopf schossen in einem Albtraum, aus dem er nicht erwachen konnte. Sein Gesicht wurde noch weißer, während die Stimme in ihm – seine eigene Stimme – lauter wurde: „Faith! Faith!" Doch Faith, die in dem umgestürzten Auto auf der Seite lag, reagierte nicht, also versuchte er sich zusammenzureißen und die Krisensituation zu bewältigen.

Irgendwie ermöglichte die Erinnerung an diesen Kampf es Jones, die Geschichte laut weiterzuerzählen. „Das Erste, was mir bewusst wurde, medizinisch gesehen, war die Menge Blut, die sie verloren hatte. Sie war von dem Schock ganz kalt, ihre Luftröhre war zusammengedrückt und sie konnte nicht atmen." Er sah sich, wie er einen der Zuschauer packte und brüllte: *„Ein Messer! Ich brauche ein Messer!"* Einer der Leute reichte ihm ein großes Taschenmesser. Jones klappte es auf und wandte sich wieder Faith zu, die schlaff und blutüberströmt in dem zerquetschten Auto lag.

„Ich musste eine Tracheotomie machen", erklärte Jones Lara.

In diesem Augenblick wurden sie unterbrochen. Ein Pick-up kam den Berg hinaufgefahren und seine Scheinwerfer ließen sie blinzeln. Als er sie am Straßenrand sah, fuhr der Fahrer langsamer und kurbelte das Fenster hinunter. „Bei euch alles klar?", rief er.

„Alles in Ordnung", rief Jones zurück. „Wir machen nur eine Pause. Danke der Nachfrage."

Der Fahrer winkte und fuhr weiter und Lara war froh über die Rückkehr der Stille und Dunkelheit.

„Ich versuchte an nichts zu denken außer an das, was ich tun musste", sagte Jones und seine Stimme klang einigermaßen fest, obwohl Lara das Gefühl hatte – es war tatsächlich mehr ein Gefühl, als dass sie es hörte –, dass sie ein wenig zitterte. „Ich habe das Messer angesetzt … und als ich gerade einen Luftröhrenschnitt machte …"

In seiner Erinnerung sah Jones, wie Faith die Augen aufschlug. Und ihre Augen ihn unverwandt ansahen.

Er starrte Lara an – oder in ihre Richtung, denn was er sah, waren die Augen von Faith, die so tief in seine blickten.

Er senkte die Stimme, die nun kaum lauter als das Rauschen des Windes in den Bäumen war, und fragte Lara: „Haben Sie schon einmal einen Menschen sterben sehen?"

Lara nickte. „Meine Mutter", sagte sie. „Und meinen Vater."

Jones nickte. Dieses Wissen, das Lara hatte, diese Erfahrung, wie es war, jemanden zu verlieren, den man vollkommen liebt, war sicherlich ein Grund dafür, dass er ihr all das erzählen konnte, was er ihr gerade erzählte. „Mich verfolgt nicht das, was ich gesehen habe. Sondern das, was ich gefühlt habe. Durch den Griff dieses Messers habe ich gefühlt, wie das Leben ihren Körper verlassen hat."

Jones verstummte. Seine Augen waren feuchte Kreise, aber es waren nicht die Tränen, die ihn blind machten; in den nächsten zwei Minuten sah er nur die Nacht damals an dieser Stelle der Straße, als er das Messer fallen ließ und wusste, dass sowohl die Klinge als auch alle seine Fähigkeiten nichts mehr nützten. In seiner Erinnerung hielt er Faiths leblose Gestalt im Arm, während ihr Blut auf die Postkarte von der Erschaffung Adams tropfte, die auf der auf dem Kopf liegenden Decke des zerstörten Wagens lag.

Lara wagte selbst kaum zu atmen. Jones schien sie gar nicht zu bemerken. Bis zu diesem Augenblick hatte sie das Gefühl gehabt, dass er unmittelbar und ausschließlich zu ihr sprach. Aber als er jetzt fortfuhr, war es, als rede er nur mit sich selbst. „Ich fühle es immer noch“, murmelte er.

Wieder wanderte sein Blick zu Lara. Sein Gesicht veränderte sich; sie konnte sehen, wie die Erinnerung sich zurückzog und wieder an dem dunklen Ort verschwand, an dem er sie zu verbergen versuchte. Er sprach weiter und die Worte kamen wieder fließend. „Deshalb kann ich Ihnen nicht helfen, Dr. Blair. Ich kann einen gebrochenen Arm schienen oder eine Platzwunde nähen. Ich kann immer noch kleine Statuen schnitzen. Aber ich kann kein chirurgisches Instrument an lebendem Fleisch anwenden, denn wenn ich das tue, fühle ich, wie Faith stirbt.“

Es gab nichts mehr, was Lara hören musste. Und sie hatte nichts, was sie sagen konnte, bis sie wieder den Berg hinuntergefahren waren.

Kapitel 10

Jones schien ausgeglichener zu sein als vorher, so kam es Lara jedenfalls vor. Während sie neben ihm auf dem Beifahrersitz saß, fuhr er entspannt und beinahe beiläufig den Berg hinunter. Aber Lara wühlte seine Geschichte noch mehr auf als vor zehn Minuten, als sie die Stelle am Straßenrand verlassen hatten. Sie hatte einen Schock erlitten und die Wirkung nahm eher zu, als dass sie nachließ, wie es bei jedem anderen Schlag gewesen wäre. Die Tatsache, dass ihre Pläne sich in Luft aufgelöst hatten, war nicht das Einzige, was ihr zu schaffen machte. Sie wusste, dass sie gerade eine Macht erlebt hatte, die über ihr Verstehen hinausging und die zu einem Reich jenseits all jener wissenschaftlicher Fragen gehörte, für die sie noch keine Antworten hatte, die sie aber irgendwann lösen würde. Dies war ein Geheimnis, von dem Lara wusste, dass sie es nie ergründen würde. Und trotzdem fragte sie: „Wie haben Sie … danach weitergelebt?"

„Manche Leute würden wohl sagen, dass ich nicht weitergelebt habe. Ich setze einen Fuß vor den anderen, aber die meiste Zeit kommt es mir vor, als ginge ich rückwärts. Eine Zeit lang", sagte er, „habe ich getrunken." Er starrte auf die Straße hinaus, wo die Scheinwerfer sich in die Dunkelheit bohrten. Es war eine Stunde nach Mitternacht und sie schienen die einzigen Reisenden auf der ganzen Welt zu sein. Als er weitersprach, war Lara sich nicht sicher, ob er zu ihr sprach oder ob er einfach vor sich hin redete, einfach die Wahrheit erzählte. „Faith … hatte diese Überzeugung – sie schien so individuell zu sein, aber sie sagte, sie komme aus der Bibel, obwohl Millionen von Menschen sie gelesen haben und nicht zu dem gleichen Ergebnis gekommen sind wie sie. Es war eine Methode, die sie darin entdeckt hatte, und sie sagte, es sei ein Weg, das Leben lebenswert zu machen. Also versuche ich es. Vor allem, wenn besonders dunkle Zeiten kommen. Und dadurch konnte ich weiterleben."

„Können Sie mir sagen, was diese Überzeugung ist?"

„Es ist einfach, darüber zu reden, aber die Umsetzung ist viel schwieriger. Es ist etwas, das man nicht in Gedanken durchexerzieren kann, man muss es tun, um zu sehen, ob es funktioniert. Sie glaubte, der beste Weg, ein gutes Werk zu tun, sei, es im Geheimen zu tun. Wenn man etwas Wohltätiges tut und die Leute davon wissen, raubt das der guten Tat die wahre Kraft. Wenn jemand Unbekanntes dir etwas Böses tut, fängst du an, alle in deiner Umgebung zu verdächtigen. Du glaubst, dass sie dich hassen, und du hasst sie auch. Aber wenn jemand Unbekanntes dir etwas Gutes tut, wenn du von einer absolut anonymen Wohltat profitierst, fängst du an zu vermuten, dass die Leute in deinem Umfeld, vielleicht sogar Fremde, vielleicht alle Menschen auf der Welt dich lieben. Du lernst zu glauben."

„Faith war der perfekte Name für sie."

Jones sah Lara an, überrascht von diesem Satz aus seiner Vergangenheit. „Ja", sagte Jones. „Ja, das war er."

Lara dachte an all die Schecks, die sie für Wohltätigkeitsorganisationen ausgestellt hatte, und an die Anerkennung, die sie dafür erntete, und die merkwürdige Mischung aus Arroganz, Schuldgefühlen und Pflichtbewusstsein, die sie jedes Mal verspürte, wenn die Leute sie wieder einmal um eine Spende baten. Sie überlegte, wie Spendensammelaktionen an das Ego der Spender appellierten. Laras Name und der ihrer Firma standen regelmäßig auf den Ehrenlisten vieler Wohltätigkeitsorganisationen, die allesamt angesehen waren (und von den PR-Leuten von *Bio-Med* sorgfältig ausgewählt wurden, um den Ruf des Unternehmens zu verbessern). Aber nichts an dieser Art zu spenden hatte Lara jemals das Gefühl einer persönlichen Beziehung zu einer wie auch immer gearteten Macht gegeben. Ihr wurde bewusst, dass sie mit dem Konzept nicht so recht einverstanden war. „Was ist mit guten Vorbildern?“, fragte sie. „Wir brauchen Wohltätigkeit, und viele Organisationen – wahrscheinlich die meisten – machen gute Arbeit, und manchmal muss jemand den ersten Schritt machen und andere Leute dazu motivieren, Gutes zu tun, indem man ihnen zeigt, wie.“

„Das stimmt schon. Manchmal erfahren die Leute, wer etwas getan hat, worüber sie froh sind. Es war Faiths Idee, die Ambulanz in den Bergen einzurichten, nicht meine. Alle dachten, ich wäre es gewesen, weil es meine Heimatstadt ist, neben der Kirche, die meine Großmutter mitgegründet hat, auf dem Land, das mein Großvater mir vermacht hat. Aber es war nicht meine Idee, den Trailer dort hinzustellen und jedes Wochenende hinaufzufahren und die Menschen zu behandeln, die Angst haben, zu den Ärzten in der Großstadt zu gehen, oder die sich schämen oder einfach zu ungebildet und arm sind. Die Ambulanz ist eine gute Sache. Sie ist öffentlich und ich finde sie toll, und dort zu arbeiten gibt mir das Gefühl, vielleicht etwas Gutes zu tun, und dieser Gedanke ist wichtig. Aber wenn jede Hoffnung, die man hatte, zerstört wurde, und man nicht weiß, wo man welche finden kann, und man nicht mehr leben will, weil man nirgendwo Liebe findet, dann braucht man mehr als ein Gefühl oder einen Gedanken. Dann braucht man etwas, von dem niemand anderes weiß oder jemals wissen wird. Etwas, von dem man hofft, dass es etwas bewirkt, aber selbst da kann man sich nicht sicher sein. Es muss etwas sein, das etwas kostet – nicht nur Geld oder Zeit, sondern die eigene Erwartung an eine Belohnung. Aber wenn man das tut, wenn man den eigenen Stolz, die eigene heimliche Überzeugung, dass man Gott ist und im Leben die Regeln macht, aufgibt, dann bekommt man eine Belohnung: die Erfahrung, dass das Leben etwas wert ist, dass es ein Geschenk ist, das jemand anders einem gegeben hat."

Jones holte tief Luft. Dann atmete er langsam aus. Er sah Lara an und blickte anschließend wieder auf die Straße hinaus. „Sie hatte recht. Der Glaube hat seinen Preis. Ich habe gelernt, ihn zu bezahlen."

Das rosafarbene Licht der Morgendämmerung fiel schwach auf die weißen Flügel des Firmenjets von *Blair Bio-Med*, als Jones vor den privaten Hangars neben den Flughafenlandebahnen in Charlottesville hielt. Er stieg schnell aus und öffnete Lara die Tür.

Nach allem, was wir in den letzten vierundzwanzig Stunden erlebt haben, dachte Lara, *ist er immer noch ein solcher Kavalier.*

Jones holte ihre Tasche aus dem Kofferraum und gemeinsam gingen sie die Treppe zur Tür des Flugzeugs hinauf. Dort angekommen wandte sie sich ihm zu und gab ihm die Hand, weil sie nicht wusste, was sie sonst tun sollte. „Also dann. Danke für … die Zeit, die Sie mir geopfert haben", sagte sie.

„Nein, ich danke Ihnen." Einen Moment lang begegneten sich ihre Blicke und sein Blick war ruhiger, stärker, direkter als beim ersten Mal. Sie stieg in das Flugzeug und drehte sich noch einmal zu ihm um, bevor sie einen Schritt von der Tür zurücktrat, weil die Flugbegleiterin anfing, die Tür zu schließen; aber Jones hinderte sie daran, indem er ebenfalls durch den Eingang trat. „Dr. Blair – diese Lincoln-Statue habe ich vor zwei Tagen dem Museum gegeben. Sie hatten Zeit, sich meinen Lebenslauf anzusehen. Aber Sie konnten nicht wissen, dass ich russische Literatur liebe, jedenfalls nicht rechtzeitig, um sich einzulesen."

Nicht nur Lara, sondern auch die Flugbegleiterin und der Kopilot des Jets fragten sich, worauf er hinauswollte.

Jones, das merkte Lara jetzt, hörte nie auf nachzudenken, und wenn er etwas sagte, dann war er sich seiner Sache sicher. Er sah ihr mit einem durchdringenden Blick in die Augen und sagte: „Sie tun so, als wäre alles eine kalte, berechnete Entscheidung für Sie. Aber Sie haben aus eigenem Antrieb russische Literatur gelesen. Das müssen Sie, denn Sie heißen Lara – Sie sind nach einer Figur aus Doktor Schiwago benannt! Sie sind poetisch und warmherzig und … wenn Sie ein Baby berühren, geschieht etwas Wundervolles in Ihren Augen. Aber Sie tun so, als wäre das Leben ein Geschäft. Warum tun Sie das?"

Der Kopilot des Firmenjets war ein schlaksiger junger Mann, der seine Karriere als Mechaniker in der amerikanischen Nationalgarde begonnen hatte, aber die Pilotin war eine Frau mit dem – wie Lara fand, wunderbaren – Namen Angelica. Angelica war vierzig und Pilotin geworden, indem sie das Fortbildungsprogramm von *Blair Bio-Med* genutzt hatte. Damit hatte sie einen Teil ihrer Flugausbildung finanziert und sich von der Position als Empfangsdame in der Hauptverwaltung hochgearbeitet. Lara hatte den ungewöhnlichen Ausbildungswunsch selbst befürwortet, weil sie der Meinung war, dass eine Frau, die Angelica hieß, dazu geschaffen war zu fliegen, und seit Angelica ihre Ausbildung begonnen hatte, war sie ihrer Chefin besonders zugetan. Wann immer Lara den Firmenjet nahm, ließ Angelica die Tür zum Cockpit offen. Während das Flugzeug sich nun durch die blaue Atmosphäre und die fedrigen Wolkenschluchten zwischen dem Himmel und Virginia bewegte, warf sie einen Blick in den Spiegel über den Armaturen und sah Lara hinter sich an.

Lara schnappte den Blick auf. Gereizt fragte sie: „Was ist?“ Aber sie wusste, was war.

„Nichts, Dr. Blair.“ Angelica versuchte neutral dreinzublicken und ihr Grinsen zu verbergen.

Lara wandte ihr Gesicht wieder dem Fenster zu, und während sie so über den Wolken saß, frei von ihrer Arbeit und von der Welt, ließ sie ihre Gedanken abschweifen …

Und sie träumte. Sie schlief nicht; sie fühlte sich wacher als jemals zuvor. Und im Geiste sah sie eine Vision. Ihr Körper, in die Spitzen eines Brautkleids gehüllt, segelte langsam durch eine Welt aus Wolken; schwerelos, ein heiteres Ballett aus den geheimsten Tiefen in ihrem Herzen …

Zu Beginn ihrer Fantasievorstellung flog sie allein, erstaunt darüber, dass sie sich in ihrem eigenen Himmel befand.

Aber obwohl es ihr Himmel war, war sie nicht allein. Als ihr Körper sich umdrehte, schmiegte sich ein Baby an ihre Brust – ein Baby mit blauen Augen, wie das Mädchen in der Ambulanz sie gehabt hatte …

Und gemeinsam mit ihnen schwebte Andrew Jones durch dieses wolkige Nirgendwo. Er hielt Laras ausgestreckte Hand, vorsichtig, nur bei den Fingerspitzen, während sie durch das trübe Sonnenlicht über der Welt wirbelten. Es war eine Szene, wie Michelangelo sie hätte malen können.

Lara, Jones und das Baby – ihr Baby, denn sie waren die Eltern – kuschelten sich in dieses Bett eines geträumten Himmels …

Lara starrte aus dem Fenster. Sie konnte sie jetzt sehen, diese Gestalten, die über die Iriden ihrer Augen tanzten.

Sie schloss die Augen und verdrängte die Bilder, indem sie sich abwandte. Sie hatte zu arbeiten und das konnte sie nicht, wenn sie durch die Wolken schwebte.

Jones lenkte seinen alten Kombi durch die Landschaft von Virginia. Von Charlottesville aus fuhr er in Richtung Norden, hinaus in die hügelige Gegend, wo Menschen, die genug Geld für Liebhaberimmobilien besaßen, in Pferdefarmen investiert hatten. In den letzten Jahren hatte so mancher Hollywood-Akteur diese Region für sich entdeckt und einige Stars lebten sogar ganz hier. Wie die meisten Dinge in Virginia ging die Geschichte des Staates selbst den Neureichen unter die Haut und ihre Häuser aus Stein und Holz passten gut zu den Backsteingebäuden der Kolonialzeit, die an Williamsburg und Monticello erinnerten. Die Sonne stand jetzt dicht über dem Horizont und leuchtete hell, aber es war immer noch früh und auf der Straße, die Eichen und Walnussbäume mit ihren momentan kahlen Ästen säumten, waren keine Autos unterwegs.

Die meisten älteren Kirchengebäude in Virginias wohlhabenderen Gebieten gehörten zur Episkopalkirche, was die Zustände von vor zweihundertfünfzig Jahren widerspiegelte, als es unter der britischen Regierung für jeden Bewohner des Commonwealth illegal gewesen war, einer anderen Konfession anzugehören. Aber ein Stück weiter die Straße hinauf kam Jones an eine lutherische Kirche, die von den Nachkommen deutscher Einwanderer erbaut worden war. Sie hatten mit ihrer Erfahrung im Bergbau, in der Glasherstellung, in der Arbeit mit Holz und in der Reitkunst die blühende Wirtschaft der Neuen Welt bereichert. Die Kirche war klein, aber stattlich, ihre Fassade ganz aus grauem Stein und mit einem hohen Schieferdach versehen. Jones hatte sie schon immer sehr schön gefunden.

Er hielt in der kreisförmigen Zufahrt der Kirche, die als Parkplatz diente, stellte den Motor ab und stieg aus. So früh am Morgen war noch keiner hier und auf der Straße fuhr niemand vorbei außer einem Pick-up voller Heuballen.

Jones ging auf die Kirche zu, aber anstatt einzutreten, ließ er den Eingang links liegen und ging weiter zu dem Wäldchen aus steinernen Denkmälern auf dem kleinen Friedhof, wie er zu jeder alten Kirche in Virginia gehörte. Ohne stehen zu bleiben, denn er kannte den Weg gut, näherte er sich dem Grab.

Faiths Grab.

Wie es dazu gekommen war, dass ihr Leichnam hier zur Ruhe gebettet worden war, auf dem Friedhof einer Kirche, die sie nie besucht hatte, war für Jones eine merkwürdige Geschichte aus Stolz, gemischt mit erstaunlichen religiösen Vorurteilen. Die Familie von Faiths Vater hatte in Pennsylvania einer lutherischen Kirche angehört und er hatte ihre Mutter dort geheiratet. Faiths Mutter war nicht gläubig, fand aber – das hatte sie später ihrer Tochter erzählt –, dass die Kirche einen schönen Rahmen für viele Blumen und Männer im Smoking und eine Braut im weißen Hochzeitskleid abgab. (Jones hatte all das von Faith erfahren, als sie von ihrer eigenen Hochzeit geträumt hatten.) Faiths Mutter hatte alle überrascht, indem sie sich eine traditionelle Hochzeit gewünscht hatte – überrascht, weil sie immer davon gesprochen hatte, wie ihre Erfahrungen beim Woodstockfestival ihr Leben verändert hatten und sie lange, nachdem Faiths Vater seinen Juraabschluss gemacht hatte und jeden Tag im Anzug zur Arbeit ging, immer noch Perlen und Blumen im Haar getragen hatte. Aber die Mutter war Künstlerin; sie stellte einzigartig geformte Töpferwaren und ungewöhnliche, bemalte Bilderrahmen her, und Faiths Vater hatte nichts gegen ihre Schrullen.

Er hatte allerdings etwas dagegen, dass seine Frau nach Kalifornien zog, als ihr langweilig wurde und sie das Leben als Anwaltsgattin leid war, und zwar in demselben Monat, in dem ihre gemeinsame Tochter auszog, um aufs College zu gehen. Offenbar hatte ein anderer Künstler etwas damit zu tun gehabt, ein Mann, von dem Faiths Mutter sprach, wenn sie im Studentenwohnheim anrief. Diese Beziehung hielt aber anscheinend nicht lange, denn Faith und Andrew trafen den Mann nie und hörten auch nichts mehr von ihm, als sie gemeinsam nach Kalifornien reisten, um Faiths Mutter zu besuchen, nachdem sie von ihrer Europareise zurückgekehrt waren und angefangen hatten, ihre eigene Hochzeit zu planen. Trotzdem blieb Faiths Mutter in Kalifornien.

Faiths Vater war kurz nach ihrem Collegeabschluss gestorben. Als sie Andrew davon erzählt hatte, hatte er sie das einzige Mal weinen sehen. Sie sagte, sie wisse, dass es unlogisch sei, aber sie habe immer geglaubt, dass es der innigste Wunsch ihres Vaters gewesen sei, sie auf eigenen Füßen stehen zu sehen – zu sehen, wie sie „die Segel setzte", wie er es ausgedrückt hatte –, und er deshalb bis dahin am Leben geblieben sei. Faiths Mutter und er waren einmal nach Indien gereist, während Faith den Sommer im Ferienlager für akademisch begabte Schüler verbracht hatte. Während Faiths Mutter Kunst, Yoga und Transzendentale Meditation studiert hatte, hatte ihr Vater auf Baustellen der Hilfsorganisation *Habitat for Humanity* gearbeitet. Vermutlich hatte er sich dabei irgendwie mit Hepatitis C angesteckt, später hatten sie bei ihm Leberkrebs entdeckt. Und einen Monat nachdem er gesehen hatte, wie seine Tochter die Segel setzte und bei ihrer Abschlussfeier den Hut in den Junihimmel geworfen hatte, war er tot gewesen.

Sie hatten ihn auf dem Friedhof einer lutherischen Kirche in Pennsylvania begraben, die er als Junge besucht hatte. Faiths Mutter war nicht zu der Beerdigung gekommen, aber sie hatte Faith erzählt, dass sie mit einigen Freunden in Kalifornien, die Faiths Vater nie kennengelernt hatten, die aber mit seinen höheren Energien in Verbindung stünden, eine Zeremonie vollzogen habe, um das Leben ihres Vaters zu feiern.

Jones behielt diese Dinge für sich, denn er wusste, dass sie Faiths

Mutter, undifferenziert betrachtet, oberflächlich und herzlos erscheinen ließen, jedenfalls in den Augen der meisten Menschen, die er kannte. Manchmal kam sie natürlich auch ihm so vor. Sie war die Mutter der Frau, die Jones liebte, aber er behielt die Informationen über ihre Mutter nicht nur aus Respekt gegenüber Faith für sich. Jones wusste, dass die Frau ein Herz hatte; er hatte es brechen gehört, an jenem schrecklichen Tag, an dem er in Kalifornien hatte anrufen müssen, um ihr von dem Unfall zu erzählen, der ihrer Tochter das Leben geraubt hatte.

Faiths Mutter war daraufhin von Kalifornien hergeflogen, ihre erste Reise an die Ostküste, seit sie sieben Jahre zuvor ihren Mann verlassen hatte. Als sie Andrew gesehen hatte, war sie in seinen Armen zusammengebrochen und hatte geweint, und es hatte keine Rolle gespielt, dass Andrew damit aufgewachsen war, dass seine Großmutter „Das alt' raue Kreuz" gesungen hatte und seine Beinahe-Schwiegermutter das letzte Jahrzehnt damit verbracht hatte, in einem Aschram zu singen; sie trauerten um die Liebe desselben wunderbaren Menschen, und die Wahrheit war, dass sie sich gegenseitig stützten.

Probleme traten auf, als sie entscheiden mussten, wo Faiths letzte Ruhestätte sein sollte. Ihre Mutter war für eine Einäscherung und wollte die Asche in irgendeinem heiligen Hain verstreuen – obwohl sie nicht in der Lage war zu sagen, wo genau dieser Hain lag oder was ihn für Faith heilig machen sollte. Jones wollte Faith auf dem Friedhof neben der Kirche in den Bergen zur letzten Ruhe betten, neben der Klinik, die Faith gegründet hatte; dort wollte auch Jones eines Tages begraben werden. Aber seine Wünsche, wie sehr von Herzen sie auch kamen, hatten keine rechtliche Bedeutung; er und Faith waren nicht verheiratet gewesen und ihre Mutter war ihre nächste Angehörige. Sie hatte nicht auf irgendeine New-Age-Zeremonie und eine anschließende Einäscherung bestanden, aber Jones war klar, dass der Gedanke, Faith könne auf einem Kirchhof in den Appalachen begraben werden, grundsätzlich gegen ihre Anschauungen verstieß. Ihre Mutter sprach nie das Wort Gott aus, nicht einmal in dem Sinne, dass sie damit irgendeinen Gott meinte. Sie redete von Geist und schien nicht zu glauben, dass es im Schatten der Tannen dort in den Bergen Geist geben könne.

Sie befanden sich in einer Pattsituation, bis zu einem einsamen Abend außerhalb des Bestattungsinstituts, als Jones sie zum Essen einlud und Faiths Mutter ihm gestand, dass keiner ihrer Freunde aus Kalifornien kommen würde, um mit ihr die Zeremonie zu begehen. Sie schickten ihre besten Grüße und Würdigungen, kamen aber nicht. Doch ein paar Freunde und Verwandte aus Pennsylvania würden kommen. Und da sah Jones in ihrem Gesicht wieder die Qualen, die sie litt. Diese Menschen würden nichts von einem mythischen Hain oder einem heiligen Kreis oder von Wünschen der Geister halten; sie wünschten sich etwas Vertrauteres, Tröstlicheres. Und trotzdem wusste Jones, dass er Faiths Mutter in diesem Augenblick nicht übergehen durfte, egal, wie er selbst dazu stand, denn er spürte, dass Faith all seine Liebe gehörte, und sie hatte ihre Mutter geliebt, deshalb waren die Wünsche ihrer Mutter wichtig.

Plötzlich erinnerte er sich daran, dass Faiths Eltern in einer lutherischen Kirche geheiratet hatten. Während des Abendessens surfte er mit seinem Handy im Internet und machte die Steinkirche hier in der Pferderegion ausfindig. Er schlug vor, die Gemeindemitglieder zu fragen, ob sie in ihrem Herzen und auf ihrem Friedhof einen Platz für ein Mädchen finden könnten, das sein Leben auf dem Weg in die Berge verloren hatte, wo es fremde Menschen hatte ärztlich behandeln wollen. Irgendetwas sagte Jones, dass sie bestimmt einwilligen würden.

„Aber Andrew", hatte Faiths Mutter gemurmelt, und ihre Stimme hatte gebebt, während sie an dem Resopaltisch eines Cafés gesessen und ihre zitternden Finger um ihren Kaffeebecher geschlungen hatte, „ich bin mit ihr nie in eine lutherische Kirche gegangen. Ich bin mit ihr überhaupt nicht in die Kirche gegangen."

Jones streckte die Hand aus und löste ihre Finger von der Kaffeetasse, um sie in seine Hände zu nehmen, während er in ihre angsterfüllten, gequälten Augen blickte. „Aber irgendwie", sagte er leise, „hat sie den Glauben an das gefunden, was die Menschen dort verkündigen. Und sie hat jeden Abend für Sie gebetet."

Jetzt setzte Jones sich auf die Steinbank vor Faiths Grab. Die Luft war deutlich kälter als am Tag zuvor, aber er schien es nicht zu bemerken.

Als Laras SMS eingetroffen war, die ihre wichtigsten Bezugspersonen informierte, dass sie über Nacht in Virginia bleiben würde, hatte sich ein Gefühl der Erregung im Team von *Blair Bio-Med* ausgebreitet. Irgendetwas ging da vor sich, sie konnten es alle fühlen. Brenda rief Malcolm zu Hause an, um zu fragen, ob Lara mit ihm telefoniert oder ihm eine weitere Nachricht geschickt hatte. Malcolm erklärte ihr, er habe sonst nichts gehört und er sei sich sicher, wenn Lara irgendetwas von weiblichem Interesse zu sagen hätte, würde sie es Brenda sagen und nicht ihm. Brenda protestierte, sie habe nur an etwas Geschäftliches gedacht; ob Malcolm die Verzögerung nicht als gutes Zeichen werten würde. Sie spekulierten eine Weile und Brenda überlegte laut, wie gut Lara eine Beziehung tun würde und dass Dr. Jones auf dem Papier genau die Art Mann zu sein schien, den sie sowohl achten als auch bewundern konnte, die Art Mann, die sie faszinieren würde. Malcolm entgegnete, das, was Menschen auf dem Papier zu sein schienen, habe normalerweise herzlich wenig mit dem zu tun, was sie in Wirklichkeit waren, und außerdem sei doch die entscheidende Frage, ob er die chirurgischen Techniken beherrschte, die sie so dringend brauchten. Brenda meinte, Lara könne in Sekundenschnelle den Unterschied zwischen Dr. Jones' Lebenslauf und seinem persönlichen Wesen feststellen, und anscheinend sei etwas an ihm vielversprechend;

warum sonst hätte Lara länger bleiben sollen?! So redeten sie weiter und stellten unzählige Vermutungen an, ohne etwas zu wissen.

Sie erhielten keine weitere Nachricht. Erst als sie früh am nächsten Morgen auf ihre Handys sahen, fand jeder eine SMS vor, in der es hieß, ihre Chefin sei auf dem Heimweg. Beide fuhren gleich zur Arbeit. Sobald Brenda hörte, dass Lara im Gebäude war, eilte sie den Gang zu ihrem Büro hinunter.

Als sie dort ankam, verließ Malcolm gerade murmelnd den Raum.

Brenda ging an Laras Sekretärin Juliet vorbei; sie tauschten einen verschwörerischen Blick und Juliet schüttelte den Kopf. Enttäuscht ging Brenda weiter zu Laras eigentlichem Büro und sah durch die offene Tür, dass ihre Freundin an ihrem Schreibtisch saß und versuchte, sich mit Aufnahmen von einem Gehirn und Zeichnungsentwürfe für einen Apparat abzulenken. Brenda trat ein und ließ sich in einen Sessel fallen. „Uuund? Wie ist es gelaufen?"

Lara blickte nicht auf. „Er kann es nicht machen."

„Kann nicht? Oder will nicht?"

„Will nicht, kann nicht, was spielt das schon für eine Rolle?", sagte Lara tonlos, während sie weiter in ihren Unterlagen blätterte.

„Und wie ist er so?"

Lara warf ihr einen ungeduldigen Blick zu. „Ich war nicht dort, um herauszufinden, wie er ist. Ich war dort, um ihn für unsere chirurgische Entwicklungsarbeit zu rekrutieren."

„Du warst ziemlich lange dort." Brenda wartete, bekam aber keine Antwort. „Du siehst müde aus. War das Hotel nicht gut? Ich habe nämlich in der Nacht mehrmals versucht dich anzurufen, und sie sagten, du seist nicht da."

„Wir saßen in einem Auto."

„In einem Auto."

„Wir sind gefahren. In die Berge …"

„In die Berge! Klingt so, als hättest du dich prächtig amüsiert. Klingt romantisch. Klingt nach einer Verabredung!"

„Nein, es – Er kann es nicht tun, Brenda. Er kann nicht. Und wenn du mich jetzt entschuldigen würdest, wir müssen Experimente durchführen." Lara stürmte aus dem Zimmer.

Die Gabe

Kapitel 11

Zwei Wochen nachdem Lara Blair in Virginia gewesen und mit Jones zur Blue-Ridge-Ambulanz gefahren war, kam Sam endlich aus den Bergen herunter und stellte sich im Krankenhaus von Charlottesville vor.

Sam hatte die letzten fünfzig Jahre in einem Tal in den Appalachen gelebt – die Ortsansässigen bezeichneten es als Senke –, und zwar so abgeschieden, dass er weder Elektrizität noch fließendes Wasser hatte. In all den Jahren war er nicht ein einziges Mal in die Gegend gereist, die er *Das Flachland* nannte. Jones begrüßte ihn und sorgte dafür, dass er vom Krankenhaus aufgenommen wurde, obwohl es bürokratische Probleme gab. Sam hatte noch nie irgendeinen Antrag auf Unterstützung von der Regierung gestellt, und als einziges Ausweispapier lag ein Führerschein vor sowie das Formular, das er ausgefüllt hatte, als er während des Zweiten Weltkriegs zum Militär gegangen war. Auch für Allen organisierte Jones einen Platz zum Schlafen – was einfach war, da Allen sagte, die Couch in Jones' Büro würde ihm reichen; er habe vor, sich rund um die Uhr um seinen ältesten und einzigen Freund zu kümmern und dafür zu sorgen, dass dieser nicht von einer Krankenschwester vergiftet oder zu Tode gestochen wurde. Die Krankenhausmitarbeiter fingen sofort an, Sam zu untersuchen.

Es war das MRT, das Sam am meisten Angst machte; auf einen beweglichen Tisch geschnallt und in eine sargähnliche Röhre geschoben zu werden, die klapperte und kreischte wie der Höllenschlund, war für Sam eine furchtbare Vorstellung. Als Jones vor der Untersuchung bei ihm hereinschaute, sagte Sam zu ihm: „Ich will das Emmerdings nicht sehen."

Jones erkannte, dass Sam der Meinung war, die Ärzte hätten über irgendetwas Monströses gesprochen, und er versuchte Sam zu beruhigen, indem er sagte: „Sam, ich kenne das MRT … es klingt schlimm, aber diese Maschine kann Ihnen nicht wehtun."

„Der Typ, der mich aus dem Zimmer hierher geschoben hat, sagt, ich muss meine Uhr dalassen, weil das Emmerdings sie mir sofort aus der Tasche ziehen würde, und selbst wenn nicht, würde meine Uhr nie mehr funktionieren, wenn sie nur im gleichen Zimmer ist wie das Emmerdings."

„Es wird Ihnen nichts tun, Sam, das schwöre ich." Während Jones in Sams Augen sah, die wässrig und blau zu ihm aufblickten wie der Himmel über den Bergen an einem nebligen Morgen, tätschelte er ihm die Schulter und sagte: „Sie können mir vertrauen, Sam. Ich werde nicht zulassen, dass man Ihnen wehtut."

Jones erhob sich und sah zu, wie Sam in den Untersuchungsraum geschoben wurde. Als die Tür sich schloss, blieb er allein zurück und seine Gedanken wanderten. Zu Lara.

In dem Augenblick, in dem Sam in das Emmerdings geschoben wurde und nach Allen rief, der im Nebenraum wartete, arbeitete Lara in ihrem Labor.

Seit sie aus Virginia zurückgekehrt war, stürzte sie sich noch verbissener in ihre Arbeit als zuvor – und war noch ungeduldiger. Niemand, und am wenigsten Lara selbst, bezweifelte, dass die Entdeckung der Miniaturfiguren ihnen allen Grund zur Hoffnung gegeben hatten, dass die Technik, auf deren Entwicklung sie so viel Zeit und Geld und Mühe verwendet hatten, nicht nur theoretisch möglich, sondern ihre Realisierung auch in greifbare Nähe gerückt war. Die Enttäuschung dieser Hoffnung hatte Lara ärgerlich gemacht und sensibler für die Schwächen ihrer Mitarbeiter. Die Forschungsmitarbeiter um sie herum – von denen die meisten einen Abschluss in Medizin oder Ingenieurwissenschaften oder in beidem hatten – erschienen ihr mit einem Mal engstirnig, gefühllos oder sogar selbstsüchtig. Es besserte ihre Laune nicht, als ihr bewusst wurde, dass sie selbst es war, die all diese Eigenschaften am deutlichsten zeigte.

An diesem Nachmittag war sie wieder einmal nicht dazu in der Lage, sich zu konzentrieren, deshalb scheuchte sie alle fort. Als sie dann allein war, blickte sie auf eine medizinische Fachzeitschrift hinunter, die auf ihrem Schreibtisch lag. Das Titelbild zeigte ein Baby. Lara starrte ihm in die Augen, dann ging sie zum Fenster und blickte hinaus zu den Wolken hoch über ihr.

ශ

Jones stand neben den Monitoren im Nebenraum des MRT-Scanners und betrachtete die Aufnahmen von Sams Gehirn. Er winkte den Radiologen zu sich und zeigte auf eine Stelle in dem Scan. Als der Radiologe kurz darauf ging, starrte Jones die Bilder an, und mit einem Mal erinnerten ihn die hellen und dunklen Stellen auf dem Filmmaterial an Wolken.

ශ

Lara arbeitete bis spät in ihrem Labor, noch lange nachdem sie allen anderen gesagt hatte, sie sollten Schluss machen und nach Hause gehen. Sie hatte die vergangenen Tage damit zugebracht, sich die Aufnahmen von all ihren fehlgeschlagenen Versuchen mit den Gehirnattrappen noch einmal anzusehen, und als wäre das noch nicht deprimierend genug, hatte sie sich all die Roscoe-Gehirne vorgenommen, angefangen, sie zu sezieren, und versucht, das Problem von innen nach außen zu ergründen. Wenigstens war es das, was sie allen anderen erzählte; in Wirklichkeit wusste sie einfach nicht, was sie sonst tun sollte. Es war nach Mitternacht, als sie schließlich den Stuhl von ihrem Schreibtisch zurückschob, sich die Handballen in die Augenhöhlen presste, aufstand und zur Tür ging. Dann schaltete sie das Licht aus und trat auf den Flur hinaus.

Sie war zu müde, um die Treppe zu nehmen. Mit dem Aufzug fuhr sie ins oberste Stockwerk, ging den leeren Korridor hinunter, durchquerte ihr Büro und öffnete die Tür, hinter der ihre kleine Wohnung lag. Sie ging ohne Licht einzuschalten ins Schlafzimmer und legte sich auf ihr Bett. Unbeobachtet von anderen Menschen starrte sie zur Decke hinauf.

Lara hatte in ihrem Leben schon viele Fächer studiert: Biologie, Mathematik, Chemie, Ingenieurwissenschaften; aber sie hatte auch Lyrik gelesen, hatte etwas über Kunst gelernt und über Geschichte. Sie hatte viel über Ideen nachgedacht und über den inneren Prozess des Erfindens, aber all ihre Recherchen darüber, wie man seinen Verstand für neue Gedanken öffnete, hatten sie mit demselben Gefühl der Leere und Ratlosigkeit zurückgelassen, wie sie es eben beim Auseinandernehmen der Gehirnnachbildungen verspürt hatte. Sie leugnete nicht die Existenz von Ideen, obwohl ihr momentan keine neuen mehr kamen; aber selbst als sie Geistesblitze gehabt hatte, war sie nicht in der Lage gewesen zu sagen, woher sie gekommen waren.

Sie war sich sicher – und diese Überzeugung trat ihr klar und deutlich vor Augen, als sie jetzt in ihrer Dienstwohnung auf dem Bett lag und zu der schalldichten Verkleidung an der Zimmerdecke hinaufstarrte –, dass eine entscheidende Zutat bei einer Idee der Glaube war, dass eine bessere Art zu denken, eine wahrere Art, die Welt zu sehen, tatsächlich existierte. Lara kam der Gedanke, dass man eine gute Idee gar nicht erkennen konnte, wenn man glaubte, dass eine Verbesserung, eine Veränderung zum Positiven, ein innovativer Durchbruch unmöglich war. Zum tausendsten Mal, seit sie aus Virginia zurück war, wurde ihr bewusst, welche dramatische Auswirkung ihre Begegnung mit Dr. Jones und seinem so völlig anderen Zugang zum Leben auf sie gehabt hatte. Sie konnte sein Gesicht beinahe an der Decke über ihrem Bett sehen, konnte fast hören, wie er sagte: *Glauben* ist ein stärkeres Wort als *wissen*.

Lara fragte sich, was sie glaubte. Und die Antwort schien zu sein: nichts.

Jahrelang hatte sie gehofft – gehofft, ohne wirklich zu glauben –, dass sie das große Geheimnis der Gehirnchirurgie würde lösen können, das alle Forscher vor ihr ratlos gemacht hatte und vor dem sogar ihr Vater hatte kapitulieren müssen. Sie versuchte diese Hoffnung nicht zu ergründen, denn ohne sie wäre es ihr unmöglich weitermachen.

Aber jetzt, hier in der Dunkelheit, fragte sie sich, wie sie leben konnte, wenn sie auf nichts hoffte und an nichts glaubte.

Und dann fing sie an, über das nachzudenken, was Jones ihr über Faiths Glauben erzählt hatte.

Jones ging allein durch den Park, in dem er Rugby gespielt hatte. Er blickte auf; die Sterne schienen über ihm … und der Mond stand voll über den Bergen. Jones starrte ihn an.

Dann zog er einen Zettel aus seiner Tasche und fing an, etwas daraufzuschreiben.

Kapitel 12

Nach Beendigung seiner Schicht in der Notaufnahme – es war eine ruhige Nacht gewesen und er hatte auf der Pritsche ein wenig geschlafen – ging Jones in sein improvisiertes Bildhauerzimmer, wo er drei junge Chirurgen der Morgenschicht beaufsichtigte, die an ihrer Mikroskoptechnik arbeiteten. Er spürte sofort, dass es ein Problem gab, als Stafford eintrat und sich ihm leise näherte. „Dr. Jones ...?", fing Stafford an, dann zögerte er.

„Hi, Stafford. Was ist los?"

„Ich habe eine Patientin, dreiundachtzig Jahre alt, die an der Herz-Lungen-Maschine hängt. Seit heute Morgen ist keine Gehirnaktivität mehr zu verzeichnen."

Jones legte seine Schnitzwerkzeuge beiseite. Er sah Stafford an und ihm gefiel, dass der junge Kollege so fürsorglich war, dass er über eine solche Frage nachdachte und damit zu ihm kam. Jones zog ihn von den anderen Kollegen fort zu dem Tresen, wo sie alle geschnitzten Miniaturen zum Trocknen aufgereiht hatten, und sagte: „Jemand muss den Angehörigen sagen, dass sie die Maschine abstellen sollen. Und das Krankenhaus will, dass Sie das übernehmen."

„Stimmt."

„Und Sie wollen, dass ich das mache."

„Nein. Das heißt, schon. Oder nein. Ich brauche … einen Rat."

„Nehmen Sie den Druck von der Familie. Sagen Sie den Angehörigen, dass es keine Hoffnung gibt, wenn sie an der Maschine bleibt, dass aber eine winzige Chance besteht, dass ihr Körper sich von selbst erholt, wenn Sie die Maschinen ausschalten. Dann geben Sie der Patientin genügend Morphium, um für den Rest Ihres Lebens sicher sein zu können, dass sie keine Schmerzen haben konnte, und stellen die Apparate aus … Soll ich es tun?"

„Nein, ich mache das." Stafford wandte sich zum Gehen.

„Stafford." Er blieb stehen und blickte sich zu Jones um. „Wenn Sie daran zurückdenken, müssen Sie sich immer an den Frieden erinnern, den Sie den Angehörigen geschenkt haben. Und an den Preis, den Sie dafür bezahlt haben."

Stafford nickte und ging. Jones sah ihm nach. Die Last des Augenblicks, die Schwere dessen, was er gerade gefühlt und gesagt hatte, ließ ihn innehalten.

Er setzte sich an einen der unbesetzten Schnitzplätze, schaltete die Lampe des Mikroskops ein und nahm das Skalpell zur Hand.

Lara verließ das Gebäude von *Blair Bio-Med* und trat auf den Gehweg hinaus. Weit und breit war nichts zu sehen außer Bürotürme. Sie blinzelte ins Sonnenlicht; es war eine Weile her, dass sie draußen gewesen war.

Allein ging sie die Straße hinunter. Sie glaubte sich zu erinnern, dass es irgendwo in der Nähe eine Kirche gab, ein Relikt, das vor mehr als hundert Jahren erbaut worden und seiner Architektur wegen von den Abrissbirnen verschont worden war. Auf halbem Weg den Häuserblock hinunter stieß sie auf die Kirche – eine kleine Kathedrale, die inzwischen aufgrund jahrelanger Vernachlässigung ganz fleckig aussah. Sie blieb mitten auf dem Bürgersteig stehen und starrte das Gebäude lange an. Ein kunstvoll geschmiedeter Eisenzaun umgab es, aber das Tor stand weit offen, und schließlich ging Lara hinein.

Lara war mit Kirchenräumen nicht vertraut; sie blickte sich um, wie jeder andere Fremde es getan hätte, und nahm alles in sich auf. Die Kirche war fast leer, nur ein paar ältere Frauen beteten und zwei Saufbrüder schliefen auf den Bänken.

Unweit des Hintereingangs stand ein Kasten mit der Aufschrift „Für die Armen".

Lara ging zu dem Kasten. Sie blickte sich um und vergewisserte sich, dass niemand sie sah, dann holte sie einen großen Umschlag aus ihrer Handtasche und schob ihn durch den Schlitz der Spendenbox.

Anschließend trat sie wieder in den Frühlingssonnenschein hinaus.

Lara ging zum Gebäude des Blair-Unternehmens zurück und etwas an ihr war anders – oder war etwas an der Welt um sie herum anders? Sie bemerkte die Geschäftigkeit, die Leute, die Energie, die überall herrschte; sie schloss die Augen und spürte die Sonne auf ihrem Gesicht.

Als sie *Blair Bio-Med* erreicht hatte, fiel ihr auf, dass die Bäume in den Kübeln vor dem Eingang Knospen trugen, und an einem der Bäume entdeckte sie die erste Blüte des Frühlings.

Sie blieb stehen, um die Blüte zu bewundern, zu würdigen, wie zu einem Gebet.

Kurz vor Sonnenuntergang drückte ein alter Priester seine Zigarette in dem Aschenbecher neben dem Weihwasser aus und betrat den Kirchenraum. Wie gewohnt ließ er einen neuen Karton mit Votivkerzen auf den Tisch neben dem Kerzenhalter fallen und leerte den Opferkasten daneben, wie jeder andere ausgemergelte Verkäufer es tun würde, der Kassensturz macht.

Auf dem Weg in den hinteren Teil der Kirche scheuchte er ungeduldig einen Betrunkenen fort, bevor er zu dem Spendenkasten für die Armen kam und ihn aufschloss. Er stieß auf den Umschlag, öffnete ihn … und erstarrte. Der Umschlag war gefüllt mit Tausenddollarscheinen.

Kapitel 13

Als Lara am nächsten Morgen ins Büro kam, fühlte sie – sie fühlte es, bevor es ihr bewusst wurde –, dass etwas um sie herum anders war. Alle, von dem drahtigen Assistenten aus El Salvador, der sich um die Autos in der Tiefgarage kümmerte, über Amos, den Wachmann, der am Eingang zum Hauptfoyer stand, bis hin zu den Praktikanten, die frisch aus dem Studium kamen und mit ihr im Aufzug nach oben fuhren – alle wirkten verändert. Irgendwann wurde Lara mit einem Schlag klar, dass sie selbst es war, die sich verändert hatte. Am vergangenen Abend, als sie den Umschlag in den Spendenkasten geworfen hatte, war eine Freude in ihr aufgestiegen, von dem Augenblick an, in dem der Umschlag aus ihrer Hand in den dunklen Schlitz geglitten und mit einem dumpfen Geräusch auf den Holzboden des leeren Kastens gefallen war. Sie hatte keinen Namen für dieses Gefühl, hatte noch nie etwas erlebt, was sich so anfühlte oder ihre Sicht der Dinge so veränderte. Gestern Abend war ihre Welt plötzlich lebendig gewesen und sie hatte es ganz deutlich gesehen. Sie hatte gedacht, es handele sich um ein vorübergehendes Hochgefühl, ausgelöst von dem Adrenalinstoß eines neuen Abenteuers und dem Reiz des Unbekannten.

Dann hatte sie so gut geschlafen wie seit Jahren nicht mehr. Und jetzt, an diesem Morgen, fühlte sie sich noch immer so, und die Menschen um sie herum sahen wirklich glücklicher, fröhlicher und optimistischer aus, so als würde irgendwie, hinter einem weiten Horizont, die Hoffnung auf sie warten – auf sie alle, denn durch irgendeine Dynamik, die Lara nicht verstand, hatte ihre Spende, von der niemand außer ihr wusste, sie mit allen Menschen vereint, sogar mit Fremden. Hoffnung. Lara hatte sehr, sehr lange keine echte Hoffnung mehr verspürt. Aber ihr war die Abwesenheit der Hoffnung nicht bewusst gewesen, bis sie ihre Rückkehr gespürt hatte.

Es war nicht nur so, dass Lara bei allen anderen eine Veränderung bemerkte; ihre Mitmenschen bemerkten auch eine Veränderung an ihr. Die Leute bei *Blair Bio-Med* waren wie jede andere menschliche Herde: Ihre Laune war von ihren Anführern abhängig. Meistens lief dieser Prozess subtil und unbewusst ab, aber an diesem Morgen war Laras Verwandlung unübersehbar. Die Niedergeschlagenheit der letzten Wochen war einer untrüglichen Leichtigkeit gewichen. Die Mädchen an den Schreibtischen in der Verwaltung, von denen die meisten davon träumten, irgendwann wie Lara zu sein, waren die Ersten, die darüber redeten, aber auch die Männer bemerkten es und warfen sich Blicke zu, als Lara vorbeigegangen war.

Lara ging in ihr Büro. Sie hatte ein Treffen mit Malcolm und Brenda angesetzt, um ihre Tagesordnungspunkte für die kommenden Tage zu besprechen. Es war nicht ungewöhnlich, dass einer von ihnen mit neuen Vorschlägen bei der Arbeit erschien, denn sie alle dachten, auch wenn sie nicht im Gebäude waren, an ihre gemeinsamen Ziele, deshalb waren Malcolm und Brenda nicht überrascht, als Lara sagte: „Ich habe nachgedacht ...“

Aber der Charakter dieses Nachdenkens, die Art, wie Lara jetzt zuließ, dass ihre Gedanken sich entwickelten, anstatt sie voranzutreiben – das überraschte die beiden anderen. Sie ließ ihre Gedanken schweifen, und wären Malcolm und Brenda Jones begegnet, hätten sie vielleicht erkannt, dass der Fluss von Laras gedanklichen Prozessen einem Gefühl entsprach, das seinen Anfang genommen hatte, als Jones und sie unter den Sternen von Virginia spazieren gegangen waren. „Mir scheint ...“, fuhr Lara langsam und leise fort, „wir haben vielleicht mehr Ressourcen, als wir wissen.“ Malcolm und Brenda sahen sich an, aber Lara ließ sich von ihren fragenden Blicken nicht ablenken – von welchen Ressourcen redet sie? – und akzeptierte, dass ihr eigenes Verständnis sich entwickelte und nicht vollkommen geformt und starr sein musste. „Was ich meine, ist: Vielleicht sollten wir unsere Unfähigkeit, Dr. Jones zu rekrutieren, nicht als Scheitern sehen – was es eigentlich nicht ist, denn wenn er nicht für uns arbeiten kann, ist das nicht unsere Schuld und noch nicht einmal seine, sondern einfach eine Tatsache –, sondern als Gelegenheit.“ Lara hob den Blick und sah ihre Freunde an, diese Menschen, von denen sie mit absoluter Sicherheit wusste, dass sie sie liebten, und Laras Augen leuchteten. „Ich habe etwas von ihm gelernt. Ich habe eine Menge von ihm gelernt. Er hat mir seine Herangehensweise demonstriert, und er hat mir auch gezeigt, wie ich von diesem Ansatz profitieren kann. Wir müssen ein paar Änderungen vornehmen. Wir müssen es noch einmal versuchen. Malcolm, ich möchte, dass du das ganze Designteam im Labor zusammentrommelst. Die Roscoes können gleich bleiben, aber wir werden die Ausrüstung, den Arbeitsplatz und vor allem unsere Herangehensweise verändern. Die Dinge werden anders sein, weil ich anders sein werde.“

„Wird gemacht!“, sagte Malcolm und eilte glücklich von dannen.

Brenda blieb sitzen und sah Lara lächelnd an. „Erzähl mir davon“, sagte Brenda. „Was hat sich geändert?“

Und in diesem Augenblick stand Lara der subtilsten, aber zugleich gefährlichsten Versuchung gegenüber; sie wollte Brenda von der Spende erzählen. Und was konnte es schon schaden, wenn sie es tat? Brenda war eine großzügige und liebevolle Freundin; sie organisierte das gesamte wohltätige Engagement von *Blair Bio-Med*. Wäre sie nicht genau die Person, der sie es erzählen sollte? Würde sie nicht davon profitieren, wenn sie das Geheimnis des heimlichen Gebens kannte? Warum also ihr nichts davon sagen?

Aber Lara wusste sofort, warum sie es nicht tun durfte. Wenn sie es erzählte, würde sie gegen etwas verstoßen: nicht gegen die Regel, sondern gegen den Geist der Regel. Ihr Stolz wurde dann nicht länger in ihrer Integrität gefangen gehalten. So sah Lara es inzwischen: Das Geheimnis des heimlichen Gebens war, dass es den Stolz gefangen hielt.

Also schüttelte Lara nur den Kopf, lächelte und sagte: „Alles.“

Sie bereiteten im Labor einen neuen Versuch mit der Gehirnattrappe vor, und als Lara auf dem heißen Stuhl Platz genommen hatte, auf einem neuen Sitzmöbel, das sie selbst entworfen hatte und das mit flüssigen Dämpfern ausgestattet war – Stoßdämpfern, genau genommen –, um die Auswirkungen ihres Herzschlages zu minimieren, während sie versuchte, ihre chirurgischen Instrumente durch die unmöglichen Wege des Übungsgehirns zu fädeln, war sie bereit für den nächsten Versuch. „Bewegungsaufzeichnung eingeschaltet?“, fragte sie.

„Eingeschaltet.“ Die Stimme des leitenden Technikers kam aus dem Monitorraum, der durch eine Glaswand vom Labor getrennt war, die das Operationsteam von der Hitze und den Geräuschen der

Computer und der Monitore abschirmte. Die Versuchsanordnung erinnerte Besucher immer an einen NASA-Start, und tatsächlich hatte *Blair Bio-Med* bei den früheren Versuchen zehntausendmal so viel Computertechnologie eingesetzt wie die Astronauten bei der ursprünglichen Mondlandung. Jetzt hatten sie diese Kapazitäten mehr als verdoppelt; Malcolm und seine Technikermannschaften waren seit Laras letztem Versuch fleißig gewesen.

„Visuelle und Umgebungsmonitore bereit?"

„Alles in Ordnung, Dr. Blair."

„Alarm?"

„Auf neunzig Prozent Empfindlichkeit."

„Gehen Sie auf hundert."

Malcolm und Brenda standen im Monitorraum und sahen durch die gläserne Wand zu. Es gab dort Hocker für sie, aber sie setzten sich nicht. Als Lara die höchste Empfindlichkeit für ihr Experiment verlangte – und damit jeglichen Spielraum für Fehler aufgab, bevor der Alarm schrill ein Versagen kundtat –, sahen sie einander an.

Nach einem kurzen Moment wandte die Stimme des Technikers sich wieder an Lara. „Wir sind so weit."

Lara griff nach ihren Instrumenten, aber diesmal benutzte sie nicht dieselben Geräte, mit denen sie zuvor gearbeitet hatte. Sie hatte genau die Instrumente bestellt, die sie auf Jones' Arbeitsbank gesehen hatte, die er für seine Schnitzereien benutzte. Sie nahm die kleinste Sonde und begann.

Die Sensoren in Laras Instrumenten, Laserstrahlen in dem Hohlraum des nachgebildeten Gehirns und sogar ein Netz aus Monitoren im Inneren von Roscoe, der Attrappe selbst, maßen jede mikroskopisch kleine Bewegung, und die technischen Geräte hinter Malcolm und Brenda zeichneten alles genau auf. Beide trauten sich kaum zu atmen. Selbst die Techniker wirkten angespannt und im Gebäude kursierte der Witz, die Techniker würden gute Dummys abgeben, da keiner von ihnen einen wahrnehmbaren Puls habe.

Lara drang in die kritische Region vor, bis zu dem Punkt, an dem ihre letzten drei Versuche gescheitert waren, und sie hielt einen Augenblick inne. Es sah Lara nicht ähnlich zu zögern, deshalb flüsterte Malcolm Brenda im Überwachungsraum zu: „Was macht sie?"

Brenda beobachtete Lara eine Weile und flüsterte zurück: „Jones, der Typ in Virginia, hat ihr gesagt, sie soll ihren Herzschlag spüren. Ich glaube, das macht sie gerade."

Brenda hatte recht. Lara hatte sich in sich selbst zurückgezogen. Sie lauschte ihrem eigenen Herzschlag … gewöhnte sich an seinen Rhythmus … und rührte sich wieder …

Neben dem verantwortlichen Techniker standen vier weitere Spezialisten für Gehirnmessungen – so viele waren nötig, um die ungeheuren Mengen an Daten im Blick zu behalten, die während eines Laborversuchs in die Computer eingespeist wurden, und ihre Konzentration war legendär. Sie konnten noch die Anzeigen aus fünf Jahre alten Versuchen auswendig aufsagen – bis zu fünfstellige Zahlen; aber sie sprachen nie und schienen nie in irgendeiner Weise emotional auf das zu reagieren, was im Labor geschah. Jedenfalls hatte Malcolm das geglaubt – bis er einen von ihnen sagen hörte: „So weit waren wir noch nie."

In diesem Augenblick begann Malcolm die Luft anzuhalten.

Lara machte weiter … tiefer und tiefer drang sie in die Gehirnattrappe ein. Und auch sie konnte den bevorstehenden Durchbruch spüren …

Dann ertönte der Alarm.

Das Geräusch der Sirene und die blinkenden Lichter waren diesmal noch frustrierender und enttäuschender. Sie hatten wieder versagt. Malcolm und Brenda spürten es und die Techniker spürten es.

Aber niemand spürte es so intensiv wie Lara. Sie warf die Instrumente hin und verließ das Labor.

Sie ging in ihr Büro, krampfhaft bemüht, nicht zu schreien oder zu weinen. Emotionen, die sie viele Jahre lang in sich aufgestaut hatte, drohten jetzt überzuschäumen. Lara konnte die Verzweiflung eines Angestellten mit einem einzigen Blick ersticken, aber ihre eigenen Tränen hatten keine Angst vor ihr; als sie zu fließen begannen, vergrub sie das Gesicht in den Händen, doch als Malcolm und Brenda vor ihrer Tür auftauchten, straffte sie die Schultern und tat so, als sei alles in Ordnung. Sie traten zögernd ein und Malcolm sagte leise: „Wir waren weiter als jemals zuvor. Wir werden nicht aufgeben. Wir werden niemals aufgeben."

Als Lara nicht antwortete, drehte er sich um und verließ das Zimmer mit so viel Zielstrebigkeit und Optimismus, wie er aufbringen konnte. Brenda setzte sich und lud Lara mit einer Geste zum Reden ein. Doch Lara starrte stattdessen aus dem Fenster. Brenda sagte: „Als Beraterin in geschäftlichen Dingen wie als deine Freundin muss ich dich fragen, ob du bei dieser Sache so skrupellos bist, wie du sein musst, Lara."

„Skrupellos?"

„Ich weiß, dass du mich für eine Heulsuse hältst, aber ich kann ziemlich skrupellos sein, vor allem, was Beziehungen zwischen Frauen und Männern betrifft."

„Warst du deshalb viermal verheiratet?"

„Also, *das* war skrupellos. Ich spreche von deinem Chirurgenfreund in Virginia."

„Er ist kein Freund."

„Genau."

„Was soll das denn heißen?"

„Du willst, dass er mehr ist als ein Freund! Und deswegen setzt du ihn nicht unter Druck, du greifst ihn nicht an, wie du es bei jedem anderen machen würdest, der dir beim Erreichen deiner Ziele im Weg steht."

„Was für ein Quatsch!"

Ihre Stimmen drangen bis zu den Sekretärinnen im Vorzimmer durch. Juliet legte den Kopf schief; zwei ihrer Kolleginnen traten näher und versuchten zu lauschen. Sie hörten, wie auch Brenda die Stimme erhob: „Ach, wirklich? Die großen Jungs wollen was von dir – Geschäftsführer, Wall-Street-Kannibalen – und die süße kleine Lara bekommt alles, was sie will, und lässt die gierigen Kadaver der Kerle ausgeblutet zurück! Und jetzt gibt Mr Einfühlsam, der dichtende Künstlerchirurg in Virginia, dir einen Korb und du fliegst wie ein kleiner hilfloser Vogel zurück nach Hause. Seit wann lässt du ein Nein als Antwort gelten?"

„Ich habe gesehen, dass alles andere die reinste Zeitverschwendung wäre!", erwiderte Lara, nur ein kleines bisschen leiser.

Im Vorzimmer ließ ein Mitarbeiter von FedEx ein Päckchen auf Juliets Schreibtisch fallen; sie scheuchte ihn ungeduldig mit der Hand fort, doch dann fiel ihr Blick auf den Absender.

In Laras Büro explodierte Brenda. „Zeitverschwendung? Privat oder beruflich?"

„Privat hat überhaupt nichts damit zu tun!"

Aber Brenda ließ sich nicht beirren. „Seit du wieder da bist, starrst du ständig aus dem Fenster."

Lara senkte die Stimme und die Sekretärinnen im Vorzimmer konnten nicht hören, wie sie sagte: „Du bist meine Freundin, Brenda. Und ich weiß, dass du es gut meinst. Aber in Virginia ist nichts geschehen. Nichts ... Wichtiges. Weder mit ihm noch –"

Juliet streckte den Kopf zur Tür herein. „Dr. Blair?"

„Wir unterhalten uns gerade, Juliet!", schrie Lara.

„Ich weiß, Dr. Blair, aber –"

„Privat!"

„Ich weiß, aber – es ist gerade etwas für Sie gekommen, das Sie vielleicht gleich sehen wollen." Sie legte das Päckchen auf Laras Schreibtisch. „Es ist aus Virginia." Juliet zog den Namen des Bundesstaates betont in die Länge: *Vir-GIN-i-a.*

Brenda warf Lara einen Blick zu und Juliet rührte sich nicht vom Fleck.

Lara funkelte die beiden an. „Wollt ihr dastehen und zugucken, wie ich es aufmache?“

„Wenn du so fragst … ja“, antwortete Brenda ohne jegliches schlechtes Gewissen.

Lara öffnete die Schachtel, während Brenda und Juliet zusahen; die anderen Sekretärinnen beobachteten sie durch den Türspalt.

Dann zog Lara eine winzige Vitrine aus der Luftpolsterfolie, so eine, wie Jones sie für seine Mikroskulpturen benutzte.

Lara schob den flachen Gegenstand in den Schlitz des Mikroskops und stellte die Linse scharf. Brenda und Juliet standen hinter ihr und Brenda biss sich auf die Lippe, während Juliet nervös mit dem Daumen über ihre Fingerspitzen fuhr. Sie hatte in ihrem Leben so viel getippt und geschrieben, dass sie ihren Gefühlen über ihre Fingerspitzen Ausdruck verlieh.

Durch die beiden Okulare des Mikroskops nahm die neue Skulptur vor Laras Augen Gestalt an. Sie sah eine ungeheuer anmutige Schnitzerei … Und als sie die Einstellungen des Mikroskops veränderte, um das Kunstwerk in seiner ganzen Größe zu sehen, erkannte sie, dass es sich bei der Figur um eine Frau handelte. Sie drehte wieder an dem Einstellrädchen und fokussierte das Gesicht der Skulptur …

Mit einem Ruck trat Lara vom Mikroskop zurück.

„Was?“, hauchte Brenda wie ein Mädchen, das seiner Lieblingsschwester beim Auspacken eines Weihnachtsgeschenks zusieht. „Was ist es?“

Lara antwortete nicht, sondern wich noch einen Schritt zurück, während sie den Blick abwandte und zur anderen Seite des Raumes wandern ließ. Also stürzten Brenda und Juliet sich auf das Mikroskop, wobei jede ein Okular nahm, sodass sie gleichzeitig hindurchsehen konnten.

Was sie sahen, war eine geschnitzte Lara.

Jones hatte sie geschnitzt, wie sie sich ein Handy ans Ohr hielt.

„Das sind Sie!“, sagte Juliet, die Fingerspitzen in alle Richtungen gespreizt.

Brenda sagte nichts. Sie trat nur von dem Mikroskop zurück und warf Lara einen selbstzufriedenen Blick zu.

Kapitel 14

Jones betrat Sams Krankenhauszimmer, gefolgt von zwei jungen Ärzten im Praktikum, mit dem Bericht über all die Untersuchungen, die er angeordnet hatte. Jones hielt die Mappe lässig in der linken Hand, und diese Lockerheit gehörte zu dem, was er seinen Studenten immer beibrachte: *Was auf dem Papier steht, sind vielleicht Daten, wissenschaftliche Zahlen – aber es sind keine Fakten. Die einzige Tatsache, die einen Patienten interessiert, ist, ob er das, was ihn ins Krankenhaus geführt hat, überleben wird, und diese Tatsache wird davon beeinflusst, wie viel Vertrauen er zu seinem Arzt hat, also bleiben Sie immer, immer entspannt.*

Sam lag auf dem Rücken und starrte zur Zimmerdecke hinauf, während sein alter Kumpel Allen neben seinem Bett saß. Als Jones eintrat, sagte Allen gerade: „Und weil wir ein paar Tage weg sind, werden die Fische im See fetter und geben ein prächtiges Essen ab. Genau, Sam, genau. Wir fangen sie alle. Und die Eichhörnchen werden faul und wir schießen sie alle ab. Wenn du wieder zu Hause bist, ist alles noch besser als vorher."

Allen blickte ebenfalls zur Decke hinauf, als könnte er die Bilder von ihrer Heimat dorthin projiziert sehen. Die beiden Gebirgsbewohner drehten sich um und sahen Jones an, als dieser an Sams Bett trat. Die angehenden Ärzte blieben respektvoll hinter ihm.

„Wir haben jetzt die Ergebnisse von allen Untersuchungen", sagte Jones.

„Sagen Sie mir die Wahrheit", sagte Sam.

„Sie haben etwas, das heißt – irgendwas auf Latein. Es ist eine Verstopfung der Hauptschlagader in Ihrem Hals, die Ihr Gehirn mit Blut versorgt."

Allen schlug sich mit der Hand aufs Knie und sagte: „Hab ich's mir doch gedacht! Er hat da oben schon eine Weile kein Blut mehr gekriegt."

Sams blaue Augen, die wässrig waren, aber intelligent, schossen in Allens Richtung. „Es gibt 'ne Menge Stellen, die kein Blut mehr kriegen, aber abgefallen sind sie noch nicht."

„Das tun sie noch", antwortete Allen. „Wart's nur ab."

Jones setzte sich auf die Bettkante. Die beiden Ärzte im Praktikum gingen zum Fenster, wo eine Topfblume stand, die auf der Fensterbank der Gebirgsambulanz gezogen und Sam mitgegeben worden war, als Allen ihn in die Stadt gefahren hatte. „Die Verstopfung selbst könnte man operieren", sagte Jones. „Die Chancen, eine solche Operation zu überleben, stehen sogar ziemlich gut."

„Da ist irgendwo ein Aber, das höre ich", sagte Sam, und in diesem Augenblick erinnerte er Jones an all die Männer, die er in den Bergen kennengelernt hatte und die nicht wissen wollten, was möglich war, sondern was Tatsache war. Dies war einer der Augenblicke, in dem Jones seinen Vater vermisste.

„Ihr Herz hat eine Arrhythmie", antwortete Jones, „das heißt, es schlägt nicht ganz gleichmäßig. Wir könnten Sie während der Operation an eine Maschine hängen, aber dann würde Ihr Blutdruck steigen, und das hätte Auswirkungen auf Ihre dritte Erkrankung.

Die kann man auf den Bildern sehen." Jones schlug die Akte auf und holte einen Bogen Filmmaterial heraus, den er ins Licht hielt, sodass Sam sehen konnte, was darauf abgebildet war. „Diese dünnen Wände Ihrer Arterien haben den kleinen Schlaganfall verursacht. Und sie können jederzeit einen großen Schlaganfall auslösen."

„Klingt so, als sollten wir zur Bank gehen und einen grooooßen Kredit aufnehmen", sagte Allen, der immer noch zur Decke hinaufblinzelte, obwohl Jones die Aufnahme längst in die Mappe zurückgelegt hatte.

„Es gibt nicht viel, was wir tun können", sagte Jones.

„Nicht viel oder gar nichts?", wollte Sam wissen.

Jones legte eine Hand auf die Schulter des alten Mannes. *Berühren Sie die Patienten immer*, hatte er seinen Praktikanten erzählt; *Menschen brauchen menschliche Nähe, vor allem, wenn sie alt sind, und vor allem, wenn sie krank sind. Sagen Sie ihnen nicht nur, dass sie Ihnen wichtig sind, sondern lassen Sie es die Patienten spüren.* „Mal sehen, ob Medikamente helfen."

Eine Stimme kam über die Lautsprecheranlage. „Dr. Jones, Leitung vier ..."

Jones überließ es den jungen Ärzten, Sam über die Medikamente aufzuklären, und trat auf den Krankenhausflur hinaus, wo er einen an der Wand hängenden Telefonhörer abnahm und sagte: „Jones."

Er hörte Lara sagen: „Das mit dem Handy war ein nettes Detail." Ihre Stimme klang weicher, glücklicher und entspannter, als er sie bislang gehört hatte. Er vermutete, dass sie nicht im Büro war, denn es war keine Bürostimme, die er am anderen Ende der Leitung vernahm. Tatsächlich war sie in ihre Dienstwohnung gegangen, um ihn anzurufen.

„Ich dachte mir, dass Ihnen das gefällt", sagte er.

Einen Augenblick lang herrschte Stille, aber in der Stille hörte er – nein, er spürte es, wie ein Patient die Fürsorge eines Arztes spürt – ihr Lächeln. Dann sagte sie: „Ich glaube, wir haben eine Lösung gefunden, Dr. Jones. Wir haben Computerbilder eines tatsächlichen Patienten mit der kartografischen Technologie der NASA verbunden, um ein Gehirnmodell zu bauen, das genau die Erkrankung widerspiegelt, mit der wir es zu tun haben. Wir nennen die Attrappe Roscoe. Jetzt enthält diese Attrappe mikroskopische Sensoren, die uns auf jeden Fehler aufmerksam machen. Können Sie mir so weit folgen?"

„Bei Roscoe hätten Sie mich beinahe verloren, aber ich glaube, ich komme gerade noch mit."

„Wie wäre es, wenn Sie die Operation an der Attrappe durchführen würden?"

„Was würde das nützen? Selbst wenn Sie meine Bewegungen exakt duplizieren könnten –"

„Genau das können wir! Roscoes Sensoren übertragen alles auf Festplatten, die jede Nuance in der Bewegung des Chirurgen aufzeichnen. Und das ist nur die halbe Gleichung. Die andere Hälfte ist, dass wir diese Bewegungen mit absoluter Präzision reproduzieren können."

„Roscoe muss eine Menge Sensoren haben", sagte Jones lachend ins Telefon.

„Ich glaube, die wissenschaftliche Bezeichnung ist ‚eine Unmenge'", erwiderte Lara. „Irgendwo zwischen ‚viel' und ‚Tausende'." Lara lehnte sich auf der weißen Couch zurück, die in ihrer Firmenwohnung stand, und in diesem Augenblick wurde ihr bewusst, dass sie schon sehr, sehr lange nicht mehr mit jemandem gescherzt hatte – viel länger, als sie sich erinnern konnte. Sie blickte über die Stadt hinaus, die vor ihrem Fenster lag, zu den Wolken über der Stadt hinauf, zum Himmel über den Wolken. Wie lange hatte sie nur nach unten geblickt? Sie fuhr mit den Fingern über den seidigen Stoff des Sofas. *Wer kauft sich schon eine weiße Couch?*, dachte sie. *Und wann ist mein Leben eigentlich so steril geworden?* Sie stand auf und ging zum Fenster. „Wir machen die Operation so lange, bis wir sie hinbekommen. Dann lassen wir sie von unserer Maschine wiederholen."

„Von Ihrer Maschine“, sagte Jones.

„Kennen Sie das Gerät, das Thomas Jefferson erfunden hat, um die Bewegungen seiner Hand beim Schreiben zu reproduzieren, damit er Kopien seiner Briefe anfertigen konnte? Unser Maschine arbeitet nach demselben Prinzip.“

„Seine Maschine hat nicht funktioniert.“

„Das hat unsere zuerst auch nicht. Aber jetzt haben wir Computer und Raumfahrtmaterialien und Sensoren, die den Wimpernschlag einer Mücke festhalten können. Roscoe ist kein lebender Mensch. Aber Sie sind einer. Wie sieht es also aus, Superman? Wie gut sind Sie wirklich?“

Es war ein grauer Morgen in Charlottesville, als Jones aus dem Taxi stieg, seinen Fuß auf den Asphalt der Flughafenstartbahn setzte und seine kleine Reisetasche zum Blair-Jet trug. Eine schlanke junge Frau in weißem Hemd mit Epauletten erwartete ihn an der Treppe. „Dr. Jones? Ich bin Angelica, Ihre Pilotin“, sagte sie. „Da Sie der einzige Passagier sind, können Sie im Cockpit mitfliegen, wenn Sie wollen.“ Sie drehte sich um und erklomm als Erste die Stufen zum Flugzeug.

Jones lächelte. *Das wird lustig,* dachte er.

Zwei Minuten später schnallte er sich auf dem Sitz neben Angelica an und sie rollten die Startbahn hinunter. Als Angelica den Gashebel nach vorn drückte, beschleunigte die Maschine so plötzlich, wie es Jones bei einem Flugzeug noch nie erlebt hatte. „Wo haben Sie fliegen gelernt, Angelica?“, fragte er nicht mehr ganz so entspannt.

„Bei der Luftwaffe“, sagte sie und zog ihren Funkkopfhörer von einem Ohr, damit sie ihn besser hören konnte. „Ich habe Kampfflugzeuge von Flugzeugträgern gestartet – bis es mir zu langweilig wurde.“ Sie legte einen Hebel um, woraufhin der Jet abhob und beinahe senkrecht nach oben schoss. Dann sah sie Jones an und grinste.

„Das war ein Witz", sagte sie. „Ich war früher Empfangsdame." Angelica warf den Kopf in den Nacken und lachte. Jones, der Arzt mit den breiten Schultern, umklammerte seine ledernen Armlehnen mit Händen, die sehr blass geworden waren.

Anstelle eines Taxis wartete auf dem Privatflugplatz, auf dem sie landeten, eine lange, elegante schwarze Limousine, die genau an der Stelle gehalten hatte, an dem das Flugzeug zum Stehen kam. Als die Tür des Fliegers sich öffnete, schwankte Jones hinaus, gestützt von einer grinsenden Angelica. „Danke, Angelica", sagte er. „Wenn ich das nächste Mal mein Frühstück nicht mochte, werde ich Sie auf jeden Fall anrufen." Er brachte sogar ein Lächeln zustande.

Der Fahrer der Stretchlimousine öffnete die hintere Tür für ihn, und als Jones vom Tageslicht in die gedämpfte Beleuchtung des Wagens eintauchte, sah er Lara dort sitzen. Sie hatte die Beine übergeschlagen, trug hohe Absätze und einen Kaschmirmantel. Und sie sah nicht nur schön aus; sie sah glücklich aus. „Danke, dass Sie gekommen sind", sagte sie.

Jones ließ sich auf dem Sitz neben ihr nieder und zuckte mit den Schultern. „Ich wollte Ihren Jet ausprobieren. Ich sehe mich nach einem neuen um."

„Sobald Sie Roscoe hingekriegt haben, können Sie sich einen leisten."

„Sie sind aber ganz schön optimistisch."

„Und Sie sind ganz schön selbstbewusst."

„Ich operiere eine Attrappe."

„Oh, aber es handelt sich um eine ausgesprochen kluge Attrappe", sagte Lara mit melodischer Stimme, als die Limousine elegant zum Tor des privaten Flugplatzes hinausrollte und der Fahrer die polierte Motorhaube auf die Hochhäuser der Chicagoer Innenstadt zusteuerte. Und Jones war nicht der Einzige, der bemerkte, wie ungewohnt glücklich Lara wirkte; Lara selbst schien es ebenfalls zu bemerken.

Auf dem Weg in die Stadt unterhielten sie sich ungezwungen. Sie erkundigte sich nach der Ambulanz in den Bergen und er erzählte ihr von Sam. Sie fragte nach den Details seiner Erkrankungen, und ihre Fragen waren klug und pointiert. Jones hatte bereits gewusst, dass sie äußerst intelligent war, aber er hatte angenommen, ihre Einstellung zur Medizin sei im Großen und Ganzen theoretisch, da sie im Bereich Forschung und Entwicklung arbeitete. Jetzt sah er jedoch, dass ihr Wissen auch zutiefst praktischer Natur war.

Wieder einmal erinnerte ihn all das an eine andere Person, die er gekannt hatte und die er mehr geliebt hatte als sein eigenes Leben. Als ihm bewusst wurde, dass er an Faith dachte, wurde er still und hatte Mühe, Lara direkt anzusehen.

Die Limousine hielt vor einem majestätischen Hotel. Lara sagte: „Ich habe dieses hier für Sie ausgesucht, weil es elegant ist und voller Geschichte; ich habe unterstellt, dass Ihnen das gefällt." Als der Fahrer des Wagens schnell ausstieg, um Jones die Tür zu öffnen, fügte sie hinzu: „Ich lasse Ihnen einen Moment Zeit, um sich frisch zu machen oder auch ins Fitnessstudio zu gehen, wenn Sie wollen – es gibt ein wirklich gutes ein Stück die Straße hinunter. Um vier holt George Sie dann zum Abendessen ab. Nur Sie und ich und zweihundert meiner besten Freunde."

Jones stieg aus, warf einen Blick auf die Reisetasche, die er mitgebracht hatte, und drehte sich zu ihr um. „Ich habe nur ein Sakko mit", sagte er.

„Sie werden feststellen, dass im Schrank Ihres Hotelzimmers ein Smoking hängt", sagte sie und beobachtete ihn, während die Überraschung bis in seine Augen wanderte.

„Sie haben nicht nach meiner Größe gefragt", sagte er und biss sich auf die Unterlippe, damit sein Grinsen nicht zu offensichtlich war.

„Die habe ich auch unterstellt."

„Sie unterstellen aber eine Menge."

„Ja, das tue ich wohl." Dann sprach Lara leise mit dem Fahrer und die Limousine fuhr ab, während Jones lächelnd auf dem Bürgersteig zurückblieb.

In seiner Hotelsuite – Lara hatte es zwar beiläufig als Zimmer bezeichnet, aber es war eher eine Wohnung mit einem Wohnzimmer inklusive Kamin und einem daran angrenzenden Schlafzimmer – ging Jones direkt zum Schrank und tatsächlich hing ein neuer Smoking darin. Der Stoff fühlte sich unter seinen Fingern weich an und als er die Jacke überzog, fiel sie perfekt um seine Schultern. Er überprüfte das Etikett: eine berühmte Marke, *made in Italy*. Und der Anzug war geändert worden, sodass er in der Taille enger saß, dessen war sich Jones sicher, weil bislang noch kein Jackett von der Stange gleichermaßen an seinen breiten Schultern und seiner schmalen Taille gepasst hatte. Lara hatte nicht in seinem Büro angerufen, um Janet nach seiner Größe zu fragen, das wusste Jones ebenfalls mit Sicherheit, weil Janet seine Kleidergrößen gar nicht kannte; sie hatte ihn noch nie in etwas anderem gesehen als in seinen Sportsachen oder in OP-Kitteln. Lara hatte ihn mit einem Blick genau richtig eingeschätzt.

Neben dem Smoking hing ein passendes Hemd und auf dem Boden des Schrankes standen neue Schuhe. Jones brauchte sie nicht anzuprobieren; er war sich schon jetzt sicher, dass sie ihm genau passen würden.

Zwei Stunden später saß Jones, der sich ein bisschen eleganter und deutlich unbehaglicher fühlte als jemals zuvor in seinem Leben, allein auf dem Rücksitz der Limousine. Als er aus dem Hotel gekommen war, hatte George bereits auf ihn gewartet und ihm erklärt, dass sie zum „Cottage" fahren würden. Seitdem hatte George nichts mehr gesagt, aber während der Wagen in nördlicher Richtung über die Stadtautobahnen von Chicago rollte und dann in die hügelige Landschaft an der Nordküste des Lake Michigans hinausfuhr, sah Jones, dass der Fahrer immer wieder in den Rückspiegel blickte und ihm zulächelte.

Jones blickte durch das Seitenfenster nach draußen und beobachtete, wie sie in eine Sicherheitseinfahrt mit einer gelben Schranke einbogen. Sie hatte den Weg versperrt, schwenkte aber jetzt in die Höhe und die Wachen winkten sie durch. Jones blickte an George vorbei durch die Windschutzscheibe und seine Augen weiteten sich: Am Ende der langen, von Bäumen gesäumten Straße stand ein dreistöckiges Herrenhaus. Seine Eingangstür lag genau am Ende der Allee und zwischen Straße und Tür erhoben sich zwei identische Zinnen, an denen schmiedeeiserne Tore dauerhaft offen standen. Über dem Tor spannte sich in eisernen Buchstaben der Name des Anwesens: *Open Gates*. „Das ist also das *Cottage*, George?", rief Jones, und er sah im Spiegel, dass George grinste. In der kreisförmigen Auffahrt um den Brunnen, der vor dem Eingang in die Höhe ragte, parkten Dutzende elegante Autos, überwiegend deutsche Fabrikate. Blumen ergossen sich aus Steinleuchtern auf beiden Seiten der Tür. Aber was Jones am besten gefiel, waren die Kerzen, die in allen Fenstern flackerten.

Bedienstete – junge Männer und Frauen mit schwarzen Westen und roten Fliegen – parkten die anderen Wagen und einer von ihnen kam herbeigeeilt, öffnete die Tür der Limousine für Jones und begrüßte ihn mit den Worten: „Willkommen in *The Cottage*." Das Understatement war also nicht nur Georges persönlicher Scherz gewesen. Jones stieg aus und trat zusammen mit anderen zeitgleich eingetroffenen Gästen durch die Tür in Räume mit fünf Meter hohen Decken und antiken Möbelstücken, die beinahe so hoch aufragten, dass sie die Decke berührten. Er ging an Bediensteten vorbei, auf deren Tabletts sich Leckerbissen und Champagnerflöten befanden, und an Damen in Abendkleidern, die ihn verstohlen musterten, folgte den anderen bis in den hinteren Teil des Anwesens, wo auf dem Grundstück verteilt Tische aufgebaut waren, während zwischen Haus und Garten eine Tanzfläche und ein Orchester platziert waren, und fühlte sich zunehmend unwohl. Doch zugleich erfüllte ihn der Reiz des Neuen und Adrenalin schoss durch seine Adern.

Jones war es gewohnt, dass er mit seinen Gefühlen zu kämpfen hatte. Sie trübten seine Stimmung, wenn er morgens die Augen aufschlug, und sie stapften nachts durch sein Gehirn, wenn Traumgestalten in der Welt hinter seinen Augenlidern dunkle Tragödien aufführten. Aber die Gefühle, die sich jetzt in seiner Brust zusammenbrauten, hatte er noch nie gespürt.

Er hatte das immer stärker werdende Gefühl, dass sich etwas viel Weitreichenderes als eine bloße Geschäftsbeziehung zwischen ihm und Lara anbahnte. In Gedanken spielte er bereits ihre Begegnung noch einmal durch und erlebte die Gefühle jedes Augenblicks erneut; er schwankte zwischen dem sicheren Eindruck, dass sie von ihm fasziniert war, und der ebenso festen Überzeugung, dass ihr Interesse an ihm rein beruflich war. Er wusste, dass genau dieses emotionale Ping-Pong-Spiel dazugehörte, wenn man sich verliebte. Und er hatte sich natürlich schon einmal verliebt, als er Faith kennengelernt hatte. Jetzt war sie nicht mehr da und jahrelang war er sich sicher gewesen, dass er nie wieder etwas empfinden würde, was sich nur annähernd mit dieser Liebe vergleichen ließ, obwohl seine Freunde immer wieder zu ihm gesagt hatten, die Zeit heile alle Wunden.

Doch jetzt war er hier und ging auf diese Party, gespannt darauf,

Lara zu sehen, während er sich gleichzeitig sagte, dass all diese Aufregung unecht war, eine gefährliche Täuschung.

Aber er hatte Lara von Faith erzählt; war das nicht ein gutes Zeichen? Bedeutete es nicht, dass er sich Lara öffnen konnte und so vielleicht eine ehrliche Vermischung von seiner Vergangenheit und einer sich entfaltenden Gegenwart möglich wurde?

Dann kam ihm ein anderer Gedanke – ein böser, schrecklicher Gedanke, der die Macht hatte, jede Möglichkeit einer neuen Liebe in seinem Leben zu ersticken: Jones fragte sich, ob er die Tragödie von Faiths Tod dazu benutzt hatte, um Laras Sympathie zu erlangen. Er wusste, dass dieser Gedanke nicht stimmte – er wusste es. Und trotzdem beschloss er, Lara gegenüber nicht mehr von Faith zu sprechen.

Als er Faith begegnet war, hatte er gewusst, dass es eine besondere Beziehung war – bereits in den Anfängen ihrer Freundschaft hatte er gespürt, dass diese Frau einzigartig war; sie appellierte an einen Ort in seinem Herzen, den niemand sonst jemals berührt hatte, und selbst wenn ihr Zusammensein nie über diesen ersten Kontakt hinausgegangen wäre, war er sich sicher, dass er sie genauso wenig hätte vergessen können, wie er sich einen Tag vorstellen konnte, an dem er die Melodie seines Lieblingsliedes nicht erkennen würde.

Doch auch wenn ihre Verbindung immer tiefer geworden war, war es ihm nicht leichtgefallen, ihr einen Heiratsantrag zu machen. Nein, das war nicht ganz richtig. Sie zu fragen war einfach gewesen; es war die Entscheidung, es zu tun, die schwierig war. Es schien so viele Möglichkeiten zu geben, wie sie eine Beziehung zerstören konnten. Selbst im Hauptstudium, mit Anfang zwanzig hatte er den Eindruck gehabt, als hätte er all das bei seinen Freunden schon gesehen. Die Untreue, den Stolz, den Egoismus, die Angst. Und das waren nicht nur die Schwächen der Männer. Er kannte ebenso viele Geschichten von Freundinnen und Ehefrauen, die untreu waren, wie von männlichen Partnern und Ehemännern, die fremdgingen.

Er hatte noch nie eine Partnerin betrogen. Wenn er in einer Beziehung war, dann war er es ganz, bis die Beziehung endete. Trotzdem machte er sich Sorgen: Könnte er untreu sein? Er glaubte schon damals, dass Faith zu betrügen das Schlimmste war, was er jemals tun könnte. Und was wäre, wenn er diese schlimmste Sache der Welt tun würde? Was, wenn er sie nicht genug liebte? Deshalb hatte er lange gebraucht, um ihr einen Antrag zu machen, auch nachdem er gewusst hatte, dass er sie liebte.

Und dann hatte sie Ja gesagt.

Und sie hatten drei gemeinsame Monate gehabt, bevor sie gestorben war.

Er hatte nicht das Gefühl, dass er ihren Tod in irgendeiner Weise verursacht hatte; deswegen hatte er keine Schuldgefühle. Jones war nicht versucht, dem klassischen Klischee zu frönen, indem er sich selbst die Schuld an der Tatsache gab, dass sie in der Nacht damals unterwegs gewesen waren. In jeder logischen Hinsicht war es Faith gewesen, die diese Entscheidung getroffen hatte: Sie hatte die Idee gehabt, die Ambulanz zu gründen, sie hatte vorgeschlagen, an diesem Abend dorthin zu fahren, sie hatte sogar am Steuer gesessen, als der Unfall geschehen war. Jones fühlte sich für viele Ereignisse in seinem Leben verantwortlich, aber dafür nicht.

Die Schuldgefühle, wenn sie kamen, betrafen sein Herz – dass er sie nicht genug wertgeschätzt hatte, dass er ein Geschenk bekommen hatte, das er nicht anerkannt, auf das er nicht angemessen reagiert hatte. Und deshalb war es ihm wieder genommen worden.

Jones wusste bereits, dass Lara fragen würde: Hat Gott es weggenommen? Oder das Schicksal? Oder der Zufall?

Wer auch immer so große Geschenke gibt, wie sie eines war, dachte Jones.

Lara besaß drei schwarze Abendkleider und sie sahen alle gleich aus. Sie hatte sie im Abstand von mehreren Jahren gekauft und ihr war nicht bewusst gewesen, wie sehr sie einander glichen, bis sie mit dem neuen Kleid nach Hause gekommen war und es in den Schrank neben das letzte gehängt hatte, das sie gekauft hatte, um nicht unmodern zu wirken. In Wahrheit interessierte Lara sich nicht für Kleider; jedenfalls hatte sie es nicht getan, bis sie angefangen hatte, sich für diesen Abend zurechtzumachen, wobei sie die Kleider eins nach dem anderen anprobiert hatte, bis ihr nicht mehr klar gewesen war, was ihr an ihnen gefallen hatte und was nicht. Jetzt stand sie neben Brenda und Malcolm und lächelte allen Gästen zu, so gut sie konnte – sie hatte die meisten bereits bei anderen Veranstaltungen in der Chicagoer Wohltätigkeitswelt getroffen, konnte sich aber bei keinem von ihnen an den Namen erinnern –, und warf immer wieder einen Blick zur Tür hinüber, von der sie wusste, dass Jones durch sie eintreten würde. „Hör auf herumzuzappeln", zischte Brenda an ihrer Seite.

„Ich zappele nicht", flüsterte Lara mit einem unechten Lächeln zurück.

„Wenn du Roscoe operieren würdest, wären längst alle Alarmglocken losgegangen", sagte Brenda wie ein schlechter Bauchredner, während sie ein noch breiteres Lächeln aufsetzte.

„Benehmt euch, meine Damen", sagte Malcolm leise, der auf der anderen Seite von Lara stand. „Die halbe High Society von Chicago ist hier."

Dann trat Jones auf die Veranda heraus und ging die Treppe in den Garten hinunter. Er und Lara sahen einander beinahe im selben Augenblick. Lara konnte hören, wie Brenda scharf die Luft einsog. Als Jones lächelte und auf sie zukam, hustete Brenda und sagte hinter vorgehaltener Hand: „Er sieht aus wie James Bond! Wie James Bond aussehen *müsste*!"

„Er sieht genauso aus wie auf den Bildern", sagte Malcolm.

Als Jones sie erreichte, gab Lara ihm die Hand und sagte: „Brenda, Malcolm … das ist Dr. Jones."

Jones begrüßte Brenda und Malcolm mit Handschlag und Brenda warf Lara hinter Jones' Rücken mit großen Augen einen entzückten Blick zu.

Jones Platzkarte beim Essen fand sich zwischen Brenda und Malcolm. Lara saß ihm gegenüber; neben ihr saßen zwei Damen, die Lara als Vertreterinnen eines Verbandes von Kinderhilfsorganisationen vorstellte. Während des Essens hatten Jones und Lara mehrmals Blickkontakt, unterhielten sich aber nicht miteinander. Lara aß wenig und lächelte viel und bedankte sich mit einem Nicken bei den Gästen, die sie für ihre Großzügigkeit priesen, weil sie sich als Gastgeberin dieser Veranstaltung zur Verfügung gestellt hatte. Nach dem Essen erhob sich eine der Frauen, die neben Lara gesessen hatten, und ging zu einem Podium, das neben dem Haupttisch aufgebaut war. Von dort aus hielt sie eine Rede, die mit den Worten endete: „… Und für die Großzügigkeit der Blair-Stiftung sprechen wir von den Kinderhilfsorganisationen Dr. Lara Blair unseren herzlichen Dank aus."

Lara erhob sich und ging zum Mikrofon, während alle lebhaft, aber höflich applaudierten, wie es von ihnen erwartet wurde – zumindest erschien es Jones so –, obwohl sie die betreffende Person eigentlich gar nicht kannten.

Auf dem Podium sagte Lara: „Im Namen aller Mitarbeiter von *Blair Bio-Med* und der Stiftung danke ich Ihnen sehr." Und das war alles. Sie gab der Dame, die sie vorgestellt hatte, die Hand, und reichte ihr einen Scheck, während eine Gruppe Fotografen Bilder machte und alle erneut applaudierten.

Während des Beifalls blickte Lara zu Jones hinüber, und diesmal lächelte sie gar nicht.

Eine Stunde später spielte das Orchester und die Gäste tanzten unter dem Sternenhimmel. Lara und Jones schlenderten über die Veranda, wobei Lara verschiedene Gäste begrüßte. „Senator, wie geht es Ihnen?", sagte sie zu einem Mann mit welligem weißen Haar.

„Herzlichen Glückwunsch, Lara", sagte der Senator. „Sie haben ihn sich verdient." Als Lara Jones vorstellte und er und der Senator sich die Hände reichten, bemerkte Jones die polierten Hautpartien vor den Ohren des Senators und die weit aufgerissenen Augen, die verrieten, dass der Mann sich hatte liften lassen. Jones war noch nie einem Senator begegnet und nachdem er zehn Sekunden mit diesem hier gesprochen hatte, wollte er auch keinen anderen mehr kennenlernen.

Was Jones wollte, war mit Lara zu reden. Lara spürte das und blieb an der steinernen Balustrade der Veranda stehen, um über die Außenanlagen zu blicken, die sich unter ihnen erstreckten, und auf die Party, die überall im Gange war. „Sie haben ein hübsches kleines Haus", sagte er.

„Ich bin nicht sehr oft hier. Es ist eher ein Ferienhaus."

„Ja, wie der Wohnwagen von meinem Onkel Kröte."

Sie lachte. „Sie haben einen Onkel Kröte?"

„Das ist natürlich nicht sein richtiger Name, aber niemand kennt seinen echten Namen, weil ihn alle Onkel Kröte nennen, sogar Tante Betty."

„Wie ist er –?"

„Als er ein Baby war, ist er angeblich nicht gekrabbelt wie normale Kinder, sondern wie eine Kröte über den Boden gerutscht." Er sah, wie sie lachte, und fügte hinzu: „Wie, Sie haben keinen Onkel Kröte?"

Sie kicherte, dann sagte sie: „Nein, ich habe keinen Onkel Kröte."

„Ich nehme an, Typen, die Kröte genannt werden, leben in Cottages, die von weniger als zweitausend Quadratmeter Grundstück umgeben sind."

Lara wandte den Blick ab und holte tief Luft. Jones war sich sicher, dass sie an ihre Kindheit dachte. „Mein Vater hat das Anwesen gekauft“, sagte sie. „Die Firma nutzt es jetzt als Ort für Klausurtagungen der Führungskräfte und intime kleine Gesellschaften wie diese hier, bei denen wir Ehrungen in Empfang nehmen, die mir verliehen wurden, weil ich öffentlich für wohltätige Zwecke gespendet habe.“ Sie hielt inne und Jones wusste, dass sie noch mehr zu sagen hatte, also beeilte er sich nicht, das Gespräch fortzusetzen. Schließlich sagte sie: „Ich habe etwas herausgefunden, nachdem ich die Reise zu Ihnen unternommen habe.“

„Was denn?“

„Faith hatte recht.“ Laras Blick wanderte über ihren Garten, in dem sich die reichsten Menschen von Chicago tummelten. „Als mein Vater mir *Blair Bio-Med* hinterließ, war ich vierundzwanzig Jahre alt und noch nicht mit meinem Medizinstudium fertig. Im ersten Jahr verdoppelte ich die Zahl der Forschungsmitarbeiter und im Jahr darauf noch einmal, nachdem wir sieben neue Techniken in der Herzchirurgie entwickelt hatten und all die Geräte, die solche Operationen ermöglichten, hatten patentieren lassen. Letztes Jahr im April sind wir damit auf den Markt gekommen und nach nur einem Tag hatte sich mein Nettovermögen um 82 Millionen Dollar vergrößert. Ich spende für wohltätige Zwecke, weil es besser ist als Werbung, es lässt das Unternehmen gut aussehen und bringt uns Aufmerksamkeit, Kontakte und Investoren, sodass wir noch mehr Geld verdienen.“ Sie sah ihn immer noch nicht an, als sie hinzufügte: „Die Leute, denen ich etwas spende, machen eine gute Arbeit … das tun sie ganz sicher. Aber ich sehe nicht, was sie tun, und ich spüre es nicht; ich erlebe das Gute, das sie tun, gar nicht. Was ich spüre ist, dass die Spenden an die Lara-Blair-Stiftung und das Lob von Leuten wie dem Senator mir das Gefühl geben, irgendwie schmutzig zu sein.“

Jones sagte nichts. Als Lara ihn ansah, wurde ihm bewusst, dass er sie anstarrte.

„Das war eine interessante Skulptur, die Sie mir da geschickt haben“, sagte sie.

„Ich dachte, sie gefällt Ihnen bestimmt. Ich wollte mich für etwas bedanken, was nach Ihrer Abreise damals geschehen ist.“

„Und was war das?“

„Ich bin zu Faiths Grab gefahren. Und dann habe ich mich ins Bett gelegt. Und geschlafen.“

Jones konnte nicht fassen, was er gerade getan hatte; er hatte beschlossen, Faith nicht zu erwähnen, und jetzt war ihm ihr Name beinahe als Erstes über die Lippen gekommen.

Ihre Blicke begegneten sich.

„Sie haben nicht zufällig Lust zu tanzen?“, fragte er.

Zusammen traten sie in die Mitte der Tanzfläche und Lara ließ sich von ihm führen. Er hatte den Arm locker um sie gelegt und sie bewegten sich zur Musik, und in diesem Augenblick erschien es ihnen, als würden alle Lasten, die sie beide mit sich herumtrugen, von ihren Schultern gleiten und die Welt im Glanz der Blicke des anderen schöner.

Am nächsten Tag würde Jones Roscoe operieren.

Kapitel 15

Das ganze Labor war angespannt. Die Techniker überprüften mehrfach die Computer und Bewegungsaufzeichner und stellten fest, dass ihre Hände schwitzten, während sie vor ihren Überwachungsarmaturen saßen. Lara Blair konnte eine anspruchsvolle Chefin sein und sie hatte ihnen schon oft eingebläut, dass Perfektion das Maß aller Dinge war: Was würde es ihnen nutzen, wenn sie eine makellose chirurgische Leistung vollbrachten und ihre Instrumente bei der Aufnahme versagten? In diesem Raum ließ Lara keine Fehler durchgehen; nur das Beste war gut genug. Vor Jahren hatte sie andere Chirurgen gebeten, die Operation an früheren Roscoes durchzuführen, aber nachdem Lara entdeckt hatte, dass keiner von ihnen so geschickt war wie sie selbst, geschweige denn besser, hatte sie alle folgenden Versuche selbst unternommen. Aber jetzt, zum ersten Mal seit Jahren, holte sie diesen Dr. Jones aus Virginia, einen Mann, von dem noch nie jemand etwas gehört hatte. Sie alle wussten, dass er etwas Besonderes sein musste, und so waren sie neben ihrer Nervosität, alles richtig zu machen, auch von Neugier erfüllt: *Wie gut war dieser Kerl wirklich?*

Malcolm und Brenda waren im Kontrollraum und stellten sich die gleiche Frage.

Jones stand inmitten von all dem, umgeben von Röntgenapparaten und Magnetresonanzgeräten und dreidimensionalen Monitoren und ein paar anderen Apparaten, von denen er nicht einmal die Namen kannte. Er trug einen Kittel und Handschuhe und blickte sich mit einer gewissen Belustigung um.

Lara stand neben ihm und vergewisserte sich, dass alles perfekt für ihn vorbereitet war. Als sie sich davon überzeugt hatte, dass alle chirurgischen Instrumente zu seiner Zufriedenheit ausgebreitet waren, blickte sie zur Glaswand hinüber und fragte: „Bewegungsaufnahme bereit?"

„Bereit", sagte die Stimme des Technikers aus dem Lautsprecher neben der Glaswand.

„Visuelle und Umgebungsmonitore bereit?"

„Alles fertig, Dr. Blair."

„Und der Alarm?"

Plötzlich ertönte die Sirene und die Warnlampen leuchteten zur Demonstration auf. Es war ein misstönender Klang. Jones schnitt eine Grimasse und sah Lara an. „Diese Geräusche ertönen, wenn Sie irgendeinen Bereich berühren, der das Gehirn beschädigen würde", sagte sie. „Wir haben sie extra unschön klingen lassen, um uns daran zu erinnern, dass Fehler tödlich sind."

„Wir sind so weit, Dr. Blair", sagte der leitende Techniker durch den Lautsprecher.

Jones hob seine Hände und lächelte. „Fangen wir an", sagte er.

Lara blickte auf die Attrappe von Schädel und Gehirn hinunter, die auf dem OP-Tisch lag. „Bist du bereit, Roscoe? Dann können wir loslegen, würde ich sagen. Viel Glück." Ohne Jones noch einmal anzusehen, ging sie in den Überwachungsraum.

Hätte sie ihn angesehen, hätte Jones vielleicht geglaubt, sie sei zuversichtlich; aber an der Art, wie sie das Labor verließ, konnte er sehen, dass sie nervös war. Und weil ihre Chefin so nervös war, waren auch die anderen im Labor – Malcolm, Brenda, die Techniker, die sich über die Monitore und Überwachungsgeräte beugten – bis aufs Äußerste angespannt.

Jones hob ein Skalpell hoch. Und ließ es fallen. „Autsch!", schrie er und hüpfte herum, als wäre ihm die Klinge auf den Fuß gefallen. Er stieß gegen das Tablett mit den Instrumenten, wobei er komische Bewegungen machte. Alle im Überwachungsraum – alle außer Lara – starrten mit offenem Mund und voller Entsetzen durch das Glas.

Aber Lara lächelte schon, bevor Jones das Skalpell in die Hand nahm, es in die Luft warf und das rasierklingenscharfe Instrument mit zwei Fingern wieder auffing. „Kommt schon, Leute, macht euch locker", sagte Jones, und während ihnen bewusst wurde, dass er sich über sie lustig machte, hob er seine Maske an, spuckte auf das Skalpell und wischte es an seinem Ärmel ab. „Also gut, Roscoe. Alles steril! Los geht's." Er wandte sich der Gehirnattrappe auf dem Tisch zu und machte einen schnellen, sicheren Schnitt.

Von diesem Augenblick an war Jones vollkommen konzentriert. Und Lara, Malcolm, Brenda und alle anderen sahen schweigend zu, gebannt von der Präzision seiner Technik. Im Kontrollraum des Labors konnten sie reden, ohne dass Jones es hörte, aber trotzdem dämpften sie ihre Stimmen ehrfürchtig. Brenda beugte sich zu Lara hinüber und flüsterte: „Warum arbeitet er so schnell?"

„Er ist in Gedanken alles schon durchgegangen. Er lässt seine Hände einfach machen, damit seine Gedanken ihnen nicht in die Quere kommen."

Sie beobachteten, wie Jones' bemerkenswert ruhige Hände sich in den kritischen Bereich des Gehirns vorarbeiteten. „Seid ihr noch alle da?", rief er.

Lara griff nach dem Mischpult vor dem leitenden Techniker und drückte die Taste für die Sprechanlage. „Wir halten durch. Und Sie müssen nicht schreien. Wir können Sie gut hören."

„Ich habe nur versucht, Roscoe aufzuwecken; er scheint mir ein bisschen apathisch zu sein." Jones hielt inne, um sich die Nachbildung anzusehen, dann blickte er zu den Bildern des echten Gehirns, nach denen Roscoe gebaut worden war und die in HD-Qualität auf einem riesigen Monitor am Fuß des OP-Tisches zu sehen waren, sodass Jones den Blick nur minimal schwenken musste, um sie zu sehen. „Also", sagte Jones. „Jetzt werden die Männer von den Jungs getrennt. Oder den Mädchen. Das ist ein Witz."

„Bitte machen Sie einfach weiter. Unsere Geräte zeichnen alles auf, und ich bin diejenige, die am Ende des Monats die Stromrechnung bezahlen muss."

„Ich begebe mich jetzt in den Kortex."

Mit einem Mal war alles Spielerische verschwunden. Jones' Blick war reglos wie in einer Trance, als er begann, die Sonde mit winzigsten Bewegungen zu führen.

Auf den Bildschirmen im Kontrollraum wurden die Bewegungen in einer extremen Vergrößerung gezeigt. Einer der Technikassistenten bemerkte etwas und überlegte laut: „Er bewegt sich ... im Takt."

„Er bewegt sich zwischen seinen Herzschlägen", erklärte Lara und ihre Stimme klang sicherer, als ihr zumute war.

Der leitende Techniker starrte auf seine Monitore, blinzelte und sah dann ein zweites Mal hin, um sich zu vergewissern. „Er hat den Punkt erreicht, an dem unser bester Versuch gescheitert ist", sagte er.

Jones bewegte sich weiter ... immer weiter ... und hielt dann inne. Sein Griff um die Sonde blieb vollkommen regungslos, als er wirklich nur die Lippen bewegte und sagte: „Zeigen Sie mir Ihren letzten Versuch an dieser Stelle."

Die Techniker betätigten verschiedene Tasten und vor Jones erschienen Videos aus drei verschiedenen Perspektiven von Laras letztem Experiment – eine weitwinkelige Aufnahme von ihr, eine externe Nahaufnahme der Instrumente, mit denen sie Roscoe bearbeitete, und der Blick der Glasfaserkamera in das nachgebildete Gehirn. Jones sah sich die Aufnahmen an, beobachtete, wie Laras Instrumente versuchten, einen Weg durch denselben Kanal aus synthetischem Blut und Knochen zu finden, den seine eigenen Instrumente jetzt zurücklegen sollten. In der Aufnahme leuchtete plötzlich das Warnlicht auf, und in der Wiederholung drehte sich Lara frustriert zur Kamera und funkelte sie an.

„Gut“, sagte Jones, „jetzt bitte wieder die aktuelle Situation.“

Sie schalteten die Monitore zurück, sodass sein jetziger Versuch zu sehen war, und Jones holte noch einmal lange und langsam Luft und operierte dann weiter, wieder in seinem rhythmischen, tranceähnlichen Zustand.

Im Kontrollraum sahen sie atemlos zu, während ihre Bildschirme ihnen zeigten, wie die Sonden immer tiefer in die Gehirnattrappe eindrangen.

Der leitende Techniker warf einen Blick auf Laras Rücken; sie stand reglos da und starrte Jones durch das Glas an. „So weit waren wir noch nie“, sagte der Techniker.

„Wie ist die Empfindlichkeit der Sensoren eingestellt?“, fragte Malcolm.

„Fünfundneunzig Prozent Überlebenswahrscheinlichkeit“, antwortete der Techniker.

„Dann machen Sie hundertundfünf Prozent daraus! Wir reden hier von einem Menschenleben!“, gab Malcolm kurz angebunden zurück.

„Ich fühle mich hier nicht bedroht, Malcolm“, sagte Lara ruhig. „Er ist nicht mein Konkurrent.“ Sie wandte sich wieder der Glasscheibe zu, starrte eine Weile hindurch und fügte dann hinzu: „Es ist eher so, als wollte er Gott Konkurrenz machen.“

Jones war an der kritischsten Stelle angelangt. Lara war noch nie so weit gekommen – kein Chirurg hatte jemals so tief geschnitten, außer bei einer Autopsie. In der Geschichte der Hirnforschung hatte man es für unmöglich gehalten, dass jemals ein Arzt chirurgische Instrumente in solch kritische Bereiche des lebenden Gehirns einführen konnte und das Gehirn überlebte. Lara Blairs Vater hatte es jahrzehntelang versucht und war gescheitert; Lara hatte in den vergangenen Jahren dasselbe Ziel angestrebt und dabei auf der Arbeit ihres Vaters aufgebaut, um noch weiterzugehen, aber irgendwann war auch sie an den Punkt gekommen, an dem all ihr Wissen, all ihr Geschick und all ihre Hoffnungen sie nicht über diese Grenzen hatten hinwegheben können. Und jetzt war Jones kurz davor, das zu erreichen, was für Lara wie der Heilige Gral geworden war.

Jones führte ein zweites winziges Instrument – einen Golddraht, der so fein war, dass die meisten Chirurgen ihn noch nicht einmal anfassen konnten, ohne ihn zu zerbrechen – in den Kanal der ersten Sonde ein, die er platziert hatte. Einen Herzschlag lang zögerte er, dann setzte er sich wieder in Bewegung …

Plötzlicher Lärm zerriss die Stille. Aber es war nicht der Alarm; es war eine Glocke, und gleichzeitig leuchtete ein anhaltendes grünes Licht über den Überwachungsarmaturen auf.

„Was ist das?“, fragte Brenda, verärgert, weil alle anderen außer ihr es zu wissen schienen.

Jones zog seinen Mundschutz herunter und sah zu Lara hinüber.

Lara fing an zu laufen, zuerst sehr langsam. Sie ging quer durch den Kontrollraum, durch die Tür und in das Operationslabor.

Malcolm, der Lara beobachtete, sagte zu Brenda: „Er hat es geschafft.“

Lara betrat das Labor und lief immer schneller, bis sie Jones schließlich um den Hals fiel und lachte und rief: „Ja! Ja!!!“

Kapitel 16

Einer der Techniker hatte einen alten Radiorekorder in seinem Spind, den er nun auf dem Armaturenbrett platziert hatte. Aus den Lautsprechern dröhnte „Start Me Up“ von den Rolling Stones. Champagnerkorken knallten und Forscher aus anderen Teilen des Unternehmens sowie Manager und Sekretärinnen ließen sich von der Begeisterung mitreißen, als die Feier sich durch die Hintertüren des Kontrollraums auf die Korridore ergoss. Nur das Labor selbst, in dem Roscoe jetzt mit einem neuen Lächeln lag, das jemand mit einem Edding auf sein Gesicht gemalt hatte, war tabu. Dies war ein Tag, an dem die ganze Firma den Sieg schmecken sollte.

Auf den Monitoren im Kontrollraum spielten die Techniker Jones' Operation für ihre Kollegen ab und staunten über das, was er erreicht hatte. „Seht euch mal diesen Spielraum an!“, rief einer der Techniker über die Musik und das Lachen hinweg. „Wisst ihr, wie weit das von dem Sensor entfernt ist?“

„Zwei Mikrometer“, sagte sein Kollege.

„Zwei Mikrometer! Ein menschliches Haar ist zehnmal so dick!“ Der Kontrollraum war voller Menschen, die einander umarmten, Jones auf den Rücken klopften und Lara gratulierten. Sie suchte Jones’ Blick und hob ihr Champagnerglas zu einem Toast auf ihn; er lächelte und erwiderte die Geste.

Malcolm lief geschäftig herum und gab seinen Mitarbeitern Anweisungen. „Ich will, dass zwanzig Videokopien von diesem Versuch über Nacht zu den besten Neurochirurgen auf unserer Liste geschickt werden.“

„Die Aktien werden in den Himmel schießen“, sagte der Gehilfe.

„Sag ihnen, sie sollen sich Zeit zum Üben freihalten und uns eine Einschätzung geben, wann sie die Operation versuchen können.“

Während Malcolm weiterredete, trat Brenda neben Jones. „Nicht schlecht“, sagte sie. „Für einen Dichter.“

„Sie sind die Seelenklempnerin der Firma, richtig?“, fragte Jones Brenda.

„Stimmt“, erwiderte Brenda. „Wollen Sie meine Couch sehen?“

Der Anwalt des Unternehmens schob sich an Jones’ Seite und sagte: „Wir haben einige Unterlagen vorbereitet, die Ihr Anwalt sich ansehen muss.“ Lara löste sich aus der Menge der Gratulanten und ging auf Jones zu. Als sie bei ihm ankam, sagte der Anwalt gerade: „Wir lassen einen Entwurf in Ihr Hotel schicken. Sobald Ihre juristischen Vertreter sich bei uns melden und wir die Einzelheiten geregelt haben –“

„Wir brauchen nichts zu regeln“, sagte Lara. „Dr. Jones kann seinen Preis nennen.“ Sie sagte es so laut, dass alle im Raum es hörten.

„Genau, Dr. Jones!“, sagte einer der Techniker. „Sie sind schließlich der King hier!“

Jones grinste und sagte zu dem Mann: „Guter Job übrigens mit der Einblendung der Aufnahmen.“

Während der Techniker bescheiden abwehrend die Hände hob

und seine Freunde ihm applaudierten, fragte Lara Jones: „Wonach haben Sie eigentlich gesucht, als Sie die Pause gemacht haben?"

„Nach dem Weg, den Sie durch das Nervenbündel in der Mitte des Kortex gehen wollten. Das Aneurysma war bei meinem Roscoe nicht dasselbe wie bei Ihrem."

Malcolm, der alles zu hören schien, was jemals innerhalb der Mauern von *Blair Bio-Med* gesprochen wurde, trat näher und sagte: „Beide Attrappen sind demselben Patienten nachempfunden. Und wir haben genau die Röntgenaufnahmen abgebildet. Oder?"

„Auf jeden Fall", antwortete der leitende Techniker. „Ich habe sie selbst überprüft."

„Dann wurden die Aufnahmen zu unterschiedlichen Zeiten gemacht", sagte Jones. „Lasst mal sehen."

Der leitende Techniker ließ zwei Bilder auf den Monitoren über ihren Köpfen erscheinen. Lara trat einen Schritt vor und verglich die beiden Aufnahmen miteinander. Mit einem Mal war es im Raum ganz still geworden.

„Er hat recht", sagte Lara in die Stille hinein. „Das Aneurysma auf diesem neuen Scan hat sich verschlechtert. Roscoe ist nicht mehr aktuell."

Im Raum herrschte ein beinahe schmerzhaftes Schweigen. „Hey, Leute, lasst den Kopf nicht hängen!", sagte Jones. „Bei den meisten Patienten wird es nicht schlimmer; bis es einen plötzlichen Riss gibt, ist die Anomalie normalerweise stabil. Und wenn die Produktion erst mal läuft, wird es kein Problem sein, die Aufnahmen aktuell zu halten."

Alle warteten auf Laras Reaktion. Sie starrte immer noch die Bilder an …

Aber was sie wirklich sah, war die innere Unruhe, die sie immer vor allen anderen verborgen hatte. Es dauerte lange, bis sie sich rührte, und als sie sich schließlich umdrehte, lächelte sie und sah Jones an: „Ihr Roscoe war sogar noch schwieriger als meiner. Der heutige Tag ist ein Siegertag für das Unternehmen. Ich will feiern."

Während das Stimmengewirr um sie herum wieder einsetzte, beugte sie sich vor und flüsterte Jones zu: „Mit Ihnen."

Sie fuhren mit der Limousine, ließen auf der durchgehenden Rückbank jedoch einen angemessenen Abstand zwischen ihnen. „Also, wonach steht Ihnen der Sinn?", fragte Lara.

„Wo feiern Sie denn sonst Ihre Siege?", gab Jones zurück.

Lara wandte sich an den Fahrer: „Sehen Sie mal, was für Wunder Sie vollbringen können, George."

„Ja, Ma'am."

Während George die Trennwand zwischen Fahrer und Passagierkabine hochfahren ließ und sich mit dem Autotelefon an die Arbeit machte, betrachtete Jones Lara. „Haben Sie ein Problem mit der Tatsache, dass die Attrappen nicht gleich sind? Malcolm wirkte deswegen ziemlich beunruhigt."

„Er managt die ganzen Versuche und er ist Perfektionist. Aber es gibt nichts im Leben, das perfekt ist, oder?" Lara sagte das, als wäre sie gerade zum ersten Mal mit den Mängeln des Lebens konfrontiert worden, als hätte sie etwas losgelassen und wäre bereit nach vorne zu blicken. „Ich sehe mir schon mein ganzes Leben lang Aufnahmen und chirurgische Experimente an. Es wird Zeit, Ernst zu machen."

„Ernst womit?"

„Mit dem Leben."

George schien sehr mit sich zufrieden, als er vor dem Stadion hielt, aus dem Wagen sprang und die Tür für die beiden öffnete. „Ich habe zwei Plätze in der Loge des Besitzers ergattert!“, sagte er stolz. „Er ist ein Freund des Senators.“

Lara stieg aus und Jones rutschte gerade rüber, um durch dieselbe Tür auszusteigen, als Lara stehen blieb und ihm den Weg versperrte. Sie stand da und starrte auf den Parkplatz, das Stadion und die Menschenmenge.

Sie stand so lange dort, dass George sagte: „Das Spiel fängt gleich an, Dr. Blair.“

Lara drehte sich um und wandte sich an Jones. „Sind Sie wild auf das Spiel?“

Jones zuckte unverbindlich mit den Schultern. Er war zu allem bereit; vor allem wollte er tun, was sie tun wollte, denn er hatte das Gefühl, dass Lara einen Prozess durchmachte, etwas Privates, ja, Geheimes.

Sie wandte sich wieder an den Fahrer und sagte: „Nehmen Sie eine der Karten, George.“

„Ich ...?“

„Und – geben Sie einem Kind die andere, vielleicht dem dünnen Jungen da drüben. Haben Sie Ihr Handy dabei? Rufen Sie sich ein Taxi auf meine Kosten, wenn das Spiel zu Ende ist. Wenn Sie keins bekommen, rufen Sie sich eine Limousine.“ Sie drehte sich um und schloss die Wagentür, sodass Jones allein auf dem Rücksitz zurückblieb. Dann sprang sie hinter das Lenkrad der Limousine und fuhr los.

George stand einen Moment lang verblüfft da, aber dann grinste er und ging auf den Jungen zu, der Andenken verkaufte.

Lara lenkte den Wagen vom Parkplatz herunter und senkte die Trennwand hinter sich, damit sie ihn im Rückspiegel beobachten konnte. „Werde ich entführt?“, fragte Jones.

„Wenn Sie Ärger machen, komme ich nach hinten und foltere Sie.“

Jones setzte sich auf den gegenüberliegenden Sitz, damit er durch die Öffnung hinter ihr mit ihr sprechen konnte. „Und wohin bringen Sie mich?“

„Ich weiß genau den richtigen Ort.“

Er saß hinter ihr und sah ihr beim Fahren zu. Sie blickte lange nicht in den Rückspiegel und er schwieg, aber trotzdem spürten beide die Verbindung zwischen ihnen, fühlten sich gemeinsam umfangen von Frieden und Abenteuer, während sie auf dem Weg in ein unbekanntes Land waren. Jones wollte sie berühren, seine Hand auf ihre Schulter legen oder seine Fingerspitzen in ihren Haaren vergraben oder ihre Hand in der seinen halten. Aber er saß einfach dort hinter ihr und schwieg.

Lara bog in die lange, von Bäumen gesäumte Einfahrt ein, die er als die Allee wiedererkannte, die zu ihrem Anwesen führte. Jetzt sah sie in den Rückspiegel und fing seinen Blick auf. „Heute Abend hole ich nach, was ich versäumt habe“, sagte sie.

Sie parkte hinter dem Herrenhaus, stieg aus und führte ihn in die Küche, wo sie das Licht einschaltete. „Zuerst“, sagte sie, „essen wir.“ Sie öffnete einen der riesigen Kühlschränke und entdeckte darin Reste von der Party.

Jones lehnte sich hinter ihr an die Küchenzeile. „Kann ich etwas helfen?“

„Kommt nicht infrage.“

Ein Butler erschien und blinzelte überrascht. „Dr. Blair?“

„Oh, hallo, Harold. Harold, das ist Dr. Jones.“

„Guten Abend, Harold.“

„Kann ich irgendetwas für Sie tun?“

„Danke, Harold, aber nein – im Gegenteil: Sie und Gladys sollten sich den Abend freinehmen. Kommen Sie morgen wieder. Morgen Nachmittag. Oder übermorgen.“

Harold zögerte.

„Gute Nacht, Harold."

„Gute Nacht, Ma'am. Dr. Jones."

„Nacht, Harold."

Lara schien mit dem Inhalt des ersten Kühlschranks nicht zufrieden zu sein, also öffnete sie den zweiten und stieß darin auf Sahnetörtchen. „Aha! Wir fangen mit dem Nachtisch an!" Sie reichte Jones zwei Teller mit Kuchen und schnappte sich dann zwei Flaschen mit gekühltem Champagner.

Eine Stunde später saßen sie im Frühstücksraum des Anwesens und Lara öffnete die zweite Flasche Champagner. Die erste steckte bereits kopfüber im Eiskübel. Lara hatte Kerzen angezündet und die Teller mit den Partyhäppchen auf den Tisch gestellt; jetzt schenkte sie sich noch ein Glas Champagner ein – Jones hatte nur ein paarmal an dem ersten Glas genippt, das sie ihm gegeben hatte –, und dann nahm sie die Finger, um ein Dessert mit geschlagener Sahne zu probieren, während sie aufgeregt redete, genau wie ein Kind, das zu viel Zucker gegessen hat. „Wissen Sie, dass ich Schlagsahne liebe? Und ich esse sie nie! Ist das nicht lächerlich? Noch ein bisschen Champagner? Sie haben Ihr Glas ja kaum angerührt."

„Sie versuchen, mich betrunken zu machen."

„Trink aus, Superman!" Sie kippte die Flasche mit dem sprudelnden Inhalt, als wollte sie ein Feuer damit löschen, sodass beide Gläser überliefen; er stieß mit seinem Glas an ihres und trank ein wenig. Sie nahm einen herzhaften Schluck und blickte über die dunkle Fläche ihres Anwesens hinaus. „Ich habe immer meinen Eltern die Schuld daran gegeben, dass ich so ein Trauerkloß war. Oder der Firma. Aber es waren nicht die anderen, ich selbst war schuld daran." Sie steckte den Zeigefinger in das nächste Dessert und leckte ihn ab. „Mmmm, das hier ist am besten! Das musst du probieren."

Sie hielt ihm ihren Finger vor den Mund. Als er ihn gerade ablecken wollte, tupfte sie ihm die Sahne auf die Nase. Er nahm ein

Stück Kuchen in die Hand. „Das ist wirklich gut, aber du musst unbedingt das hier probieren!“ Er hielt ihr das Stück hin, damit sie abbeißen konnte, aber dann schmierte er ihr den Kuchen über den ganzen Mund.

Ihre Augen leuchteten auf und sie nahm einen ganzen Kuchen. „Eine Tortenschlacht!“, quietschte sie. Sie holte aus, um den Kuchen zu werfen, und er bewaffnete sich mit einem Pudding, damit er sich wehren konnte, als sie sagte: „Warte!“ Und nach einer Pause fügte sie hinzu: „Ich habe eine bessere Idee.“

Auf der Rückseite des Hauses war alles dunkel, doch dann flammte das Flutlicht auf, nach und nach, bis der ganze Garten erleuchtet war. Die Blumen und Gestecke waren immer noch frisch in ihren Vasen und die Tanzfläche lag sauber und leer da, als hätten die Organisatoren der Party sie bis zum nächsten Morgen dort gelassen, damit die Bäume sie betreten und sich darauf zum Rauschen des Windes in ihren Ästen wiegen konnten.

Lara kam mit einem Stereogerät aus der Küche und führte Jones hinaus. Sie füllte ihre Lunge mit der feuchten Frühlingsluft und seufzte: „Ah. Die Dekoration ist noch da und die Gästeliste ist genau die richtige.“

„Die Gastgeberin ist wunderschön“, sagte Jones mit einem Lächeln.

„Mal sehen, was mit der Band ist. Sie stammt von der Haushälterin.“ Sie schaltete den Radiorekorder ein und ein spanisches Lied entsprang den Lautsprechern. Lara drehte am Einstellrad und suchte nach einem passenden Sender.

„Warte! Der da!“, sagte Jones, als sie über einen Country-und-Western-Sender hinweggedreht hatte.

„Das ist nicht dein Ernst.“

„Doch! Hier, mach einfach, was ich mache." Er nahm ihre Hand und führte sie durch die einfachen Bewegungen eines Squaredance.

Lara hatte Mühe, sich in den Rhythmus einzufinden. „Das macht Spaß! Wie mache ich mich?"

„Du tanzt wie eine Ärztin. Aber … das ist nicht schlecht."

Sie drehte am Suchknopf und fand eine alte Ballade.

Und ohne jede Verlegenheit, so natürlich wie sie atmeten, fingen sie an zu tanzen, eng aneinandergeschmiegt.

In den Armen des anderen spürten sie Liebe aufsteigen, nicht nur das erhabene Gefühl, sondern auch ihren irdischen, körperlichen Rausch. Sie spürten es beide und lösten sich sofort voneinander. Jones sah sich um, auf der Suche nach etwas anderem, dem er seine Aufmerksamkeit widmen konnte, etwas anderem als ihrem *Ja*, und ihm fiel der Stall auf. Er bemühte sich darum, Konversation zu machen. „Das ist der hübscheste Stall, die ich jemals gesehen habe", sagte er. „Aber ich rieche keine Pferde."

„Nein. Sie sind alle fort. Mein Vater hat den Stall gebaut."

Sie traten nebeneinander, Seite an Seite, aber ohne einander zu berühren, aus dem Lichtkegel im Garten und in die unbeleuchtete Nacht, zu dem weit geöffneten Tor des Stallgebäudes. Lara streckte die Hand nach dem Schalter an der Wand aus und erleuchtete einen Weg aus Holzspänen zwischen grün und weiß gestrichenen Mauern und Boxen, die mit sauberem Heu ausgelegt, aber allesamt leer waren. Es war kein extravagantes Vorzeigeprojekt, sondern ein praktischer, nützlicher Stall. Lara sagte: „Er hat so fleißig daran gearbeitet, das Leben und die Gesundheit zu beherrschen. Pferde waren für ihn wild und befreiend."

Jones ging ein paar Schritte auf dem Weg zwischen den Pferdeställen, dann blieb er stehen. Sie beobachtete ihn, als er sich umsah und den Geist des Ortes einatmete. „Er hat diesen Stall für dich gebaut, nicht wahr", sagte Jones, und es war keine Frage, sondern eine Feststellung.

„Weißt du, dass du mir manchmal Angst machst, weil du alle möglichen Dinge siehst?"

„Warum hast du die Pferde nicht behalten?"

„Es wäre ihnen gegenüber nicht fair gewesen. Ich bin nicht mehr auf ihnen geritten. Ich war zu sehr wie mein Vater, so sehr an die Zukunft gefesselt, dass ich nicht im Jetzt leben konnte … Und du … äh … Ich möchte dir dafür danken, dass …" Plötzlich konnte sie nicht mehr sprechen.

Seine Augen leuchteten. „Nein. Ich bin dir etwas schuldig", sagte er. „Mein Leben ist in der Vergangenheit. Davor werde ich nie davonlaufen können. Aber du hast mir ein kleines Stück der Gegenwart geschenkt. Ich bin es, der dankbar ist."

Überrascht und entwaffnet lächelte sie.

„Ich fahre jetzt wohl besser wieder ins Hotel zurück", sagte er.

„Ja. Ich fahre dich."

Sie wandten sich zur Tür um, beide sicher, dass die Gefahr vorüber war.

Sie irrten sich. Keiner von beiden bewegte sich zuerst – ihre Hände bewegten sich aufeinander zu – und in dem Augenblick, in dem sich ihre Fingerspitzen berührten, war es wie eine Explosion. Sie küssten sich.

In diesem Moment konnte Lara alles fühlen, was sie jemals hatte fühlen wollen. Abrupt wich sie zurück und wandte sich ab. „Es tut mir leid", sagte sie. „Es tut mir wirklich leid."

„Was …?"

„Es ist nicht – es ist nicht richtig. Ich habe dich benutzt. Es tut mir leid. Ich hätte nie –" Sie entzog sich ihm, was ihr nicht schwerfiel, weil seine Arme wie betäubt waren.

„Mich benutzt? Aber wie –"

„Ich kann dich nicht lieben. Und du kannst mich nicht lieben. Wir haben keine Zukunft. Dieser Abend war egoistisch von mir … schrecklich egoistisch."

Er versuchte sie wieder in seine Arme zu ziehen, aber sie entfernte sich noch weiter von ihm, während sie tief einatmete, als wollte sie sich von dem Rausch der Liebe, des Lebens befreien.

Jones stand da und beobachtete sie, nicht verletzt, nicht wütend, sondern nur verwirrt. „Ich verstehe nicht", sagte er leise.

„Ich wünschte, ich könnte es auch nicht verstehen. Ich rufe dir ein Taxi." Dann eilte sie davon und ließ ihn allein zurück. Und traurig.

Kapitel 17

Jones flog allein heim.

Lara kehrte an ihre Arbeit zurück und verbrachte endlose Stunden damit, mit leerem Blick auf die neuen Konstruktionspläne zu starren und zuzuhören, wie Malcolm tapfer versuchte, ihre Forschung voranzutreiben.

Aber sie musste immerzu aus dem Fenster sehen, während sie gedanklich in Virginia war.

Jones machte am zweiten Abend, nachdem er nach Chicago zurückgekehrt war, auf dem Nachhauseweg von seiner Schicht in der Notaufnahme einen Umweg und stand schließlich vor dem Restaurant, in dem Lara und er zum ersten Mal versucht hatten, gemeinsam zu Abend zu essen. Er starrte durch die Fensterscheibe auf den Tisch, an dem sie gesessen hatten, und sah zu, wie der Oberkellner ein junges Paar in der romantischen Ecke platzierte, die Lara und er für sich gehabt hatten, und ihr Glück schmerzte Jones, weil er Laras Gegenwart so sehr vermisste.

Im selben Moment, in dem Jones seinen Blick von dem Restaurant losriss und auf dem wie ausgestorbenen Gehweg weiterging, stand Lara auf der Veranda ihres Anwesens und blickte in den leeren Garten hinaus.

Jones lenkte seinen Wagen auf den Standstreifen der Bergstraße und stellte den Motor aus. Dann stieg er aus, sorgfältig darauf bedacht, kein Geräusch zu verursachen. Er nahm eine große Kiste vom Beifahrersitz und ging durch die neblige Dunkelheit der Berge.

Er kam zu einem dunklen, stillen Wohnwagen, der unter Bäumen stand; daneben stand ein Pick-up. Leise ging Jones zur Ladefläche und legte die neue Motorsäge hinein, die er an diesem Nachmittag in Charlottesville gekauft hatte.

In der Bergambulanz schnitt Jones die Fäden ab, mit denen er den Arm eines Teenagers genäht hatte, der mit Pfeil und Bogen auf die Jagd gegangen und dabei von einem Hochstand gefallen war. Er hatte seinen eigenen Bizeps aufgespießt. Die Tür zur Ambulanz öffnete sich und Allens Kopf schob sich hindurch. „Doc … können wir Sie mal kurz sprechen?"

Jones folgte Allen nach draußen zu seinem rostigen Wagen; Sam saß auf dem Beifahrersitz. Er sah schwach aus, trug aber wieder seine normale Arbeitskluft. „Sam", sagte Jones zur Begrüßung. „Was kann ich für Sie tun?"

„Operieren Sie mich."

Jones versuchte, eine Antwort darauf zu finden, aber er hatte keine Worte.

Sam sagte: „Ich weiß. Ich weiß, dass nicht viel Hoffnung besteht. Aber darum geht es ja." Er sah Jones unverwandt an, mit Augen, die viel Wahrheit gesehen hatten und viele Lügen und in denen so viel Weisheit lag, zwischen beidem zu unterscheiden, dass es Jones vorkam, als stünde er auf göttlichem Boden. Aber Sam war sterblich und das war seine Botschaft: „Männer wie Allen und ich und Ihr Daddy, wir haben unser ganzes Leben lang ohne viel Hoffnung gelebt. In den Bergen würde man nicht überleben können, haben die Leute gesagt. Die Gruben würden geschlossen, die Ernte würde ausbleiben und dann würden die Kinder sterben. Und das alles ist passiert. Aber wir haben weitergemacht." Sams graue Augen blickten über die grauen Berge. „Als Ihr Vater starb, sagten die Leute, aus Ihnen würde nichts, aber sehen Sie sich nur an: Sie sind ein Doktor."

Andrew – denn jetzt, bei Sam und Allen, fühlte er sich nicht wie Dr. Jones, sondern wie ein kleiner Junge, wie der Junge, der in den Bergen aufgewachsen war und Männer wie den, der jetzt vor ihm im Auto saß, bewundert hatte – sagte: „Das ist aber auch alles, was ich bin: ein Doktor. Und noch nicht mal ein ganzer."

„Junge", sagte Sam, „hier macht sich keiner was daraus, dass Sie studiert haben. Wir sind beeindruckt, weil Sie hier sind. Sie sind für mich die Hoffnung. Und ein Mann wie ich braucht nicht viel Hoffnung. Aber ein bisschen schon. Ohne ist es schlimmer, als tot zu sein."

Am nächsten Tag wies Jones ihn in das Krankenhaus in Charlottesville ein und ließ Aufnahmen von Sams komplettem Gehirn machen. Als die Bilder fertig waren, nahm er sie mit in sein Büro, bat Janet, alle Anrufe abzuwimmeln, und fing an, fieberhaft die Aufnahmen zu studieren.

Er benutzte ein winziges Instrument, um einen Weg zu finden, den er vielleicht gehen konnte. Irgendwann hielt er inne und blickte auf seine Hand hinunter. Sie war wie ein Fels in der Brandung.

Eine Stunde später kam die Schwester aus der Notaufnahme in Jones' Vorzimmer; Janet blickte auf und sagte: „Alles in Ordnung?"

„Ja", sagte die Krankenschwester. „Ich wollte nur – er war in den letzten beiden Tagen auffällig still."

„Stimmt, das war er."

„Was macht er gerade?", fragte die Schwester mit einem Blick auf Jones' verschlossene Tür. Es sah ihm nicht ähnlich, die Tür zuzumachen, und das wusste Janet auch.

Janet beugte sich vor und flüsterte: „Ich glaube, er überlegt, wieder zu operieren." Die beiden Frauen sahen sich an; beide wussten, dass diese Nachricht sich wie ein Lauffeuer im ganzen Krankenhaus und der medizinischen Hochschule ausbreiten würde, falls sie sich bewahrheiten sollte. „Er hat heute Morgen einen Patienten aus seiner Ambulanz in den Bergen eingewiesen."

„Das hat er schon öfter getan. Warum glauben Sie, dass er ihn operieren könnte?"

„Weil ich vor ein paar Minuten den Kopf in sein Büro gesteckt habe, nachdem ich eine Stunde lang keinen Ton gehört hatte. Und", sagte Janet im Flüsterton, „er hat gebetet."

Stafford, der junge Chirurg, dem Jones bei der kritischen Situation im OP geholfen hatte, die Operation zu Ende zu bringen, hatte seinen Ohren kaum getraut, als Jones es ihm an diesem Morgen erzählt hatte, aber ein Blick in die Augen des Arztes hatte alle Zweifel beseitigt. Stafford dachte noch immer über diesen Blick nach, als eine Krankenschwester auf dem Gang auf ihn zukam und fragte: „Stimmt es?"

„Er wird's machen", bestätigte Stafford.

Merrill, der Anästhesist, hatte gerade den Operationsplan gesehen; er kam in diesem Augenblick um die Ecke, entdeckte Stafford und die Schwester, trat zu ihnen und sagte: „Ich glaube es nicht."

„Ich assistiere ihm. Und Sie auch", erklärte Stafford ihm.

Dann eilte ein weiterer Chirurg im Praktikum auf sie zu. „Habt ihr gehört, dass Jones operieren wird?"

Sam saß ganz still, während ein Helfer ihm mit dem elektrischen Rasierapparat vom Nacken bis zum Haaransatz über den Schädel fuhr. Sein alter Freund Allen saß neben Sam und beobachtete die Prozedur mit großem Interesse. Allen sah Sams glänzenden Kopf an und sagte: „Du siehst genauso aus wie diese Typen, die auf dem elektrischen Stuhl landen." Sam versuchte zu lächeln.

Als Jones hereinkam, blickte Sam auf. „Warum müssen Sie denn für eine Operation im Nacken den ganzen Kopf rasieren?"

Jones setzte sich auf die Bettkante. „Wissen Sie noch, dass ich Ihnen erklärt habe, dass sich ein Blutgerinnsel lösen und in Ihrem Gehirn festsetzen kann? Wir müssen bereit sein, das Gerinnsel zu entfernen."

„Ich bin bereit", sagte Sam. „Wie sieht es mit Ihnen aus?"

Die Assistenten hatten die Instrumente sorgfältig bereitgelegt, aber zunächst überprüfte die leitende OP-Schwester sie zweimal, und dann ging Stafford noch einmal alles durch, bevor Jones hereinkam und ein letztes Mal alles kontrollierte. Anschließend schoben sie Sam für die Operation herein.

Jones – mit Operationskittel, Kopfbedeckung und Mundschutz bekleidet – erschien Stafford konzentrierter denn je, als er erst alle Verbindungen der Überwachungsinstrumente überprüfte und dann in die Runde blickte. Die Schwestern zogen die chirurgischen Tücher zurecht, sodass nur noch die linke Seite von Sams Nacken frei lag. Der Rest seines Körpers, abgesehen von seinem Kopf, war zugedeckt. Der Anästhesist hatte Sam vor einer Stunde Valium gegeben, um dafür zu sorgen, dass er ruhiggestellt war. Sam war bereits eingeschlafen, als sie die Infusion an seinen Arm anschlossen und anfingen, ihm die Flüssigkeiten zu verabreichen, die ihn während der ganzen Prozedur unter Betäubung halten würden. Die Anästhesie-Medikamente waren Gifte, die den Körper vorübergehend lähmten, aber sie würden dafür sorgen, dass er während der Operation stilllag; wenn er später im Aufwachraum zu sich käme, würde ihm eine Weile unwohl sein, aber er würde sich an nichts erinnern und das Blut würde ungehindert in sein Gehirn strömen. Das jedenfalls war der Plan.

Jones trat näher an den OP-Tisch heran und bemerkte dann, dass die Plätze über ihnen in der Zuschauerloge mit Medizinstudenten besetzt waren.

„Soll ich sie rausschicken?“, fragte die Oberschwester.

„Jetzt nicht“, sagte Jones durch die Maske. „Sie können bleiben.“

Er ließ das Skalpell über der Arterie in Sams Kehle schweben. Dann hielt er inne.

Die anderen Ärzte sahen, dass er zögerte, und sie feuerten ihn innerlich an.

Jones holte tief Luft und setzte die Klinge an Sams lebendiges Gewebe.

Er war nicht überrascht, als die Gefühle ihn überfielen. Es war sogar genau so, wie er es erwartet hatte; ein Aufprall mit seiner Vergangenheit, der so plötzlich und zerstörerisch war wie der Aufprall des Lkws auf den Wagen in der Nacht, in der Faith gestorben war. Worauf Jones nicht vorbereitet war, waren die Übelkeit und der zunehmende Drang, sich zu übergeben.

Er versuchte sich auf das zu konzentrieren, was er tat, auf den Anblick, die Geräusche und Gerüche unmittelbar vor ihm, vor allem aber auf das Gefühl in seinen Händen, denn dass er das verlieren könnte, fürchtete er am meisten: seine Begabung. Aber sie war immer noch da. Er spürte seine flüssigen Bewegungen, spürte, wie er in Schwung kam.

Dann, als er ein anderes Instrument nahm und ansetzte, um eine Sonde in Sams Halsschlagader zu fädeln, packte ihn eine andere Erinnerung. Er spürte den kalten Asphalt unter seinem Körper und das heiße Blut, das über sein Gesicht strömte, und hörte Stimmen, die um ihn herum schrien: „*Einen Arzt! Holt einen Arzt!*"

Er hätte beinahe laut aufgeschrien, dort im Operationssaal: „Ich bin Arzt!" Stattdessen kämpfte er gegen die Erinnerung an, hielt die Hände ruhig, und bat mit fester Stimme um ein Werkzeug nach dem andern: „Sonde … Zange … Schere …"

Er arbeitete ruhig, seine Hände sicher.

„Das machen Sie super", sagte Stafford neben ihm, und er klang fast genauso, wie Jones geklungen hatte, als Stafford moralische Unterstützung gebraucht hatte.

Dann fingen plötzlich die Monitore an zu piepen. „Sein Herzschlag wird langsamer", sagte Merrill, der Anästhesist. „Wir haben ein Problem mit dem Blutdruck." Er überprüfte die Werte noch einmal und die Stimme hinter der Maske klang jetzt angespannt. „Er hat einen Herzinfarkt. Elektroden bereit!"

Jones beeilte sich. Seine Bewegungen waren jetzt doppelt so schnell. In der Galerie über ihm beugte sich einer der Medizinstudenten vor und flüsterte: „Seine Hände sind der Wahnsinn."

Die Monitore zeigten eine gerade Linie an, begleitet von einem Dauerton. Der Anästhesist und die Oberschwester legten die Elektroden an, um Sams Herz den Stromstoß zu versetzen, der das elektrische Muster seines Herzens wiederherstellen würde, sodass das Herz wieder schlug.

„Fertig!“, rief Jones. „Er ist zu.“

„Abstand!“, rief der Anästhesist, und sie jagten den Strom durch Sams Brust.

Aber die Monitore reagierten nicht.

„Noch mal!“, befahl Jones.

„Abstand!“ Wieder versetzten sie Sam einen Schlag.

„Wir haben einen Puls“, sagte der Anästhesist. Dann blickte er zu dem Monitor hinüber, der die Hirnaktivität anzeigte.

Es gab keine Aktivität.

Jones brauchte den Monitor nicht zu sehen. Er wusste es bereits.

Das Krankenhaus wirkte leer; es war still wie im Leichenschauhaus.

Jones saß vor der Intensivstation. Er blickte auf, als Stafford, in der Rolle des Todesengels, auf den Gang trat und mit den entschlossenen Schritten, die Jones ihm beigebracht hatte, auf ihn zukam. „Dr. Jones“, sagte Stafford, „wir … wir sind an einem Scheideweg angekommen. Wir –“

Jones hob den Blick und nickte.

Stafford setzte sich neben ihn und sagte: „Es hatte nichts mit der Operation zu tun. Sie haben so schnell und gut gearbeitet, wie es niemand von uns jemals gesehen hat. Es ist nur …“

Aber es gab nichts mehr zu sagen.

Kapitel 18

Malcolm fuhr eine Mercedes-Limousine, die größte, die sie herstellten. Aber sie war sechs Jahre alt. Malcolm mochte Luxus, aber er war auch sparsam – wenigstens sah er sich selbst so. Aber vor allem mochte er die Tochter seines besten Freundes; für ihn war Lara die Tochter, die er selbst nie gehabt hatte. Er lenkte den Wagen in die kreisrunde Auffahrt vor dem Anwesen, stieg aus und ging zur Eingangstür hinein, als gehörte ihm das Haus. In gewisser Weise war es auch so; er hatte Laras Vater dazu gebracht, es zu kaufen, nachdem er es für ihn gefunden hatte. Laras Vater war ein ebenso besessener Workaholic gewesen, wie seine Tochter es später geworden war, und Malcolm hatte gehofft, ein schönes Zuhause außerhalb der Stadt würde sie beide zu einem Leben jenseits der Arbeit verleiten. Zwar hatte Malcolm selbst damals schon gewusst, dass er sich irrte, aber er hatte die Hoffnung trotzdem nicht aufgegeben.

Mrs Beasely, die Haushälterin, hörte ihn hereinkommen und trat ins Foyer, um ihn zu begrüßen. „Wo ist sie?“, fragte Malcolm leise.

Mrs Beasely warf einen traurigen Blick zum Esszimmerfenster hinaus und deutete auf den Stall, der dahinter zu sehen war.

Lara saß auf dem Heuboden und starrte durch die Heuklappe zum Horizont hinaus. Sie hörte, wie Malcolm die Leiter hinaufkletterte, um sich zu ihr zu gesellen, und sie wusste, ohne sich umzudrehen, wer es war. „Ich weiß, dass du nicht schläfst, aber isst du wenigstens etwas?", sagte er zu ihrem Rücken.

Lara starrte weiter vor sich hin und sagte nichts.

„Wir wenden uns wieder an die anderen Chirurgen. Wir werden jemanden finden, der es schafft", versicherte Malcolm, wie er es schon so viele Male getan hatte, nicht nur Lara gegenüber, sondern auch vorher ihrem Vater.

Noch immer antwortete Lara nicht.

Malcolms Stimme wechselte von dem Tonfall, den er in einer Konferenz benutzen würde, zu dem, mit dem er einem Kind eine Gute-Nacht-Geschichte vorgelesen hätte. „Wir haben nicht aufgegeben", sagte er noch einmal. Dann setzte er sich neben sie, wie ihr Vater es früher getan hatte, und legte den Arm um sie. Sie lehnte den Kopf an seine Schulter und weinte.

Jones stand an Sams Bett. Sam war an eine Herzlungenmaschine angeschlossen, die Luft in seine Lunge hinein und wieder hinaus presste und seinen Herzschlag aufrechterhielt.

Jones ergriff die Hand des alten Mannes; aber die Hand war leblos. Er nickte kurz.

Stafford betätigte den Schalter. Die Maschine ging aus.

Noch einmal drückte Jones Sams Hand.

Sams Hand zuckte, nur ein einziges Mal, und rührte sich dann nicht mehr.

Jones saß allein auf einer Parkbank, noch immer in seinem Krankenhauskittel. Die Nacht brach herein, der Himmel spuckte Schnee aus und die trostlose Kälte machte seine Verzweiflung vollkommen.

Er ballte die Hände zu Fäusten zusammen und hätte am liebsten auf etwas eingeschlagen – auf eine Wand oder sich selbst. Er wollte seine Hände zertrümmern – und damit die Begabung, die für ihn nichts als ein Fluch geworden war.

Zwei Stunden später saß er noch immer auf der Bank und seine Hände zitterten vor Kälte. Es war jetzt ganz dunkel und allein in der kalten Finsternis der Nacht spürte Jones, wie Wut und Bitterkeit immer mehr an ihm nagten. Also stand er auf und schwankte auf eiskalten Füßen davon.

Er ging an Schaufenstern vorbei, an anderen Fußgängern, die durch die Nacht eilten, aber er nahm sie alle nicht wahr. Eisiger Regen schlug ihm ins Gesicht und er fühlte nichts als seinen eigenen Schmerz.

Im Lichtschein eines Lebensmittelladens blieb er stehen, kraftlos, hoffnungslos, hilflos.

Er setzte sich wieder in Bewegung und prallte beinahe mit einer jungen Mutter zusammen, die mit ihrem Baby den Laden betrat. Jones erkannte die Mutter nicht. Aber er erkannte den Mantel und dann das Baby. Es war das Kind, dem er das Leben gerettet hatte.

Jones blieb in der kalten Dunkelheit stehen und beobachtete die junge Mutter im Laden. Sie ging zum Kühlregal, aber sie streckte die Hand nicht nach Bier oder Schnaps aus, sondern nach einer Tüte *Milch*. Auf dem Weg griff sie noch nach einer Schachtel Cornflakes und einem Brot.

Es war eine völlig alltägliche Situation: eine Frau, die Essen für ihr Kind kaufte. Aber für Jones war es ein Wunder. Ehrfürchtig sah er zu.

Sie bezahlte und ging hinaus. Dabei warf sie Jones einen Blick zu, erkannte ihn aber nicht.

Sie ging davon, ihr Baby dicht an ihre Brust gedrückt, die Wange des Säuglings an ihre eigene gelegt, sicher und warm.

Jones sah ihr nach.

Dann drehte er sich um und ging in die andere Richtung, während seine Gefühle sich wie aufgewirbelter Staub nach einer inneren Explosion beruhigten. Dafür überschlugen sich seine Gedanken, ungesteuert, ziellos.

Und dann begriff er plötzlich.

Kapitel 19

Lara saß an ihrem Schreibtisch, aber sie arbeitete nicht. Stattdessen starrte sie durch ihr Fenster in die Ferne, als blicke sie in eine Zukunft, in der es nichts zu sehen gab. Das Geräusch der sich öffnenden Tür ließ sie nicht aufblicken. Als sie nichts weiter hörte, sagte sie: „Legen Sie sie einfach auf den Tisch, Juliet, ich unterschreibe sie später."

Sie registrierte keine Bewegung und wandte sich ungeduldig um, während sie wiederholte: „Legen –"

Dann sah sie Jones, mit klarem Blick, in Anzug und Krawatte, makellos, konzentriert, attraktiv. Ohne sich bewusst zu einer Bewegung entschlossen zu haben, stand sie plötzlich.

Er sagte: „Ich habe nicht verstanden, wie wir eine so starke Verbindung spüren und du gleichzeitig so zurückgezogen sein konntest. Ich dachte, es läge an mir, an den Dingen, die ich mit mir herumtrage, an dem Gift, eine Begabung zu haben, die ich nicht nutzen kann. Aber ich habe gerade die schockierende Entdeckung gemacht, dass sich nicht alles im Leben um mich dreht. Es geht um dich. Das Gehirn, nach dem Roscoe gebaut wurde, ist deins."

Sie zwang sich zu nicken: Ja.

„Wie lange weißt du schon von der Erkrankung?", fragte er.

„Seit dem Studium. Mein Vater hat seine eigene Ausrüstung benutzt, um Aufnahmen von mir zu machen, einmal im Jahr, seit ich klein war. Er hat mir erzählt, er wolle in mein Gehirn gucken, um zu sehen, ob ich glückliche Gedanken habe. Später sagte er, er müsse die neuen Geräte ausprobieren. Als ich in die Highschool kam, fing ich an zu vermuten, dass da noch etwas sein musste. Sobald ich konnte, ließ ich einen Scan machen, und da sah ich es dann. Meine Mutter ist daran gestorben."

„Und dein Vater hat Operationen und Instrumente erfunden, um es zu heilen."

„Ich habe doch gesagt, dass ich egoistisch bin. Ich wollte mein eigenes Leben retten. Und weißt du, was traurig ist? Das Leben, das ich führe, ist es gar nicht wert, gerettet zu werden. Ich wollte dich reparieren – dabei war ich es, die kaputt war."

Sie hatten bisher drei Meter voneinander entfernt gestanden; jetzt ging er an ihr vorbei und setzte sich in einen Sessel am Fenster. „Und nun hast du das Gefühl, dem Untergang geweiht zu sein", sagte er.

Sie konnte es nicht leugnen.

Er blickte über die Skyline von Chicago hinweg und wandte sich dann zu ihr um. „Du hattest gehofft, ich könnte dich retten. Wenn ich nur wieder operieren könnte. Wenn ich dich für genauso leblos halten könnte wie Roscoe. Aber … dafür ist es zu spät. Ich … ich habe es übrigens versucht. Ich habe wieder operiert. Sam. Und er … er hat es nicht geschafft."

Das alles – seine Liebe zu ihr, die Wahrheit, die nun zwischen ihnen offen ausgebreitet war – die Nachricht von Sams Tod und das Wissen darum, wie viel er Andrew Jones gekostet hatte – riss Lara aus ihrer Erstarrung. Sie lief auf ihn zu, packte ihn und zog ihn in ihre Arme, um ihm den ganzen Trost ihres Herzens zu geben.

Er war bewegt, weinte aber nicht; er war stärker, als sie gedacht hatte. Er war mit einem Plan hierhergekommen, von dem er ihr erzählen wollte. „Ich habe eine Idee", sagte er. „Etwas, das wir beide brauchen. Komm mit mir zu Faiths Ambulanz. Hören wir auf, die Welt zu retten oder auch nur uns selbst. Lass uns einfach helfen. Einem Menschen nach dem anderen. Vielleicht liegt darin die Rettung."

In diesem Augenblick fielen aller Schmerz und alle Angst von Lara ab, und sie lächelte.

Die Überraschung

Kapitel 20

Es war der bläuliche Schimmer, den sie aus der Ferne haben, der den Blue Ridge Mountains ihren Namen gab, aber von dem Holzhaus mitten im Gebirge aus betrachtet, wiesen sie das gefleckte Braun verwitterter Baumstämme auf, das Grau uralten Granits, das tiefe Grün sommerlicher Blätter. All diese Farben zeigten sich lebhaft um die Hütte herum. Jones öffnete Lara die Tür und blieb auf der Veranda stehen, als sie eintrat.

Sie stand in einem langen, rechteckigen Raum mit Dielenfußboden, der in rustikaler Einfachheit eingerichtet war. Ein Bettgestell aus Walnussholz, dessen Federkernmatratze mit Steppdecken bedeckt war, stand in der Nähe des Ofens. „Hier übernachte ich manchmal", sagte Jones. Er zeigte auf das Badezimmer, das sich in einer mit Sperrholz abgetrennten Nische des Blockhauses befand. „Die Wanne ist alt, aber das Wasser ist heiß. Dieses Haus überlasse ich ganz dir; ich nehme das Feldbett im Wohnwagen."

Sie stellte ihre Tasche ab und blickte sich um. „Es ist beinahe … amisch", sagte sie.

„Mennonitische Zimmermänner haben es gebaut", sagte Jones lächelnd. „Im nächsten Tal leben ein paar von ihnen und keiner kann mit Holz so umgehen wie sie. Sie sind mit den Amisch verwandt, nur ein bisschen moderner."

Jones liebte diesen Zufluchtsort ganz offensichtlich und bewunderte die Männer, die ihn errichtet hatten. Und es war nicht nur eine Generation von Männern gewesen: Als die Mennoniten sich bereit erklärt hatten, die Hütte zu bauen – ihre Arbeitszeit hatten sie gespendet, weil die Ambulanz ihnen eine medizinische Versorgung bot –, waren zwei grauhaarige Großväter erschienen, um Maß zu nehmen; braunbärtige Väter hatten das ganze Holz in ihren Werkstätten daheim zugeschnitten und mit Lieferwagen heraufgebracht; und dann waren es ihre Söhne gewesen, manche von ihnen nicht älter als zwölf, die das Haus zusammengebaut hatten. Für die meisten Besucher war es ein schön gebautes Blockhaus; für Jones war es ein Werk höchster Handwerkskunst. Und Lara hatte es sofort als Kunstwerk erkannt.

„Das Haus ist wunderschön", sagte sie. Sie trat wieder auf die Veranda hinaus und badete ihre Lunge in Bergluft, getränkt in Sonnenschein. Sie lächelte ihm zu, und dann sah sie, wie erst ein Pickup, dann der nächste und dann noch einer vor dem Wohnwagen der Ambulanz vorfuhr.

„Nell hat die Nachricht verbreitet, dass wir hier sind", sagte Jones. „Also machen wir uns an die Arbeit."

Vier Stunden später waren sie immer noch in der Wohnwagenambulanz und kümmerten sich um diverse Husten, Verstauchungen, Schnittwunden und Schmerzen. Lara verband den Arm eines Jungen, nachdem sie ihm eine Platzwunde mit vier Stichen zugenäht hatte. Jones untersuchte gerade Allen, Sams alten Freund. Jones sagte zu ihm: „Ihr Herz ist gut. Auch wenn es wehtut."

„Ihres auch, Doc." Allen blickte zum Fenster hinaus in Richtung Friedhof. Dort hinter der Kirche lag Sams Grab unter roter Erde, verziert von frisch gepflückten Wildblumen und Rhododendronzweigen, die Nell an diesem Morgen dort niedergelegt hatte.

Jones nickte und berührte den alten Farmer an der Schulter, und als Allen aufstand und ging, blickte Jones zu Lara hinüber. Sie plauderte fröhlich – der Junge hatte ihr gerade erklärt, dass er die Wunde mit Sekundenkleber hatte flicken wollen, aber seine Mutter darauf bestanden hatte, dass er in die Ambulanz ging – und sie strahlte. Als sie seinen Blick bemerkte, lächelte sie ihm zu.

Nell brachte ihr die nächste Patientin, eine offensichtlich schwangere Frau, die ihren Bauch hielt und mit Frotteehausschuhen über den Boden schlurfte. „Ich bin Dr. Blair", sagte Lara und reichte ihr die Hand."

„Mavis."

„Wie weit sind Sie, Mavis – im sechsten Monat?"

„Eher im siebten."

„Wann waren Sie das letzte Mal beim Arzt?"

„Als meine Jüngste geboren wurde. Vor sechs Jahren. Ich wollte nur gucken, ob mit diesem hier alles in Ordnung ist."

Lara versuchte sich keine Reaktion anmerken zu lassen. Sie kannte die Statistiken über den Zusammenhang von fehlenden Schwangerschaftsuntersuchungen und dem erhöhten Risiko einer Schädigung des Babys sowie der Müttersterblichkeit. Sie zog die Vorhänge um ihren Arbeitsplatz zu und begann mit der Untersuchung. Nachdem sie fertig war, half Lara der Schwangeren zu ihrem Wagen. Ein schweigsamer Farmer saß am Steuer und fünf Kinder tummelten sich wie Hunde auf der Ladefläche des Pick-ups. Als sie genauer hinsah, entdeckte sie tatsächlich auch noch vier Hunde auf dem Wagen.

Als Mavis beim Einsteigen schwankte – der Mann im Wagen machte keine Anstalten, ihr zu helfen –, stützte Lara sie und sagte: „Vorsichtig, Mavis. Sie sind jung und gesund und die Schwangerschaft verläuft normal, aber Sie sollten alle zwei Wochen zum Arzt gehen."

„Klar!", sagte Mavis. „Als könnte ich die Horde hier den ganzen Tag allein lassen und die Ernte auf den Feldern sich von selbst machen."

Lara half Mavis auf den Beifahrersitz, dann zog sie den Sicherheitsgurt zwischen den Polstern hervor und befestigte ihn. Lara blickte zu den Kindern auf der Ladefläche.

„Sie sagten, Sie wollten wissen, ob bei diesem alles in Ordnung ist. War beim letzten Mal etwas nicht in Ordnung?"

„Maggie", sagte Mavis und deutete mit dem Kinn auf ihr jüngstes Kind, ein Mädchen mit blonden Locken, die unter einer Sweatshirtkapuze hervorlugten.

Während Mavis' Mann den Motor anließ, ging Lara zu dem Mädchen. „Hi, ich bin Lara! Bist du Maggie?"

Das Mädchen hob den Kopf. Mitten in ihrem Gesicht befand sich ein Loch. Das Mädchen hatte eine Gaumenspalte. Alles andere an ihrem Gesicht – Augen, Nase, Ohren, Wangen und Kinn – war ebenso wohlgeformt wie bei ihren Geschwistern, aber das Loch in ihrem Gesicht war alles, was die Leute sehen würden.

Lara stand schweigend da und sah zu, wie der Pick-up losfuhr. Maggie saß in der hintersten Ecke der Ladefläche und hob das Gesicht nicht mehr, nicht einmal ihren Brüdern und Schwestern gegenüber.

An diesem Abend färbte der Sonnenuntergang die Bergluft in ein prachtvolles Rosa. Lara und Jones saßen in Schaukelstühlen auf der Veranda des Blockhauses, und Lara war so angeregt, dass sie kaum aufhören konnte zu reden. „Die alte Dame hat mich immer wieder umarmt, als wäre ich ihre Tochter! Und der alte Mann –"

„Cletus?", unterbrach Jones sie mit dem einzigen Wort, das er in den letzten dreißig Minuten hatte einwerfen können.

„Cletus! Genau, Cletus. Ich liebe die Namen hier. Stimmt, Cleeeetus! Er hat seit Monaten oder vielleicht Jahren Sodbrennen, und mit einem Refluxmedikament für drei Dollar wird er sich vorkommen wie im siebten Himmel!“

Nell kam von der Ambulanz herüber, nahm die Alufolie von zwei mit selbst gekochtem Essen beladenen Papptellern und reichte sie zur Veranda hoch. „Esst es, solange es heiß ist, okay?“, sagte Nell.

„Danke, Nell.“

„Seid schön brav.“ Mit einem Zwinkern zu Jones ging sie zu ihrem Wagen und fuhr davon. Zum ersten Mal an diesem Tag waren Jones und Lara allein.

Lara winkte und lächelte Nell zu, aber ihre Begeisterung sprudelte unvermindert über. „Wenn man bedenkt, dass die meisten Ärzte sich spezialisieren und dieselben Krankheiten immer wieder sehen – sie verschreiben die gleichen zwei oder drei Medikamente und führen ihr ganzes Berufsleben lang die gleichen chirurgischen Eingriffe durch. Aber wir sehen Menschen, Andrew! Wir können sie berühren und sie geben uns so viel zurück!“

Jones nickte, während er mit seinem Stuhl vor und zurück schaukelte. In diesem Augenblick dachte er an Faith – und daran, dass sie genau das Gleiche gesagt hätte.

„Aber Andrew …“, sagte Lara, und zum ersten Mal hielt sie inne. „Das Mädchen mit der Gaumenspalte. Wusstest du von ihr?“

„Nell hat von ihr erzählt.“

„Du weißt doch, dass man das operieren kann, dass sie völlig gesund werden kann. Eine fünfundvierzigminütige Operation.“

„Ja. Aber es würde bedeuten, zwei Tage von zu Hause fort zu sein, und das machen die Eltern nicht. Und sie wollen auch nicht, dass irgendjemand anders sie fährt. Ich glaube, sie schämen sich für sie – und irgendwie auch für sich selbst.“

Lara stach mit der Gabel in den Schweinebraten und die grünen Bohnen, die Nell ihnen gebracht hatte. Sie schob sich einen Bissen in den Mund, kaute und hielt dann erneut inne. „Wir könnten es hier machen. Wir könnten einen sterilen Raum schaffen, die Ausrüstung herbringen, einen Anästhesisten. Ich könnte die Operation machen und du könntest mir bei der Gestaltung helfen, Andrew."

Er sah sie lange an. Dann nickte er, und in diesem Moment hatte er, umgeben von den dunklen Schatten des Gebirges, das Gefühl, dass er an einem Ort war, der so heilig war wie …

Wie eine Kathedrale.

Wie der Vatikan.

Wie die Sixtinische Kapelle.

Lara strahlte und machte sich über ihr Essen her.

Als es dunkel wurde, zündeten sie Laternen an, blieben in ihren Schaukelstühlen auf der Veranda sitzen und genossen die friedliche Stille der Berge. Schließlich brach Lara das Schweigen. „Hey. Kannst du einen Countrysong singen?"

„Klar", sagte er. „Aber ich werde dir ganz bestimmt keine Munition liefern."

Er stand auf und küsste sie sanft auf die Stirn. „Die Ersten kommen morgen bei Tagesanbruch." Dann ging er zu dem Wohnwagen hinüber.

Sie rief ihm nach: „Dr. Jones? Heute war der glücklichste Tag meines Lebens."

Er lächelte und verschwand in der Dunkelheit. Lara stand auf, ging von Laterne zu Laterne und drehte die Dochte herunter, bis die Flammen ausgingen.

Aber dann setzte sie sich in der Dunkelheit der Appalachen wieder in einen der Schaukelstühle. Und sie dachte nach.

Kapitel 21

Sonntags kam niemand in die Ambulanz, es sei denn, es handelte sich um einen Notfall, und an diesem Morgen gab es keine Notfälle, also ließ Jones ein Funkgerät auf der Treppe des Wohnwagens zurück und steckte das Gegenstück in seine Tasche. Dann brachen Lara und er zu einer Wanderung in die Berge auf. Eine halbe Stunde später standen sie in der Mitte einer Fußbrücke aus Seilen und Holz, die über einem Abgrund hing. Der Fluss strömte weit unter ihnen dahin, und es war, als stünden sie im Himmel.

„Hörst du das?“, fragte Lara und neigte den Kopf, als saugten ihre Ohren den schwachen Duft eines weiteren Geräusches in sich auf, neben der köstlichen Süße des Flusses, der unter ihnen über die Felsen rauschte, und dem Aroma des Vogelgezwitschers aus den Bäumen auf beiden Seiten der Hängebrücke.

„Kirchenglocken“, sagte Jones. „Sonntags veranstalten die Menschen hier in den Bergen morgens und abends einen Gottesdienst – und sie finden, an diesem Ruhetag zum Arzt zu gehen, ist eine Sünde.

„Ich möchte dir etwas erzählen … und dich um etwas bitten.“

„Schieß los."

„In der Woche, die ich jetzt hier bin, war jeder Tag schöner als der vergangene. Ich möchte den Operationssaal, den wir für Mavis' Tochter eingerichtet haben, zu einer dauerhaften Sache machen. In Ordnung?"

„In Ordnung? Dachtest du, ich würde Nein sagen?"

„Das war noch nicht meine Bitte."

„Ich kann dich nicht operieren."

„Das sollst du auch gar nicht. Ich bin wie Sam; die Operation würde mich umbringen. Ich möchte dich bitten, mir das *Jetzt* zu geben." Sie legte eine Hand auf seine. „Ich kann deine Vergangenheit nicht ungeschehen machen. Ich kann Faith nicht aus deinem Leben auslöschen und auch nicht all das, was sie dir bedeutet. Und das will ich auch gar nicht. All das ist ein Teil von dir. Und ich habe mich verliebt – in dich."

Es war nicht so, als hätte er das nicht längst gewusst, aber diese Worte hatten etwas Besonderes an sich, wenn sie laut ausgesprochen wurden. Jones konnte die Augen nicht von ihr abwenden.

Sie drückte seine Hand und ihr Blick wanderte hinab ins Tal, wo das Glockengeläut in den Wind hinaufstieg und das Bergdorf lag, und dahinter größere Städte, Metropolen und Nationen, und eine weite Welt, die ihren Geschäften nachging und sich dabei so wichtig vorkam. Aber alles, was ihr etwas bedeutete, war die Wahrheit, die sie entdeckt hatte, als sie auf der Veranda der Blockhütte im Schaukelstuhl gesessen hatte, die Wahrheit, die sie ihm jetzt ins Gesicht sagte. „Du kannst meine Zukunft nicht ändern. Du hast sie mir nicht gegeben und es ist nicht deine Aufgabe, sie zu ändern. Aber ich habe das Jetzt. Und dieses Jetzt möchte ich dir schenken. Und von dir wünsche ich mir nicht mehr, als dass du dein –"

Er küsste sie. Und er tat etwas Merkwürdiges für jemanden, der gerade erkannt hatte, dass er noch einmal lieben konnte.

Er weinte.

Sie stiegen auf demselben Weg, den sie bergauf genommen hatten, wieder vom Berg ab. Jones war still, gedankenverloren. Dann, auf halbem Weg hinunter, an einer Stelle, an der ein Pfad ihren Weg kreuzte, blieb er stehen und sagte: „Hier entlang."

Lara wusste, dass das nicht die Route war, die sie ursprünglich gegangen waren, aber sie blieb schweigend an seiner Seite und hielt seine Hand. Sie gingen unter einem Baldachin aus satten grünen Blättern hindurch und ihre Füße stieben Lehmklumpen auf, bis sie auf einer Lichtung ankamen, auf der ein ungestrichenes Haus stand, dessen Bretter in der gleichen Farbe wie die Baumstämme verwittert waren. Auf einem Schaukelstuhl vor dem Haus saß Allen. Lara war sich sicher, dass er sie hatte kommen hören, denn auf seinem Gesicht war keine Überraschung zu sehen, als er sie auf sich zukommen sah. Sie hätte schwören können, dass er schon sehr lange dort saß. Ein Gewehr lehnte hinter ihm an der Wand, aber es schien mehr ein Teil des Inventars zu sein als eine Waffe, und Kugeln und Eichhörnchen schienen ihn in diesem Moment überhaupt nicht zu interessieren. Getrockneter Tabaksaft bildete eine braune Kruste um seine Lippen und der Spucknapf neben der Kufe des Schaukelstuhls war ebenfalls trocken. Wenn die Tränen erst einmal versiegt sind, ist die Trauer eine Wüste.

Jones führte Lara zu Allens Veranda und Allen nickte. Es war eine kurze, aber einladende Kopfbewegung. „Allen", sagte Jones, „ich muss Sie um einen Gefallen bitten."

„Nee, müssen Sie nicht", sagte Allen. „Wenn Sie mich brauchen, müssen Sie nicht bitten. Sagen Sie einfach, was ich machen soll."

„Ich möchte, dass Sie uns trauen", sagte Jones.

Jones war die Stufen zur Veranda hinaufgestiegen und hatte Allen etwas ins Ohr geflüstert, und Allen hatte genickt und ebenso leise geantwortet, und so war es eine Weile hin und her gegangen, während Lara die beiden beobachtete, bis Allen aufgestanden, in seinem Blockhaus verschwunden und wenige Augenblicke später mit einer zerlesenen Bibel herausgekommen war.

Sie gingen wieder in den Wald, diesmal ohne einem erkennbaren Pfad zu folgen, aber Allen schien genau zu wissen, wohin er ging. Ungefähr hundert Meter von Allens Veranda entfernt gelangten sie an einen Fluss, dessen kristallklares Wasser über grüne Felsen rollte, und dort blieb Allen stehen und drehte sich zu ihnen um. „Habt ihr eure Heiratserlaubnis dabei?", fragte er, blickte von Lara zu Jones und wieder zu Lara und sah ihnen dabei tief in die Augen. „Da ist sie", sagte er.

Allen schlug seine Bibel nicht auf, aber Lara hatte das Gefühl, dass er früher schon viele Trauungen vollzogen hatte, und Jones erklärte ihr später, dass Allen sowohl ordiniert als auch ein Friedensrichter war. Jones hatte Allen auf der Veranda seine Vorstellungen zugeflüstert, und Allen hatte an dem Ablauf nichts auszusetzen gehabt. „Sagt, was ihr sagen müsst", forderte er sie jetzt auf.

Jones nahm Laras Hand und sagte: „Ich werde dich mein ganzes Leben lang lieben. Und ich werde mit dir und niemand anderem zusammen sein, solange ich lebe."

Es dauerte einen Augenblick, bis sie ihre Hände und ihre Lippen rühren konnte, aber dann nahm sie seine beiden Hände in die ihren und sagte: „Ich werde dich mein ganzes Leben lang lieben. Und ich werde mit dir und niemand anderem zusammen sein, solange ich lebe."

Allen sah sie beide an, hob die Bibel über ihre Köpfe und sagte: „Was Gott zusammengefügt hat, das soll der Mensch nicht scheiden. Amen."

Im Schein des Kaminfeuers liebten sie sich.

Sie ließen sich Zeit.

Als ihre Körper immer mehr nacheinander schrien, wurden ihre Muskeln angespannt, aber ihre Augen waren immer noch weich, und sie sahen einander an, sodass alles, was sie taten, gemeinsam war, und alles in ihrem Leben – die Angst, die Trauer, der Schmerz, die Hoffnung, alles, was Sex ist und was Liebe ist – in einem einzigen Augenblick miteinander verschmolzen.

Kapitel 22

Sie waren alle nervös: die vier Kinder, Mavis und ihr Mann, die alle nebeneinander auf metallenen Klappstühlen an der Wand des Wohnwagens saßen. Mavis hielt die Hand ihres Mannes und drückte sie fest, bis seine Fingerspitzen so rot waren wie frische Erdbeeren. Immer wieder blickte sie zu dem neuen Operationsraum hinüber, der durch das Fenster des Wohnwagens zu sehen war.

Der neue OP war in einem Gebäude untergebracht, das ebenfalls eine Art Trailer war, eine lange hölzerne Kiste, die auf Rädern hergebracht worden war und auf einem frisch gegossenen Fundament aus Beton stand. Es war ein wenig improvisiert, aber die medizinische Ausrüstung war vom Feinsten und die Materialien makellos. Maggie, Mavis' fünftes Kind, das Mädchen mit der Gaumenspalte, lag auf dem Tisch und blickte zu Lara und Jones und den beiden OP-Schwestern auf, die sie von Charlottesville mitgebracht hatten. Maggies Augen waren blau und voller Angst, und sie hielt sie unverwandt auf die einzigen nicht bedeckten Züge der Ärzte und Schwestern gerichtet, nämlich ihre Augen, die zwischen Kopfbedeckung und Mundschutz zu sehen waren. Aber Lara war sich sicher, dass sie in Maggies Augen auch Vertrauen sehen konnte, das in der unbewussten Erkenntnis wurzelte, dass diese Frau, die jetzt auf sie heruntersah, dieselbe Frau, die mit ihr gesprochen hatte, als sie auf der Ladefläche des Pick-ups gesessen hatte, jemand war, der ein Geschenk mitbrachte. Maggies Eltern hatten ihr erklärt, dass die Ärzte sie „ganz gesund" machen würden. Maggie verstand nicht richtig, was das bedeutete. Sie hatte nie eine Welt gekannt, in der die Leute sie ansehen konnten, ohne dass sich eine schreckliche Reaktion in ihren Gesichtern spiegelte, etwas, das sagte: *Geh weg; mir wäre es lieber, wenn es dich nicht gäbe.*

Merrill, der Anästhesist, der sofort kostenlos seine Zeit zur Verfügung gestellt hatte, als sie ihm von ihrem Vorhaben erzählt hatten, schloss Maggie an einen Infusionsschlauch an und Lara beugte sich dichter über das Mädchen und sagte: „Mach einfach die Augen zu, Liebes. Wir kümmern uns um dich." Maggie sank in einen regungslosen Schlaf. Lara warf Jones einen Blick zu und dann fingen sie an.

Laras Hände bewegten sich vom ersten Griff zu den Instrumenten an in einem anmutigen Ballett, ihre Augen sahen ernst aus und leuchteten über ihrem Mundschutz, und sie blickte kein einziges Mal von ihrer Arbeit auf, hörte aber genau, was Jones sagte, während er zusah und leise Anweisungen für die künstlerische Formung des Gewebes gab. Es war Jones, nicht Lara, der Mühe hatte, sich auf seine Aufgabe zu konzentrieren. Er hatte sie noch nie operieren sehen und ihre Virtuosität überraschte ihn und lenkte ihn ab.

Die Zeit verging so fließend wie Laras Bewegungen; obwohl sie vollkommen konzentriert war und sich jedes Fragment der Erfahrung in ihr Gedächtnis einprägte, schien die Operation schon vorüber, kaum dass sie begonnen hatte. Sie schoben das Mädchen in den kleinen Aufwachraum am anderen Ende des neuen Gebäudes und sobald Maggie aufwachte, nahm Lara sie auf den Arm und trug sie durch den Verbindungsgang, den die Mennoniten gerade fertiggestellt hatten, ins Wartezimmer, wo Mavis und ihr Mann aufblickten und Lara Maggie in die Arme ihres Vaters legte. Er zog das Tuch vom Gesicht seiner Tochter und er und Mavis erstarrten.

Als sie erneut zu Lara aufsahen, lag Ehrfurcht in ihren Blicken.

Ein niedriges Feuer brannte im Kamin der Blockhütte und warf flackerndes Licht über die rauen Planken auf dem Boden. Dampf stieg von der Badewanne auf, in der das Wasser noch stand, weil Lara gerade erst die Hand ausgestreckt hatte, um den Stöpsel zu ziehen, als Jones sie mitsamt Handtuch hochgehoben und zum Bett getragen hatte.

Jetzt lag Lara so schlaff auf dem Bett, wie das nasse Handtuch auf dem Boden lag. Ihr Kopf ruhte auf Andrews Brust und ihre Augen waren verträumt, während er mit den Fingerspitzen die Landschaft ihres Rückens erkundete. „Müde?“, flüsterte er.

„Wann habe ich dir das letzte Mal gesagt, dass dies der glücklichste Tag meines Lebens war?“

„Gestern. Und vorgestern. Und am Tag davor.“ Er liebte die Beschaffenheit ihrer Haut und ihm kam der Gedanke, dass es nichts Schöneres auf der Welt gibt, als den Rücken einer Frau zu spüren, wenn sie in den Armen eines Mannes liegt, von dem sie weiß, dass er sie liebt.

„Mmm …“, seufzte sie. „Du hast unglaubliche Hände.“ Sie bewegte ihre Wange, als wollte sie sich noch enger an seine Brust schmiegen – aber sie spürte, wie ein Schauer ihn durchfuhr, als striche ein kalter Wind über seine Seele. Sie hob den Kopf. „Was ist?“

„Nichts, ich –“

„Andrew …?“ Ihre Augen waren jetzt offen, sie war hellwach.

„Das … das hat Faith auch zu mir gesagt.“ Er hielt sie weiter im Arm, aber jetzt fühlten sich seine Finger an wie geschälte Karotten, die zu lange außerhalb des Kühlschranks gelegen hatten.

„Andrew, tu das nicht. Tu das nicht! Geh nicht in die Vergangenheit, denn dafür bist du nicht verantwortlich. Sie ist nicht deine Schuld und es ist nicht deine Aufgabe, sie zu ändern." Er versuchte den Blick abzuwenden, aber sie ließ ihn nicht. „Bitte sieh mich an." Sie zog an seinem Kinn, bis er in ihre Richtung sah. „Ich habe mir geschworen, das nicht zu sagen, aber jetzt muss ich es tun. Du hast Faith nicht getötet, du hast sie nicht sterben lassen, du hast getan, was du konntest, und es lag nicht an dir. So gut du bist, es lag nicht in deiner Hand. Und die Zukunft ebenso wenig. Sie ist nicht deine Schuld und du kannst sie auch nicht ändern. Sei hier, bei mir, jetzt. *Sei hier, bei mir, jetzt –*"

Sie küsste ihn und zog ihn mit ihrem ganzen Herzen zu sich, wollte ihn heilen, nicht mit ihrem Geschick oder ihrem Wissen, sondern mit ihrer Liebe.

Es gibt Zeiten im Leben, in denen körperliche Erregung aus einer Fantasie oder einem Flirt heraus entsteht und in einer Welle des Gefühls über einen hereinbricht und nicht mehr bedeutet als die zerplatzenden Luftbläschen der Meeresgischt, die andere Wellen zurückgelassen haben.

Es gibt andere Zeiten, wenn Intimität wie eine Hitze aus dem dunklen Kern der Erde aufsteigt und an der Oberfläche zu einem Feuer wird, das heiß genug ist, uraltes Gestein in fließendes Magma zu verwandeln und Berge, Inseln, Kontinente zu formen. Was in diesem Moment zwischen Andrew und Lara geschah, war von dieser Art.

Kapitel 23

Innerhalb von sechs Wochen waren überall auf dem Berg Arbeiten im Gange. Zimmerleute rissen verrottete Bretter von der alten Scheune, die ein Stück von der Ambulanz entfernt stand, und ersetzten sie durch neues Holz. Anstreicher machten sich am Haus zu schaffen; Vermessungsingenieure sichteten, markierten, steckten die Bereiche für den Neubau ab. Nell hatte die Landfrauen zu einer Kochtruppe organisiert und ihre Enkel und Neffen stellten Picknicktische für das Essen auf, das Nells Schwestern über offenen Feuerstellen brieten. Jones, der mitten in einem Netz aus Pflöcken und Schnüren stand, hörte einen Pick-up heranfahren und sah Carl mit seiner Familie ankommen. Die Kinder liefen zum Spielplatz und seine Frau küsste ihn und gesellte sich dann zu den anderen Frauen.

Jones sah zu, wie Carl zur Ladefläche seines Wagens ging und anfing, Zimmermannswerkzeug auszupacken. Er warf einen Blick zu Jones hinüber, unterbrach seine Tätigkeit und sagte: „Oh. Hi, Doc. Äh, hören Sie … Ich weiß, dass die Sache mit dem Virus Unsinn war. Aber sie hat mich zum Nachdenken gebracht.“ Jones nickte.

Carl berührte seinen Hut mit dem Zeigefinger, um Jones zu grüßen, dann nahm er seine neue Säge von der Ladefläche des Pick-ups und ging zur Scheune, um bei den Arbeiten dort zu helfen.

„Doktor Jones!“, rief Nell. Ein weiterer Pick-up kam die Straße heraufgefahren. In ihm saßen Mavis und ihre Familie.

„Hol Lara“, sagte Jones und Nell lief los, um sie aus dem Untersuchungszimmer zu holen. Kurz darauf trat Lara in den Sonnenschein hinaus und ging zu Jones. Alle – die Vermesser, die Zimmermänner, die Frauen, die das Essen auf die Tische stellten – hielten bei ihrer Arbeit inne und drehten die Köpfe, um zuzusehen. Der neue Kies in der Auffahrt zur Ambulanz knirschte unter den Autoreifen und der Motor stotterte und war dann still. Die Fahrertür ging quietschend auf. Larry stieg aus. Als Nächstes öffnete sich die Beifahrertür und Mavis stieg aus. Und dann, hinter ihr, kam Maggie. Das Loch war jetzt verschwunden und an seiner Stelle war nicht mehr als eine schwache Linie auf einem leuchtend schönen Gesicht zu sehen.

Einen Augenblick lang waren alle still. Und dann jubelten sie. Maggie, die nicht so recht wusste, was sie tun sollte, stand neben ihrer Mutter und klammerte sich an ihren Rock, bis Mavis sich zu ihr hinunterbeugte und ihr sagte, sie könne zu Lara gehen. Sofort lief Maggie auf sie zu und umarmte sie, bevor sie wieder zu ihrer Mutter zurückrannte.

Es dauerte einen Augenblick, bis Lara sprechen konnte. Als sie es tat, klang ihre Stimme heiser. „Ich muss die Kamera holen“, sagte sie zu Jones.

„Ja, mach das“, sagte er. Er stand da und beobachtete alles: wie glücklich die Leute waren, wie die Farmer und Zimmermänner Mavis' Familie gratulierten. Ein Außenstehender – ein Mitglied von Laras Führungsteam in Chicago zum Beispiel oder sogar einer der Ärzte aus Charlottesville, das keine hundertfünfzig Kilometer entfernt lag – hätte leicht meinen können, die Bergbevölkerung wäre eine homogene Gemeinschaft, aber unter ihnen gab es ebensolche

Rangunterschiede, wie es bei einem Galaabend in Manhattan eine gesellschaftliche Hackordnung gab. Die Bergleute wussten wie die New Yorker, wer Geld verdiente, wer seinen Ehepartner betrog und wer treu war; auch sie wussten, wer Kinder hatte, die etwas leisteten, was die anderen bewunderten. Eine solche Leistung konnte die Aufnahme an einem berühmten College sein oder eine Medaille; es gab Rangunterschiede und die schufen Grenzen. Aber während Jones Maggie ansah und beobachtete, wie alle um sie herum ihre Verwandlung aufnahmen und irgendwie das Gefühl hatten, an der früheren Ablehnung ihr gegenüber beteiligt gewesen zu sein, aber auch an der Gnade ihrer Erneuerung, waren all diese trennenden Dinge nicht mehr wichtig. In diesem Augenblick waren sie eine Familie.

Dann hörte Jones ein schwaches Scheppern im Blockhaus und er wusste sofort, dass ein Kameraobjektiv zerbrochen war. Als Nächstes hörte er, wie ein Holzstuhl auf den Dielenboden fiel.

Er rannte zur Tür des Holzhauses und trat als Erster ein. Jones sah, wie Lara schwankte und ihr linker Arm leblos an ihrer Seite hing. Noch bevor er bei ihr war, gaben ihre Beine nach und sie fiel auf die Knie und sackte dann zur Seite weg, weil ihr rechtes Bein zwar versuchte, ihren Körper aufrecht zu halten, ihr linkes Bein aber völlig versagte.

Carl fuhr sie mit seinem Pick-up nach Charlottesville hinunter; Jones weigerte sich, auf einen Krankenwagen zu warten, und er war zu erschüttert, um selbst zu fahren. Nell fand es spannend, dass er wusste, dass Carl von allen der sicherste Fahrer sein würde.

Zwei Stunden später steckte Lara in einem Krankenhausbett. Sie saß aufrecht und wirkte munter, als Jones mit einer Mappe voller Untersuchungsergebnisse und Aufnahmen hereinkam. „Du hättest mich nicht herbringen müssen“, sagte sie, bevor er irgendetwas sagen konnte. „Wir hätten in der Ambulanz bleiben sollen.“

„In der Ambulanz haben wir weder ein CT noch andere Geräte für Gehirnuntersuchungen. Wie fühlst du dich?“

„Normal. Ein ischämischer Anfall, richtig?“

„Stimmt. Es gab eine Schwellung um das Aneurysma, aber keinen Riss.“ Er zeigte ihr die Aufnahme, damit sie sich selbst ein Bild machen konnte. „Das erhöhte Blutvolumen in deinem Körper übt Druck auf die schwache Venenwand aus.“

„Erhöht …?“

„Du bist schwanger.“

Sie nickte, merkwürdig zurückhaltend und still.

„Du bist nicht überrascht“, sagte Jones.

„Ich bin Ärztin und ich bin eine Frau. Etwas war anders. Ich hatte sogar schon gedacht, ich würde es bis zur Geburt schaffen, weil die Schwangerschaft etwas mit dem Körper einer Frau macht, ihn stärker und widerstandsfähiger werden lässt. Und was für ein Geschenk wäre es, wenn du und ich, ohne es zu beabsichtigen, ein noch größeres Wunder zustande bringen würden als alles, was unsere Gedanken und unsere Talente jemals erfinden können.“

Bei jedem anderen Patienten hätte Jones sich ans Bett gesetzt; jetzt fing er an, auf und ab zu gehen. Die Gefühle, die in ihm aufstiegen, waren wie Gewitterwolken, die am Himmel kollidierten und ein Unwetter bringen würden. „Die Schwangerschaft hat nicht diese Wirkung“, sagte er beinahe wütend. „Der Druck auf das Aneurysma wird es platzen lassen.“

„Woher weißt du das?“

„Ich weiß es aufgrund dessen, was gerade passiert ist, und du weißt es auch. Du wirst es nicht bis zum Ende der Schwangerschaft schaffen.“

„Sieh mich an, Andrew. Sieh mich an! Ich werde diese Schwangerschaft nicht abbrechen.“

Er ging zu ihr und setzte sich neben sie, um sie zu umarmen. Die Wut hatte ihn bereits verlassen, oder vielleicht war es auch nur die Ruhe vor dem Sturm, aber seine Stimme war ruhig, als er sagte: „Ich weiß.“

Kapitel 24

Das Sitzungszimmer von *Blair Bio-Med* hätte deutlich mehr Personen aufnehmen können, und doch wirkte es mit Malcolm, Brenda und dem Firmenanwalt auf der einen Seite des Konferenztisches und Jones auf der anderen Seite voll genug. Lara saß vor Kopf in dem Sessel der Vorstandsvorsitzenden. „Dies“, fing sie an, „ist ein Augenblick, in dem nichts ungesagt bleiben darf. Ihr seid die drei Personen in meinem Unternehmen, die wussten, was niemand sonst wusste. Und jetzt muss ich regeln, was geschehen wird, wenn ich nicht mehr da bin.“

Brenda weinte schon jetzt und schüttelte den Kopf, als wollte sie die Wirklichkeit so heftig verleugnen, dass sie aufhörte, die Wahrheit zu sein; also wiederholte Lara sanft, aber bestimmt: „Wenn ich nicht mehr da bin, wird Malcolm das Unternehmen leiten und Brenda wird zusätzliche Aufgaben übernehmen. Meine Aktien werden in einen gemeinsamen Treuhandfonds überführt – verwaltet von Malcolm, Brenda und Dr. Andrew Jones. Alle Gewinne und Kapitalerträge aus meinen Aktien fließen in die Blair-Stiftung, allerdings mit einer Änderung: Ab sofort werden alle Spenden anonym getätigt."

Sie blickte in die Runde. „Das ist alles. Malcolm, du bist mit sofortiger Wirkung der Boss."

Malcolm brauchte einen Augenblick, um sich zu sammeln, und als er schließlich sprechen konnte, musste er sich zunächst einmal räuspern. „Wo wirst du sein?"

„Es gibt eine kleine Ambulanz in den Bergen, die einen zusätzlichen Arzt braucht. Ich werde dorthin zurückgehen und jeden Tag als einen Tag betrachten, an dem ich lebe, und nicht als einen Tag, an dem ich sterbe."

Malcolm, Brenda und selbst der Firmenanwalt verspürten das Gleiche. Jeder empfand den Augenblick natürlich auf seine Weise, aber sie alle schwammen in einem Meer aus Traurigkeit und dem Gefühl der Niederlage.

Aber Jones erlebte den Augenblick anders; er fühlte sich hin- und hergerissen. Er hatte das Gefühl, dass er etwas tun sollte, wenn er es nur könnte. Während die anderen ihm gegenübersaßen und weinten, zog Jones heimlich etwas aus dem hinteren Fach seiner Brieftasche und blickte darauf hinunter.

Es war die alte Postkarte von der Erschaffung Adams – zerknittert und fleckig.

Lara holte lange und zitternd Luft. „Dies ist ein Augenblick, in dem nichts ungesagt bleiben darf. Ich liebe euch alle."

Sie stand auf und verließ den Raum.

Jones sah in die tränenüberströmten Gesichter auf der anderen Seite des Tisches, dann erhob auch er sich und folgte Lara.

Am Ende des Flures holte er sie ein. Sie blieb stehen, drehte sich zu ihm um und flüsterte: „Es tut mir so leid, Andrew. Ich habe gesagt, dass ich dir mein Jetzt schenken möchte. Ich wusste nicht, dass dieses Jetzt so schwer sein würde."

Er sagte leise, aber mit fester Stimme: „Wenn ich ein Kind haben könnte, das ein Teil von dir ist, wäre ich für jeden Atemzug dankbar, der mir geschenkt war. So oder so werde ich dich jeden Tag meines Lebens bei mir haben, egal, wo du bist."

Sie hatte gedacht, sie hätte sich gegen alle weiteren Tränen gewappnet, aber jetzt stiegen sie ihr doch in die Augen.

„Es ist okay, wenn du weinst", sagte er zu ihr.

Sie sagte: „Ich muss dir die Wahrheit sagen; ich konnte dir noch nie etwas anderes als die Wahrheit sagen. Ich wollte dieses Baby. Auf meine Art habe ich dafür gebetet. Ich wollte es nicht nur für mich. Ich wollte, dass du jemanden hast, der dich dein ganzes Leben lang liebt, so wie du es verdienst."

Sie umarmten sich nicht; das war gar nicht nötig.

Jones sagte: „Ein paar Blocks weiter ist ein Krankenhaus. Und alle Geräte, die du hier hast, könnten dorthin gebracht werden, nicht wahr?"

„Nein, Andrew. Nein. Du kannst nicht versuchen, es zu ändern. Damit kann ich dich nicht zurücklassen."

„Willst du lieber, dass ich mein restliches Leben in dem Wissen lebe, dass niemand anderes dich retten konnte und ich es nicht einmal versucht habe? Du hattest recht, was Faith betrifft. Ich habe getan, was ich konnte. Ich habe alles getan, was in meiner Macht stand. Du trägst unser Baby unter dem Herzen. Du musst zulassen, dass ich es versuche."

Und sie wusste, dass er recht hatte.

Kapitel 25

Nachdem sie erst einmal ihre Entscheidung getroffen hatten, verschwendeten sie keine Zeit – sie hatten keine Zeit zu verschwenden. Sie trafen ihre Vorbereitungen, angetrieben von einem wachsenden Gefühl der Dringlichkeit. Laras Team machte einen nagelneuen Operationssaal in einem Krankenhaus zwei Häuserblocks von ihrem Firmengebäude entfernt ausfindig und begann sofort, ihn mit den Geräten aus den Laboren von *Blair Bio-Med* auszustatten. Der Transport, die Installation und die Tests erfolgten rund um die Uhr, und weil sich schnell herumgesprochen hatte, was sie taten und für wen, verlangten nicht einmal die Lastwagenfahrer einen Ausgleich für ihre Mehrarbeit.

Malcolm und Brenda sorgten dafür, dass Lara sich mit der Einstellung einer Patientin und nicht einer Ärztin ins Krankenhaus einweisen ließ, denn Ärzte sind nun einmal notorisch schlechte Patienten. Brenda blieb ständig an ihrer Seite und überschüttete Lara mit guten Ratschlägen zu Ernährung, Ruhe, Tabletten und sogar zu der Lichtmenge, die durchs Fenster fallen durfte. Zum Teil hatte Jones ihr das erlaubt, weil er glaubte, wenn Brenda sich genug beschwerte, würde Lara darauf bestehen, dass alles in Ordnung war. Außerdem wusste er, dass Brenda gar nicht anders konnte, und wenn sie bei Lara war und sich dort austobte, würde sie nirgendwo anders im Weg sein.

Jones tätigte verschiedene Anrufe und Angelica flog die beste Mannschaft ein – Stafford, Merrill und die beiden OP-Schwestern, die ihnen in Virginia assistiert hatten. Noch bevor sie in ihr Hotel einchecken konnten, brachte Jones sie ins Krankenhaus und zeigte ihnen den Aufbau im Operationssaal. Malcolm war dabei, weil er Angst hatte, Lara einer Gruppe von Unbekannten zu überlassen. Die Neulinge, die von Beruf zwanghafte Perfektionisten waren, runzelten die Stirn angesichts der ungewohnten Geräte, die sie umgaben, aber Jones beruhigte sie. „Das alles dient einfach nur der Überwachung und Wiedergabe", erklärte er ihnen. „Alles andere ist gleich."

Jones' Mitarbeiter betrachteten alles genau. „Brauchen Sie noch etwas?", fragte Malcolm.

Keinem von ihnen fiel etwas Zusätzliches ein; der Raum war bereits vollgestopft. Malcolm holte tief Luft und dann verließ er den Operationssaal, so schwer es ihm auch fiel, und ging ins Laras Zimmer, wo er gerade rechtzeitig ankam, um eine Meuterei des Krankenhauspersonals abzuwenden. Sämtliche Mitarbeiter drohten mit der Kündigung, falls Brenda nicht ein Maulkorb verpasst würde.

Jones sammelte währenddessen seine Freunde um sich. Er hatte ihnen die Informationen zu der Operation, die sie durchführen sollten, bereits gemailt, und an Bord des Flugzeugs hatten alle Unterlagen und Aufnahmen und sogar sämtliches Videomaterial zur Verfügung gestanden, damit sie sich während des Fluges seinen Probelauf an Roscoe ansehen konnten. Er wusste, dass ihnen alle technischen Einzelheiten klar waren, die es zu verstehen gab. Aber trotzdem wartete er auf mögliche Fragen. Sie blieben aus.

Jones sagte: „Wenn das Aneurysma blutet, bevor wir es abtrennen können, induzieren wir ein Koma, um das Gehirn auszuschalten, bis es heilen kann. Wir werden sie nicht auf dem Tisch sterben lassen. Wir werden sie NICHT sterben lassen. Habt ihr das verstanden?"

Das hatten sie.

Eine Krankenschwester rasierte Laras Kopf. Sie saß regungslos da, während die Haarsträhnen zu Boden fielen. Im Voraus hatte sie gedacht, dass dieser Augenblick ihr mehr ausmachen würde als die restlichen Vorbereitungen für die Operation, aber sie hatte sich geirrt; es war alles gleich. So sehr die Menschen um sie herum auch mitfühlten und sich Sorgen machten, konnte doch niemand ihren Platz einnehmen. Jetzt war sie allein.

Der Operationssaal in dem Chicagoer Krankenhaus ein Stück die Straße hinunter war eine genaue Nachbildung des Labors in ihrer eigenen Firma geworden, und die Techniker saßen auf ihren Plätzen vor den zahlreichen Monitoren hinter der gläsernen Trennwand, die sie über Nacht hatten einbauen lassen. Laser und Kameras waren auf jeden Teil des Operationsbereichs gerichtet; die Instrumente – Sägen, Bohrer, Spreizer, Zangen und auch die feineren Werkzeuge – lagen neben dem Operationstisch bereit. Aber diesmal gab es keinen Roscoe. Und bis jetzt war auch noch nirgends ein Chirurg zu sehen.

Das OP-Team aus Virginia war im Vorbereitungsraum, wusch sich und wartete wie eine Mannschaft vor einem Weltmeisterschaftsspiel auf seinen Einsatz; aber Jones war nicht da.

Auf dem Korridor vor dem OP blickte Malcolm immer wieder auf seine Uhr. Brenda kam mit bleichem Gesicht auf ihn zu. „Ich habe im Ärztezimmer nachgesehen, in der Kapelle und sogar in seinem Hotel angerufen", sagte sie. „Wo steckt er?"

Malcolm schüttelte den Kopf. „Er ist vor zehn Minuten hereingekommen, hat einen Blick in den OP geworfen und ist dann zum Haupteingang hinausgestürmt. Er hat gesagt, er brauche frische Luft. Er müss –"

Brenda legte eine Hand auf seine Schulter, um ihn zum Schweigen zu bringen, als die Schwestern Lara auf einer fahrbaren Krankentrage zum Operationssaal schoben. Als Lara an Malcolm und Brenda vorbeikam, blickte sie zu ihnen auf und sagte: „Er wird kommen."

Aber Malcolm war sich da nicht so sicher, und Brenda auch nicht.

Während Lara im Warteraum auf ihrer Liege lag und Malcolm und Brenda auf dem Flur auf und ab gingen und das OP-Team aus Virginia auf die Uhr im Operationssaal blickte, wanderte Jones im Schatten des Gebäudes von *Blair Bio-Med* durch die Straßen. Er lief umher, ohne darauf zu achten, wo er war. Aufgewühlt. Verloren. Unendlich einsam.

Auf der anderen Straßenseite, gegenüber von einer Kneipe, erblickte er eine alte und schmuddelige Kathedrale.

Jones ging hinein. Er bewegte sich langsam. Votivkerzen brannten in dem dafür vorgesehenen Ständer und erleuchteten die schattigen Ecken des alten Kirchenraumes. Ein paar Leute saßen dort und beteten und der ein oder andere Trinker schlief auf einer Bank.

Jones setzte sich auf eine Bank in der Mitte der Kirche und versuchte zu beten. Aber er konnte nicht. Er fand keine Verbindung, konnte sich nicht als Teil dieses Ortes fühlen, keinen Draht zu Gott finden. Frustriert umklammerte er die Rückenlehne der Bank vor ihm.

Zum ersten Mal im Leben spürte er, dass seine Hände zitterten.

Unweit von ihm saß ein grauhaariger Mann, der einen schäbigen schwarzen Mantel trug und den abgewetzten weißen Kragen eines Geistlichen. Er betete kniend. Jetzt bemerkte er Jones.

Während Jones mit gesenktem Kopf dasaß, kam der alte Priester zu ihm herüber und setzte sich neben ihn. „Sind Sie in Schwierigkeiten?", fragte der Priester.

„Das könnte man wohl so sagen."

„Möchten Sie beten?"

„Ich kann nicht. Irgendwie kann ich keine Verbindung herstellen …"

„Dann werde ich für Sie beten. Was brauchen Sie?"

„Ein Wunder", sagte Jones zu ihm, und diese Aussage war ehrlicher als alles, was er je zuvor gesagt hatte.

Der Priester zog eine Schachtel Zigaretten aus seiner Manteltasche. Er steckte sich eine an, mitten in der alten Kathedrale, und hielt Jones das Päckchen hin. Jones lehnte ab.

„Kluge Entscheidung. Ich höre auch auf – seit sechzig Jahren. Sie brauchen also ein Wunder." Er zog an seiner Zigarette, blies den Rauch zu den gotischen Bögen der hohen Decke über ihnen hinauf und nickte. „Wollen Sie von meinem hören?"

Jones antwortete nicht, aber der Priester sprach trotzdem weiter. „Ich bin seit siebenundfünfzig Jahren Priester. Ich habe gesehen, wie diese Pfarrei, in der einst die Reichen und Mächtigen Gottesdienst feierten, aus der Mitte der Gesellschaft immer weiter an den Rand gedrängt wurde. Wussten Sie, dass Jesus auf einer Müllhalde gekreuzigt wurde?"

„Nein, das wusste ich nicht." Jones wusste, dass der Ort Golgatha hieß, aber falls sie ihm in der Sonntagsschule erzählt hatten, dass das eine Müllhalde gewesen war, dann hatte er es wieder vergessen.

Der Priester zuckte mit den Schultern. „Ich fand das interessant. Jedenfalls, während diese Kirche für die Menschen immer weiter an Bedeutung verlor, wurde ich mir selbst immer unwichtiger. Sie schätzten mich nicht wert, und ich hörte auf, sie zu lieben. Ich kann Ihnen ehrlich sagen, dass ich in den letzten zwanzig Jahren überhaupt keine Liebe mehr empfunden habe. Und ich konnte mich nicht an mein letztes ehrliches Gebet erinnern, bei dem ich wirklich mit Gott in Beziehung getreten wäre. Bis vor ein paar Wochen."

Jetzt machte der Priester eine Pause und wartete. Wartete, bis Jones ihn ansah, damit er seine Geschichte endlich zu Ende erzählte und ging. „Ich habe wie schon so oft das Geld aus dem Spendenkasten für die Armen geholt", sagte der Priester. „Meistens liegen darin Münzen, die die Leute als eine Art Glücksbringer reinwerfen, zumindest vermute ich das. Aber an diesem Tag fand ich einen großen Umschlag darin, der voller Geld war. Mehr Geld, als ich jemals gesehen hatte, und auf jeden Fall mehr, als ich jemals in der Hand gehalten hatte. Kein Name. Keine Nachricht – abgesehen von den Worten *Für die Armen* auf dem Umschlag. Ich ging in mein Zimmer und zählte das Geld. Es war eine Million Dollar." Er zog wieder an seiner Zigarette. „Ich habe es zur Bank gebracht und sie sagten, es sei echt, nicht gefälscht. Dann habe ich die Polizei angerufen, um zu fragen, ob vor Kurzem eine solche Summe gestohlen worden war, aber sie wussten von nichts. Irgendwie war ich mir da allerdings schon sicher, dass das Geld nicht gestohlen war. Dass es wirklich für die Armen bestimmt war." Er sah Jones an. „Wie ich sehe, habe ich jetzt Ihr Interesse geweckt."

„Das Geld war also Ihr Wunder?", fragte Jones skeptisch.

„Nein. Das Geld war das Wunder für die Armen. Mein Wunder war, was dieser Akt der Nächstenliebe mit mir gemacht hat. Jemand, der sich gut genug in der Welt auskennt, um eine solche Summe zu besitzen, hat beschlossen, dass er den Armen das Geld am besten zugute kommen lassen kann, indem er es mir gibt. Warum? War es einfach ein Ort, der in der Nähe war? War es bequem? Wer weiß ... Jedenfalls hat diese Person so entschieden. Und plötzlich war mein Leben nicht mehr sinnlos. Plötzlich war ich wieder Priester. Ich konnte beten. Für sie." Er ließ den Blick über die Armen wandern, die in der Kirche verstreut waren. Dann sah er Jones an. „Und für Sie."

Der Priester blickte zu den Bleiglasfenstern hinauf, die im Lauf der Jahrzehnte verdunkelt waren. Er sah zu dem Kreuz über dem Altar hinüber. Dann wanderte sein Blick wieder zu Jones und er sagte: „Sie stellen Ihre Hand in Gottes Dienst. Ob er sie gebraucht – ob er sie zu seiner Hand macht – bleibt ihm überlassen.“

Die ganze Ausrüstung von *Blair Bio-Med* war eingeschaltet und einsatzbereit, die Laserstrahlen durchkreuzten die Luft und die Sensoren warteten darauf, Daten an die Computer und Bildschirme in dem neu eingerichteten Überwachungsraum weiterzuleiten, in dem die Techniker saßen, deren Augen das Leuchten der Pixel reflektierten.

Nur bestand der Patient diesmal nicht aus geformten Polymeren. Er war eine junge Frau aus Fleisch und Blut und Geist, Lara Blair, die auf ihrem Rücken auf dem Operationstisch lag. Jones ging zu ihr. Ihre Augen waren halb geöffnet und schläfrig.

Jones sah Merrill, den Anästhesisten, an. „Bereit?“ Merrill nickte. Als sie Jones' Stimme hörte, flüsterte Lara: „Jones?“ Er beugte sich über sie und hielt sein Ohr dicht an ihre Lippen. „Diesmal ist es keine Übung“, sagte sie. Dann hob sie die Hand, drückte die seine und schloss die Augen.

Kapitel 26

Jones griff nach der chirurgischen Säge und fing an.

Tränen liefen über Brendas Gesicht und über die Gesichter der Techniker rann Schweiß. Lara, die betäubt war und so fest angebunden, dass keinerlei Regung möglich war, lag wie eine Leiche da. Malcolm zitterte. Aber Jones nicht. Seine Hände waren sicher, während er arbeitete und immer tiefer vordrang.

Doch als er die erste Phase erreichte, bei der bereits die kleinste falsche Bewegung sie töten würde, begann auch er zu schwitzen. Er hielt inne; er hörte Laras Herzschlag auf dem Monitor, und er spürte seinen eigenen Herzschlag. Durch reine Willenskraft zwang er sie, gemeinsam zu schlagen, beinahe wie ein Herz.

Und dann kamen die Erinnerungen. Er sah, wie Blut in seine Augen rann, während er über die Straße stolperte, und hörte die Stimmen rufen: *„Holt einen Arzt! Einen Arzt!“*

„Ich bin Arzt!“, hörte er sich in seiner Erinnerung sagen und hätte es wieder beinahe in den Operationssaal hinausgeschrien. Aber was

bei Sam geschehen war, hatte ihn auf diesen Augenblick vorbereitet; er hatte gewusst, dass die Erinnerungen kommen würden, und er wusste nun, dass sie die Macht hatten, seine Seele zu quälen, aber nicht, seine Hand zu bewegen. Er wusste auch, dass er selbst nicht die Macht hatte, seine eigene Hand zu bewegen.

Bevor er die Kirche verlassen hatte, hatte er Gott seine Hand übergeben.

Das Blair-Team hatte ausgerechnet, dass es mehr als zwei Stunden dauern würde, um die Sonden durch das Labyrinth der entscheidenden Nervenbündel im zentralen Kortex von Laras Gehirn zu fädeln; Jones war bereits nach dreißig Minuten dort. Sie staunten über sein Tempo und hätten vielleicht Angst bekommen, wenn sie nicht so fasziniert gewesen wären. Aber Jones' Hände schienen zu fließen, obwohl ihre Bewegungen für das bloße Auge unsichtbar waren; es waren die Daten, die von den Computern auf die Bildschirme strömten, die ihnen zeigten, wie seine Sonden immer tiefer in Laras Gehirn vordrangen.

Jones hatte nicht die Absicht, sich zu beeilen, aber er wusste, dass er auch nicht langsamer machen konnte; das Stammhirn, an dem er arbeitete, beherbergte die physikalischen Mechanismen, die alle wesentlichen Funktionen in Laras Körper steuerten, und die winzigste Schädigung in diesem Bereich konnte die Stilllegung jedes dieser Systeme zur Folge haben – oder aller Systeme, also den Tod.

Jetzt war er an der kritischsten Stelle angelangt. Die Monitore zeigten es und die Techniker wussten es. Jones hielt erneut inne und in dieser Pause kamen die Albträume, die entsetzlichen Szenen des Unfalls, die in seinem eigenen Gehirn aufblitzten, während seine Instrumente in ihres eindrangen, während er alles tat, um seine Hände still zu halten und sein hämmerndes Herz ruhig. Immer schneller tauchten die Erinnerungen vor seinem geistigen Auge auf und sie wurden immer intensiver.

Er sah Lara an. Nicht ihr Gehirn, sondern sie, ihre geschlossenen

Augen über der Maske mit den Schläuchen, die Sauerstoff in ihre Lunge pumpten. Atem. Leben.

Im Überwachungsraum neben dem Operationssaal hielten alle den Atem an; sie wussten, dass er zögerte, weil er das doppelte Aneurysma erreicht hatte und an dem Punkt angekommen war, an dem er die entscheidende Bewegung ausführen musste, und zwar in diesem Moment. „Setz die Klemme", murmelte Malcolm. „Setz die Klemme …"

Brenda und die Techniker formten die Worte ebenfalls in einem lautlosen Sprechgesang.

Um den Operationstisch herum konnten die anderen Chirurgen nichts tun; sie wussten, dass dies der entscheidende Augenblick war, und sie versuchten Jones mit ihren Gedanken anzufeuern. Merrill blickte von seinen Monitoren auf und sagte: „Ihr Blutdruck fällt. Dr. Jones? Ihr Blutdruck …" Er wartete einen Augenblick und sagte dann: „Andrew …?"

Jones stand regungslos da, während seine Gedanken zu Faith zurückflogen, die kopfüber in dem zerquetschten Jeep hing und die Augen öffnete, um ihn anzusehen.

Er versuchte mit aller Kraft, das Bild zu verscheuchen.

Es war ein Kampf, den er nicht gewinnen konnte.

Also ließ er die Erinnerungen kommen. Und plötzlich sah er vor seinem inneren Auge etwas, das damals nicht geschehen war: Er sah, wie Faith ihn anlächelte.

Im zentralen Überwachungsraum stießen die Geräte einen hohen Dauerton aus. Jones hörte die Monitore kreischen und blickte zum ersten Mal, seit die Operation begonnen hatte, auf. Durch die Glasscheibe sah er Malcolm, Brenda und all die anderen, die den kalten Griff des Todes über Lara spürten.

Jones setzte die Klemme, und einen Augenblick lang wurde die ganze Welt schwarz.

Kapitel 27

In der Kirche in Charlottesville war es ganz still. Brenda saß da und Tränen liefen ihr über die Wangen, während sie mit bebenden Lippen versuchte, ihre Gefühle in Schach zu halten. Malcolm, dessen Miene wie versteinert war, hatte ebenfalls Tränen in den Augen. Nell, die mit den anderen von der Ambulanz aus den Bergen gekommen war, weinte leise. Luca, der über Nacht aus Rom hergeflogen war, lehnte sich in der Bank vor, den Kopf gebeugt, sein Herz auf Gott ausgerichtet.

Auch Mavis war da, mit ihrem Mann und ihrer Tochter, deren Gesicht jetzt schön war und in deren Augen auch Tränen glänzten.

Lara stand in ihrem Hochzeitskleid vorne und Andrew Jones stand neben ihr, als der Pastor sagte: „Ich erkläre euch hiermit zu Mann und Frau."

Die Gemeinde brach in Jubel aus und der Organist spielte Beethovens „Ode an die Freude".

Der Sommer hatte sich vollends über die Blue Ridge Mountains gesenkt. Das Gras war üppig grün und die Ambulanz blühte wie die Wildblumen an den Gebirgshängen. Kinder tummelten sich auf den Schaukeln und den Klettergeräten rund um die Scheune. Und in einem Schaukelstuhl auf der Veranda des Farmhauses stillte Lara ihr Baby. Es war schwer zu sagen, wer von beiden, Mutter oder Kind, mehr voller Leben war. „Da ist dein Papa", sagte Lara. „Komm, wir gehen ihn begrüßen."

Lara ging mit dem gewickelten Baby zu Jones hinüber, der neben der Scheune beschäftigt war. Das chirurgische Personal der Universitätsklinik assistierte ihm. Sie alle trugen Arbeitskleidung und bemalten sorgfältig die breiteste Wand der Scheune. Jones sah Lara mit dem Kind kommen und ging ihnen entgegen. Er beobachtete Laras Gesicht, während sie das Bild betrachtete, das sie auf die Scheunenwand gemalt hatten.

„Ich wollte dich noch etwas fragen", sagte er. „Wann hast du eigentlich in der Kirche bei dir um die Ecke das Geld in den Spendenkasten für die Armen getan?"

„Welche Kirche?", gab Lara zurück, ohne ihn anzusehen. Sie lächelte und reichte ihm das Baby.

Andrew Jones blickte auf seine Tochter hinunter. „Hallo, Faith", sagte er. „Wie gefällt dir das Kunstwerk?" Er drehte den Säugling um, damit Faith zusammen mit ihren Eltern sehen konnte, was die Mitarbeiter der Klinik und die Dorfbewohner an die Scheunenwand malten.

Es war eine Kopie von Michelangelos *Erschaffung Adams*. Es war eine grobe Nachbildung, mit der Art Pinsel gemalt, mit der man Scheunen und Häuser anstreicht und keine Meisterwerke erschafft. Aber es war trotzdem ein Meisterwerk.

In seiner Mitte stand die Berührung zwischen dem Göttlichen und dem Menschlichen, zwischen Gott und seiner Schöpfung.

Ein Interview mit dem Autor

Man kennt Sie vor allem als Autor von *Braveheart*. Wir haben gehört, dass Sie dieses Drehbuch an einem Tiefpunkt in Ihrem Leben geschrieben haben. Können Sie uns etwas darüber erzählen?

Mitte der achtziger Jahre hatte ich das Gefühl, dass mein Leben endlich eine positive Entwicklung nahm. Ich hatte geheiratet, wir hatten zwei wundervolle Söhne, und ich hatte einen mehrjährigen Vertrag bei einem erfolgreichen Fernsehsender ergattert. Kurz nachdem mein zweiter Sohn geboren war, kauften wir uns ein neues Haus, und sechs Monate später ging der Schriftstellerverband in Streik, sodass die Gesellschaft, für die ich arbeitete, meinen Vertrag auflöste. Der Streik dauerte eine Ewigkeit, und als er vorbei war, gab es den Sender kaum noch. Ich hatte keine Arbeit mehr, meine Ersparnisse waren fort und niemand erwiderte meine Anrufe.

Natürlich versuchte ich es weiter; darin war ich schon immer gut. Aber eines Tages saß ich zu Hause an meinem Schreibtisch und starrte ins Nichts, mit einem Knoten im Magen und zitternden Händen, und da wurde mir bewusst, dass ich kurz vor einem Nervenzusammenbruch stand. Ich fürchtete, meine Familie im Stich zu lassen, und meine größte Angst war, meinen Söhnen nicht gerecht zu werden. Ich hatte Angst, sie könnten sehen, wie ich zerbrach, und das wäre etwas, was sie nie vergessen würden.

Da sank ich auf die Knie; ich konnte sonst nirgendwohin. Und ich sprach ein einfaches Gebet. Ich sagte: „Herr, im Augenblick sind mir nur noch meine beiden Jungen wichtig. Und vielleicht müssen sie nicht in einem Haus mit Tennisplatz und Schwimmbad aufwachsen. Vielleicht brauchen sie nur ein kleines Haus mit einem Badezimmer – oder auch ganz ohne Badezimmer. Vielleicht müssen sie sehen, was ein Mann tut, wenn er niedergeschlagen wird, so wie mein Vater es mir gezeigt hat. Aber ich bete darum, dass ich, wenn ich untergehe, es nicht auf den Knien tue, sondern mit wehenden Fahnen."

Dann stand ich auf und fing an, die Worte aufzuschreiben, die mich zu *Braveheart* führten.

Dieses Buch ist ganz anders als manche der Drehbücher, die Sie geschrieben haben, z. B. *Braveheart* oder *Wir waren Helden*. Gibt es bestimmte Themen, die in all Ihren Geschichten vorkommen?

Ich glaube, das zentrale Thema meiner Geschichten ist vor allem, dass Hoffnung wichtig ist, dass Mut funktioniert und Liebe siegt. Mein ganzes Leben lang haben mich der Prozess und der Augenblick der Verwandlung fasziniert: Was geht da vor sich, wenn etwas geschieht, das wir als Wunder bezeichnen? Was passiert, wenn jemand etwas tut, das niemand zuvor jemals getan hat oder das er oder sie selbst noch nie getan hat? Was geschieht, wenn jemand aufhört zu zweifeln und anfängt zu glauben?

Erzählen Sie uns von den Helden Ihrer Geschichten.

Die Helden in meinen Geschichten schlagen ungeheure Schlachten – solche, die das Blut wert sind – und wir erfahren, wofür sie bereit sind zu sterben.

Welche Auswirkungen hat Ihre christliche Überzeugung auf die Geschichten, die Sie erzählen?

Ich will meine Geschichten nicht dazu benutzen, jemanden von meiner Erkenntnis zu überzeugen. Meine Erkenntnis ist sehr begrenzt. Was ich mit anderen teilen will, ist meine Erfahrung, dass Hoffnung wichtig ist, dass Mut funktioniert und Liebe siegt.

Dass ich Christ bin, gibt da eigentlich keinen Ausschlag; die Leute wollen eine gute Geschichte. Ich habe immer gesagt, dass meine Inspiration für *Braveheart* das Neue Testament war, aber abgesehen von biblischen Prallelen ist es auch eine eigenständige Geschichte. Oft ist die Bezeichnung „christlicher Film" gleichbedeutend mit Mittelmäßigkeit, weil die Tatsache vernachlässigt wird, dass eine Geschichte unterhalten soll und nicht predigen. *Der Chirurg* vermittelt eine Botschaft, keine Lehre.

Sie haben bei vielen großartigen Filmen mitgewirkt. Was hat Sie dazu bewogen, ein Buch zu schreiben?

Als ich mit dem College fertig war, wollte ich nicht Arzt oder Anwalt werden; ich wollte schreiben. Ich wollte die Art Geschichten erzählen, die einem jungen Mann vermitteln können, wer seine Vorfahren waren und wer er selbst sein könnte. Die Art Geschichten, die ein Kind in einer dunklen Nacht am Leben erhalten können.

Ich hatte meine Niederlagen und Rückschläge, aber ich habe weitergeschrieben. Irgendwann bin ich nach Los Angeles gezogen, aber es hat lange gedauert, bis ich als Autor einen wirklichen Durchbruch erlebte. Ich habe Lieder, Kurzgeschichten und Drehbücher geschrieben.

Dies ist mein achtes Buch. Ich habe vier Romane geschrieben und veröffentlicht, bevor ich das erste Drehbuch verkauft habe, und zu meinen Filmen gab es immer auch ein Buch. Ich habe mich nie mit der in Hollywood üblichen Methode anfreunden können, die Drehbücher von einem Außenstehenden zu Romanen verarbeiten zu lassen, sondern habe die Romanversion immer selbst geschrieben. Das hat mir die Möglichkeit gegeben, die Geschichte gegenüber dem, was man in zwei Stunden Film zeigen kann, zu erweitern.

Woher kam die Idee für *Der Chirurg*? Wie kommen Sie generell an neue Ideen für Geschichten? Ist es eine Art Geistesblitz? Ein Gesprächsfetzen? Sind es Inspirationen von einer Reise?

Der Gedanke des heimlichen Gebens hat mich schon immer fasziniert. Meine Anregungen für Geschichten stammen aus meinen persönlichen Erfahrungen und Interessen.

In dieser Geschichte hinterlässt Faith ein Vermächtnis: Das Prinzip des „heimlichen Gebens". Woher kam dieser Gedanke? Gibt es hier eine Verbindung zu Ihrer Arbeit für die Hilfsorganisation *Habitat for Humanity*?

Jedenfalls stammt die Botschaft vom Geben im Geheimen aus den Gleichnissen Jesu und aus seinem Widerstand gegen Stolz und öffentliche Selbstgerechtigkeit. Lloyd C. Douglas hat mich mit *Die wunderbare Macht* inspiriert, seinem Roman, dessen Verfilmung zu einem der Lieblingsfilme meiner Mutter wurde.

Wunder liegen per definitionem außerhalb unserer Macht, aber wenn wir im Geheimen geben, eröffnet uns das wunderbare Möglichkeiten.

Habitat for Humanity ist ein Dauerwunder, und die Menschen, die dabei mitarbeiten und durch die Arbeit ein Heim bekommen, haben mir sehr viel mehr gegeben als ich ihnen. Bei *Habitat for Humanity* werden die Hände schmutzig und das Herz rein.

Was sollen die Leser aus dieser Geschichte mitnehmen?

Ich möchte, dass die Leser offen werden für die Möglichkeit eines Wunders, dass sie sich mit der Quelle von Wundern verbunden fühlen.

Wie haben Sie die medizinischen Aspekte dieser Geschichte recherchiert?

Ich habe zuerst die Geschichte geschrieben und dann überprüft, ob das, was ich behauptet habe, tatsächlich möglich ist. Eine schnelle Recherche im Internet wird Ihnen sagen, dass Roboterchirurgie in der Medizintechnologie ein ganz aktuelles Thema ist. Was das doppelte Aneurysma betrifft, brauchte ich etwas, das den Ärzten ein Rätsel war, und diese Erkrankung schien besonders schwer zu heilen.

In der Geschichte erschafft Andrew mikroskopische Skulpturen. Woher hatten Sie diese Idee?

Vor einigen Jahrzehnten las ich einen Artikel über einen Mann, der so kleine Schnitzereien anfertigte, dass man ein Mikroskop brauchte, um sie zu betrachten, und als ich anfing, *Der Chirurg* zu schreiben, erinnerte ich mich an diese erstaunliche Begabung.

Warum haben Sie sich entschieden, die Geschichte in den Südstaaten spielen zu lassen?

Ich bin in Jackson, Tennessee, geboren worden, habe als Kind in Memphis gelebt und meine Jugend in Lynchburg, Virginia, verbracht. Die Universität von Virginia und die ländlichen Appalachen sind mit vertraut und schienen mir der perfekte Schauplatz für diese Geschichte zu sein.

Sie haben einmal gesagt, dass nichts ein Publikum anrühren kann, wenn es Sie nicht zuerst selbst anrührt. Trifft das auch auf *Der Chirurg* zu? In welcher Weise hat es Sie berührt?

Der Chirurg ist schlicht, direkt, ohne Firlefanz, wie die Menschen in den Blue Ridge Mountains! Ich wollte auch, dass es sich poetisch anfühlt, wie der Text eines Chorals. Wenn ich es lese, habe ich das gleiche Gefühl, das ich früher hatte, wenn ich neben meiner Großmutter gestanden und Erweckungslieder gesungen habe.

Weiterführende Fragen zum Buch, die Anregungen zum Austausch über das Gelesene geben, z.B. in Gesprächskreisen oder Literaturzirkeln, finden Sie auf unserer Homepage www.francke-buch.de unter Downloads/Zusatzmaterial.

Weitere Romane von FRANCKE

Charles Martin
Das Zirpen der Grillen
ISBN 978-3-86122-984-1
400 Seiten, Paperback

Zwanzig Dollar für ein Glas Limonade? Reese Mitch wird stutzig, als er den Erfolg bemerkt, den die kleine Annie Stephens mit ihrem Limonadenverkauf erzielt. Noch mehr interessiert ihn aber die Narbe, die sich über ihren Brustkorb zieht, erinnert sie ihn doch an ein dunkles Geheimnis in seiner Vergangenheit. Vor Jahren hatte Reese sich in die Idylle am Lake Burton geflüchtet, verfolgt von den Erinnerungen an seine Frau Emma. Mit ihr verband ihn eine einzigartige Liebe, die alles ertrug, alles glaubte, alles hoffte und allem standhielt. Die Begegnung mit der zauberhaften Siebenjährigen stellt Reese vor die Entscheidung seines Lebens: Will er dem Mädchen helfen, muss sich der Mann mit dem gebrochenen Herzen seiner geheimnisumrankten Vergangenheit stellen. Wird er den Mut dazu finden und in seinem Herzen Raum für Annie und ihre faszinierende Tante Cindy schaffen, bevor es zu spät ist?

Charles Martin
Am Ende gewinnt die Liebe
ISBN 978-3-86122-181-2
400 Seiten, Paperback

Miss Ella ballte meine Hand zu einer Faust und hielt sie mir vors Gesicht: „Tucker, ich möchte dir ein Geheimnis verraten. Das Leben ist ein Kampf, aber diesen Kampf kannst du nicht mit deinen Fäusten gewinnen. Du musst ihn mit deinem Herzen bestreiten."

Tucker ist ein berühmter, international anerkannter Fotograf. Er hat die ganze Welt bereist und ist überall zu Hause. Doch als sein Bruder spurlos verschwindet, muss Tucker dauerhaft an den Ort seiner Kindheit zurückkehren und sich seiner tragischen Vergangenheit stellen.
Kaum ist er zurück in Alabama, begegnet Tucker seiner besten Freundin aus Kindertagen. Sie hat ein blaues Auge und ihren kleinen Sohn im Gepäck. Tucker möchte den beiden helfen, zumal Katie in ihm ganz neue Saiten zum Schwingen bringt, aber wie könnte er das? Schließlich hat er selbst nie eine heile Familie erlebt. Die Haushälterin Miss Ella war die Einzige, die Tucker und seinen Bruder je geliebt hat. Sie hat sie gelehrt, worauf es im Leben ankommt. Und obwohl sie jetzt schon seit Jahren tot ist, kann Tucker noch immer ihre Stimme hören …
Tucker steht der größte Kampf seines Lebens bevor. Wenn er seinen Bruder, den kleinen Jase und Katie retten will, muss er alles geben. Doch kann er es wirklich wagen, diesen Kampf mit seinem Herzen zu bestreiten? Ist er bereit, alles zu riskieren: für eine Aussöhnung mit der Vergangenheit, für ein neues Leben, für die Liebe?

Marlo Schalesky
Für immer dein Paul
ISBN 978-3-86827-182-9
304 Seiten, Paperback

Eine Frau liegt bewusstlos im Krankenhaus. Ihr Ehemann harrt geduldig an ihrer Seite aus, hofft, bangt, drängt sie aufzuwachen und heimzukommen. Zwischen ihnen liegen ein Ozean der Angst und die Erinnerung an längst vergangene Zeiten. Die Erinnerung an Wunder. An Liebe. Erinnerungen an ein Mädchen namens Madison und einen Jungen namens Paul …
Madison Foster wusste, dass sie erblinden würde. Aber sie wollte kein Mitleid – weder von ihrer Mutter noch von ihrer Mitbewohnerin und schon gar nicht von ihrem besten Freund Paul – dem Mann, den sie heimlich liebte.
Paul Tilden schätzte kaum etwas so sehr wie seine Freundschaft zu Maddie Foster. Doch dann begann er sich in sie zu verlieben … ausgerechnet in dem Moment, in dem ihr Augenlicht sie im Stich ließ. Wie aber sollte er seine sture Maddie dazu bringen zu glauben, dass seine Gefühle nicht aus Mitleid geboren, sondern echt sind? Ihm und Maddie stand ein großer Kampf bevor – ein Kampf um ihre Hoffnungen, ihre Träume, ihre Liebe.
Jetzt muss Paul wieder um seine geliebte Frau kämpfen. Alles, was ihm geblieben ist, sind seine Worte, seine Erinnerungen und eine Liebe, die so stark ist, dass sie sie einfach hören muss … Doch kann er Maddie noch einmal dazu bringen, ihre Ängste zu überwinden und sich durch die Dunkelheit ans Licht zu kämpfen? Kann er sie davon überzeugen, dass er für immer ihr Paul ist – und dass er auf sie wartet?

Lisette van de Heg
Mara
ISBN 978-3-86827-261-1
304 Seiten, gebunden

Niederlande, Anfang des 20. Jh.s.
Ein finsteres Geheimnis überschattet das Leben von Maria, seitdem ihr Vater starb und ihre Mutter erneut geheiratet hat. Der Jähzorn des Stiefvaters und die Depressionen der Mutter zerstören langsam Marias Glauben an einen barmherzigen, liebevollen Gott. Ihr Leben fällt völlig auseinander, als Maria mit 16 Jahren schwanger wird. Wer der Vater ihres Kindes ist, darüber schweigt sie beharrlich. Die Eltern schicken sie fort, damit sie ihr Kind heimlich zur Welt bringt.
Immer weiter zieht Maria sich in sich selbst zurück, lässt niemanden an sich heran. Können ihre Tante und die Ordensschwester Olivia, zu denen Maria langsam Vertrauen aufbaut, neuen Lebensmut in ihr wecken? Marias Tochter Mara wird geboren und sofort in eine Pflegefamilie gegeben. Wieder bricht Marias Herz, doch sie gibt nicht auf. Sie will um Mara kämpfen. Wird es ihr gelingen, sich ein neues Leben aufzubauen – ein Leben voller Hoffnung und Liebe?